書下ろし

滅びの終曲

傭兵代理店

渡辺裕之

祥伝社文庫

目次

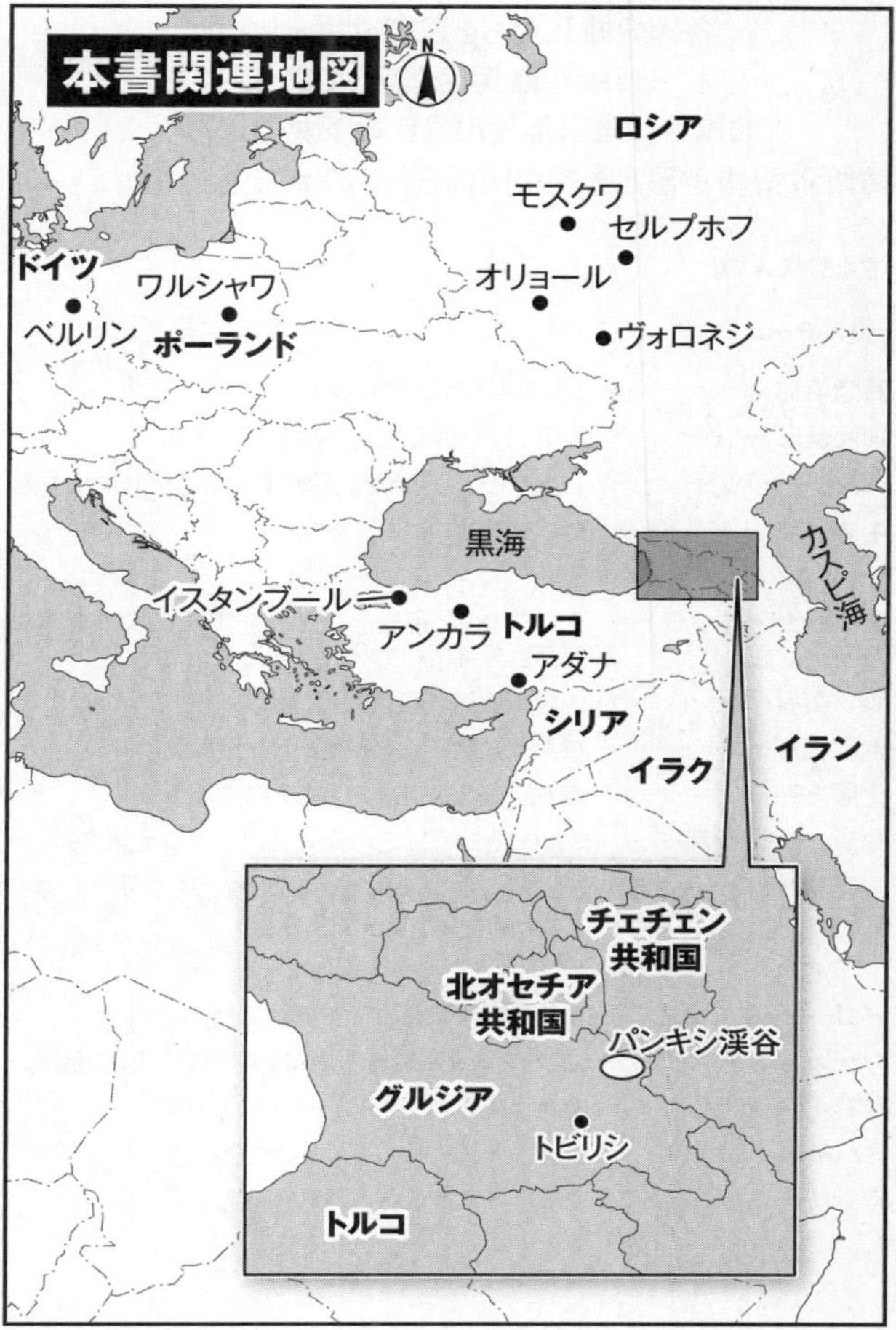
本書関連地図
N
ロシア
モスクワ
セルプホフ
オリョール
ヴォロネジ
ドイツ
ワルシャワ
ベルリン
ポーランド
黒海
カスピ海
イスタンブール
アンカラ
トルコ
アダナ
シリア
イラク
イラン
チェチェン
共和国
北オセチア
共和国
パンキシ渓谷
グルジア
トビリシ
トルコ

各国の傭兵たちを陰でサポートする。
それが「傭兵代理店」である。
日本では東京都世田谷区の下北沢にあり、
防衛省情報本部と密接な関係を持ちながら運営されている。

【主な登場人物】

■傭兵チーム

藤堂《とうどう》浩志《こうじ》……………………「復讐者《リベンジャー》」。元刑事の傭兵。

加藤《かとう》豪二《ごうじ》……………………「トレーサーマン」。追跡を得意とする。

ヘンリー・ワット……………「ピッカリ」。元米陸軍犯罪捜査司令部(CID)中佐。

中條《なかじょう》　修《おさむ》……………………傭兵代理店コマンドスタッフ。

エレーナ・ペダノワ………元ロシア連邦保安庁(FSB)防諜局(SKR)軍事諜報部女性部隊〝ヴァーザ〟指揮官。「ガラ」

森《もり》　美香《みか》……………………内閣情報調査室情報員。藤堂の恋人。

池谷《いけたに》悟郎《ごろう》……………………傭兵代理店社長。防衛省出身。

土屋《つちや》友恵《ともえ》……………………傭兵代理店の社員で凄腕のプログラマー。

マジェール・佐藤《さとう》…………〝大佐〟という渾名の元傭兵。「アオショウビン」

ルスラン・サドゥラーエフ…チェチェンレジスタンス。仲間(ダビド、アリ、ハッサン)とともに浩志の潜入を補佐。

イゴール・エブセエフ…ロシア連邦参謀本部参謀副総長。

ウラジミール・ケルザコフ…ロシア連邦保安庁防諜局軍事諜報部大佐。隻眼。

ドミトリー・イワノフ………処刑人〝ジン〟。タランチュラの入れ墨。

ミハイル・バルコワ………処刑人〝シャイターン〟。スラブ系。

ワシリー・コルチャコフ…処刑人〝イブリース〟。頬に傷痕。

序曲

周囲が閉ざされ、空気が淀《よど》んだ薄暗い廊下にタクティカルブーツの音が響く。

左目を黒い眼帯で覆《おお》った能面のように表情のない男が、三人の大男を従えていた。四人とも徽章《きしよう》のないグレーの迷彩戦闘服を着ている。男たちは廊下の突き当たりにあるドアを見つめ無言で歩く。隻眼《せきがん》の男が立ち止まり、大きく息を吐いてドアを開けた。

コンクリートの打ちっ放しの壁に囲まれた四十平米ほどの部屋に窓はない。奥の壁には赤いフィールドに黄金の双頭の鷲《わし》があしらわれた紋章が飾られていた。無機質な部屋だけに血のような赤は異彩を放っている。

二つの鷲の頭に三つの王冠が被《かぶ》せられ、その胸にはドラゴンを退治した英雄、ゲオルギウスの馬上の姿が描かれている。ロシア帝国由来の紋章であり、現ロシアの国章である。

紋章の下には木製の大きな机があり、憂鬱《ゆううつ》そうな顔をした男が腕を組んで座っていた。年齢は五十代後半か、白髪混じりの髪をしている。でっぷりと太った体を包む軍服の胸に付けられた数々の勲章《くんしよう》は、男がただの軍人でないことを物語っていた。

四人の男たちは座っている男に揃《そろ》って敬礼をした。

「待っていたぞ。ケルザコフ大佐」

太った男が不愉快そうな目付きで、椅子から体を起こした。

「ご命令は、エブセエフ副総長」

四人の先頭に立つケルザコフと呼ばれた隻眼の男が一歩前に出た。その瞳は氷のような銀色をしている。狼の血を引いていると言われれば納得させられる冷酷な目だ。

「米国に潜入させていたセルゲイ・クラコフ中佐が殺され、米国における〝ヴォールク〟の拠点が崩壊した。立て直しに君を派遣しようかと思っているが、その前に片付けなければならないことがある。何か分かっているな」

エブセエフは厳しい表情で念を押すように言った。

「裏切り者のエレーナ・ペダノワと傭兵の浩志《こうじ》・藤堂《とうどう》の抹殺《まっさつ》であります」

ケルザコフは直立不動の姿勢で答えた。

「そうだ。我が国は現在ナンバー1が、名実ともに国を治めているが、国民はそれを嫌っている。自由主義の鼻薬を少々嗅《か》がせただけで、国民は生意気になったのだ。昔のように粛清《しゅくせい》の嵐を起こし、国民から自由の二文字を忘れさせせよと、ナンバー1から命令が下された。我々の仕事はいやが上にも増える。だがペダノワと藤堂を放っておけば、我々の足はすくわれかねない。ナンバー1の怒りを買う前に処理するのだ」

エブセエフは話を一旦区切ると、机の片隅に置かれた水差しからコップに水を注《そそ》いで飲み干《ほ》した。

「おまえが連れて来た三名が処刑人か？」

「ご紹介します。ＦＳＢ防諜局のスペツナズでもっとも優秀で、〝ヴォールク〟の最強の戦士を選びました」

「最強？　すると忌《い》まわしきコードネームを受け継いだ者たちか」

エブセエフは口元を微《かす》かに歪《ゆが》めて微笑《ほほえ》んだ。

「ドミトリー・イワノフ大尉、〝ジン〟」

ケルザコフが振り返って名前とコードネームを呼ぶと、右端のスキンヘッドの男が一歩前に出た。身長一八二、三センチ。胸板が厚く右の首筋にタランチュラの入れ墨が彫《ほ》られている。

「ミハイル・バルコワ大尉、〝シャイターン〟」

左端の男が今度は前に出た。身長一八五、六センチで首回りが太く、肩の筋肉が盛り上がっていた。口ひげを生やしたいかにもロシア人というスラブ系の顔をしている。

「ワシリー・コルチャコフ少佐、〝イブリース〟」

最後に呼ばれた中央に立つ男は一九〇センチ前後あり、肩幅も広い。右頬《ほお》に斜めに鋭い傷痕《きずあと》があり、凶悪そうな顔である。

「コードネームに恥じない闘いをしてくれるのだろうな」

エブセエフは目を細めて言った。

「この三名はそれぞれ優秀な部下を抱えており、彼らに狙われて命を永らえた者はおりません。指揮《しき》もこの私が自らいたします」

ケルザコフの言葉に三人の男たちは胸を張った。

「君が直々に指揮するというのか。いいだろう。私は朗報を待つことにしよう。言っておくが、やつらをなぶり殺せ」

エブセエフは不気味な笑顔を浮かべると、下がるように顎《あご》を上げた。

「はっ！」

四人の軍人は踵《かかと》を揃えて敬礼をした。

見えざる敵

一

　藤堂浩志は黙々と四十五ACP弾を一発ずつマガジンに入れた。単調な作業だがそれだけに雑念はなくなり、没頭できるので嫌いではない。最近は九ミリ弾のグロックを使うことが多かったため、四十五ACP弾のずんぐりとした感触が懐かしく感じる。慣れてしまえば変わらないが、やはり口径が大きい分四十五ACP弾は扱い易《やす》い。

　緑色のマットが敷かれた木製のカウンターの上に弾丸を込めた五つのマガジンを揃えて並べた。傍《かたわ》らに置いてあった黒光りするM一九一一A一ガバメントを右手に握り左手でシリンダーを引いて残弾がないことを確かめ、マガジンを入れた。銃の暴発を防ぐための習慣的な行為だ。

ジャングルに囲まれた丘を切り開いた射撃場に、人形《ひとがた》のマンターゲットが貼られた木の杭が全部で三つ。酸性土の赤土に立てられたターゲットは一番左が三十メートル、真中が十四メートル、右端は二十メートルとわざと距離を変えてある。

浩志は一番左の三十メートルの標的の前に立ち、防音用のイヤーマフをかけた。銃の練習で装着する普通のイヤーマフは周囲の音まで遮断してしまう。だが、浩志のイヤーマフは最新のもので銃撃音を電子的にカットし、会話をはじめとした日常生活音は逆にマイクで拾うという優《すぐ》れものだ。

午前九時、朝から霧雨《きりさめ》が断続的に降る不安定な天候だが、照り返す日差しの下でじりじりと焼かれるよりはましだ。

浩志はガバメントのスライドを下げてコッキング（撃鉄を起こした状態）し、初弾を装《そう》塡《てん》すると両手で構え、おもむろに引き金を引いた。

バンッという衝撃で四十五ＡＣＰ弾が発射され、スライドが下がって薬莢《やっきょう》を猛烈な勢いで吐き出す。浩志は続けて引き金を引いた。七発全弾を撃ち尽くすとスライドが後退し、弾切れの状態であるホールド・オープンになった。

「ふむ」

浩志は七発全部がマンターゲットのほぼ真中に当たっていることを確認した。

ターゲットには五重の枠が描かれ、中央の枠は十ポイントになる。十ポイントが五発、九ポイントが二発、まずまずだ。

マガジンキャッチャーを押して落下したマガジンを受け止め、残りの三つのマガジンと対称的に空《から》のマガジンをカウンターに置く。全弾撃っているために間違えることはないのだが、これも習慣的に区別しているのだ。

浩志はガバメントのスライダーストップを下げ、後退したスライダーを元の状態に戻してマガジンを装塡すると、再びスライドを左手で後退させてコッキングの状態にした。

「四年ぶりに見たが、腕は少しも衰《おとろ》えていない。まだまだ現役でいられるね」

視界の片隅にメガネをかけた初老の日本人が腕を組んで立っている。鈴置弘利《すずきひろとし》、六十九歳。グアムの中部にある屋外射撃場〝インターナショナル・ガン〟のオーナーであり、浩志が傭兵として働いていることも知っている。付き合いも長く、観光客や一般会員とは違う特別な扱いを受けていた。

日本の傭兵代理店に芝浦《しばうら》の倉庫の地下に射撃場を造ってもらうまで、浩志はよくここを訪れていた。グアムは日本から三時間半のフライトで来られる米国領だけに気軽に来られた。それに傷ついた傭兵には温暖な気候は優しく、射撃と体力作りの自主トレの場にも適していたのだ。

〝インターナショナル・ガン〟では扱う銃もハンドガンだけでなく、アサルトライフルやショットガンなど二百丁を超える様々な種類の銃を取り揃えている。しかもこの射撃場に浩志は自分のガバメントとベレッタを預けていた。これはガンロッカーというシステムで、米国では銃の購入と保管をしてくれる射撃場が多々ある。もっとも名目だけで実は他の客と共有という怪しい会社もあるので注意が必要だ。グアムでは観光客目当ての室内射撃場が腐るほどあるが、どこも弾薬を減らしたリロード弾（再生弾）を使用している。射撃というより射的なのだが、この射撃場では実戦で使われるのと同じファクトリー・ロード（工場出荷）弾を使用する。

浩志はガバメントを腰のホルスターに収め、ジーパンのポケットに残りのマガジンを突っ込んだ。カウンターの台があるレンジから出て、十四メートルと二十メートルのマンターゲットの中ほどに立った。

「タイムを計ろうか？」

「そうしてくれ」

鈴置は音で反応する特殊なタイマーを持ち出して浩志の後ろに立った。

「レディー」

鈴置の掛け声で浩志は左足を前に出して腰を低くし、両手をホールドアップするように肩より少し上に上げた。

ピイーというタイマーの電子音に反応し、浩志はガバメントを抜いて左、右と続けてターゲットを撃った。

「〇・八！」

鈴置がタイマーの数値を読んだ。

浩志は舌打ちをした。左のターゲットは十ポイント枠内に着弾したが、右のターゲットは一番外の七ポイント枠で、タイムも気に入らない。

九ミリ弾や三十八口径、まして二十二口径だとしたら撃たれた衝撃が小さい分、敵は反撃してくる可能性が高い。四十五ＡＣＰ弾なら肩や腕にでも当てれば、確かに戦闘能力を削《そ》ぐことができるが、心臓や頭に確実に命中させなければ安心はできない。

浩志は再び両手を上げた。

「レディー」

ピイー、バンッ！　バンッ！

「〇・七五！」

「くそっ！」

タイムは速くなったが左右どちらも八ポイントになってしまった。右を修正しようとして、かえって狙いが甘くなったのだ。

「レディー」

ピイー、バンッ！　バンッ！

「〇・七四！」

左が十ポイント、右が九ポイント、タイムも速くなった。歳を考えればこれが限界だろう。浩志はシリンダーを引いて薬室に残っている最後の弾丸を空中に飛ばし、左手で受け止めてポケットに入れた。

「ブラボー！」

振り返ると、ヤシの木をあしらったデザインのアロハシャツにジーパンという軽装のワットが手を叩いて喜んでいた。ブラウンのカツラを被《かぶ》り変装している。いつもはスキンヘッドだけにまるで別人だ。少し離れた場所に金髪のサングラスをかけた白人の美人が立っていた。

ワットが後ろにいたことなどまるで気が付かなかった。射撃に集中していたこともあるが、彼が気配を消して行動することに長《た》けているのだ。後ろを取られるのは致命的だが、この射撃場のレンジは関係者しか入れない。数人のスタッフは腰に自分の銃を携帯し、ガードマンの役もこなしている。地理的にも射撃場は、周囲より高い位置にあるために狙撃される心配もない。傭兵という仕事柄、常に安全は確保していた。

「来たか」

浩志はガバメントをホルスターに仕舞い、イヤーマフを外して首に掛けた。

二

ワットの隣に立っていたスレンダーな美人はエレーナ・ペダノワだった。

彼女はロシア連邦保安庁（FSB）の防諜局（SKR）の軍事防諜部に所属し、ロシア語で花瓶を意味する〝ヴァーザ〟というコードネームを持つ特殊部隊の指揮官だった。彼女は少佐で、十一人の女性を部下に持っていた。

ある日モスクワにあるSKR本部ビルの地下資料室の整理をしていた彼女の部下が、偶然FSBの特殊部隊隊員が非合法な任務に就《つ》いた際の証言テープを発見してしまう。彼女らの不幸はここからはじまった。国家機密を知ってしまった彼女らは、罠《わな》にかけられロシア兵に陵辱《りょうじょく》を受けた上に次々と暗殺された。

ペダノワは生き残った部下とその家族を連れて米国に逃亡した。だが防諜局に関係する暗殺集団、ロシア語で狼を意味する〝ヴォールク〟に嗅ぎ付けられ、ペダノワを残して部下とその家族は全員殺されてしまう。

まさに〝ヴォールク〟による暗殺がはじめられた頃、浩志は恋人である森美香《もりみか》とカリフォルニアのパロアルトに滞在していた。美香は背中に銃弾を受けて脊髄《せきずい》を損傷し、下半身麻痺《まひ》となっていた。そのため最新の特殊な治療を受けていたのだ。

トラブルを避けていた浩志だが、ペダノワに助けを求められて事件に巻き込まれてしまう。一時は劣勢《れっせい》に立たされた浩志だが、仲間とともに〝ヴォールク〟のアジトを粉砕《ふんさい》し、米国における最高責任者であるセルゲイ・クラコフを倒すことに成功した。

闘いには勝利を収めたが、浩志ばかりか美香までも〝ヴォールク〟から命を狙われるようになった。反撃を決意した浩志は、ロシアの情勢に詳しいペダノワの協力を得ることにした。それは〝ヴォールク〟に復讐を誓《ちか》う彼女の願いを聞き入れることにもなった。

浩志は新たな闘いに備えて、この四ヶ月間準備をしてきた。同時に美香の治療を見守る上でも重要な期間でもあった。

彼女はiPS細胞（新型万能細胞）を経ずに、皮膚《ひふ》細胞を神経幹細胞に直接変化させる〝ダイレクト・リプログラミング〟と呼ばれる治療を受けた。手術は成功し、一ヶ月後には彼女の脊髄は奇跡的に復元された。その後の三ヶ月、美香は血の滲《にじ》むようなリハビリを続け、足を引きずりながらもなんとか松葉杖を使わずに歩ける段階にまで回復している。

機は熟した。日本に戻っていた傭兵仲間を米国に再び招集した浩志は、仲間を美香の護衛につけて日本に帰した。彼らが美香に付いていてくれれば、安心して活動できる。それに今回の闘いに仲間を巻き込みたくなかった。

浩志は一昨日、ワットとペダノワらは昨日グアムに到着した。三人とも日本の傭兵代理店の発行した偽造パスポートを使っている。浩志は蔵本光一《くらもとこういち》と名乗り、ワットはマット・

ガーランド、ペダノワはジェシカ・ガーランドという夫婦の設定だ。偽造といえど、最新のＩＣ旅券であるバイオメトリックパスポートで、まったく本物として機能する。

浩志らの究極の目的は〝ヴォールク〟を殲滅《せんめつ》することであるが、巨大な組織ごと潰《つぶ》すことは不可能だ。そこで少人数で行動して〝ヴォールク〟のトップクラスを暗殺し、組織の壊滅あるいは弱体化を図ることになった。むろん敵陣であるロシアに秘密裏に潜入しなければならない。それにはまず監視や尾行を確認した上で振り切る必要があった。

グアムは淡路島《あわじしま》とほぼ同じ面積で、適度に観光客が集まる。同じ常夏《とこなつ》の国でもハワイでは広過ぎるし、人も多い。そうかと言って閑散《かんさん》としたところでは敵も用心をしてよりつかない。中堅の観光地であるグアムは、敵を油断させ、なおかつ誘《おび》き寄せるにはもってこいだ。しかも浩志だけでなく、ワットもデルタフォースの任務のために何度か空軍基地に滞在した経験があるために地の利があった。

浩志らはグアムのタモンにある〝ハイアットリージェンシーホテル〟に、チェックインしている。ワットとペダノワは夫婦という設定通りに、浩志とは別行動を取っていた。二人の変装は完璧で周囲に溶《と》け込んでいる。逆に浩志はわざと素顔をさらけ出し、敵を誘き寄せる役を演じ、それを遠く離れてワットらに監視させていたのだ。

浩志とワットらは他人の設定のために一堂に会する場所は限られる。ホテルなどでは盗聴される恐れがあるが、射撃場なら心配はない。

「敵はしっぽを見せないな。それともロシア人は暑い観光地は嫌いなのか」

ワットは頭にたかる虫を追い払いながら、呑気《のんき》に言った。

「簡単に見つけられれば、苦労はしないわ。〝ヴォールク〟は私を抹殺《まっさつ》するまで、絶対諦《あきら》めない。それに藤堂は〝ヴォールク〟、というよりロシアをもっとも苦しめた男。殺しても飽き足らない存在なの。彼らにしてみれば核弾頭を使っても殺したいはずよ」

ペダノワは首を振ってみせた。

「核弾頭か。それはナイスなジョークだぜ。どうでもいいが早くこの島を出ないか。臭くてかなわん。もっともヨーロッパ行きの便が出るまで時間があるから仕様がないが」

ワットが臭いと嫌っているのは香水の匂いだ。タモンはホテルだけでなく大型のショッピングセンターに高級ブランドが入り、どこに行っても香水の香りがする。男臭い世界で生きてきた彼には耐えられないらしい。

「私と夫婦という設定なら、我慢しなさい。ここは、私にとっては香水の香りに包まれた天国よ。文句を言わないで」

ペダノワはわざと眉《まゆ》を上げてみせた。彼女は偶然にも美香と同じグッチの香水、〝エンヴィ〟を愛用している。

「どうして高級ブランドが米国領の片田舎《かたいなか》であるグアムに目白押しなのか、知っているか。それは日本人や韓国人がブランド品をわけもなく買うからだ。ただのビニール製の財布にブランド名を入れれば何万もする高級品になる。ぼろ儲《もう》けだからな。グアムを牛耳《ぎゅうじ》っているのはユダヤ人だ。あいつらはまったく商売がうまいぜ」

グアムのブランドを扱う高級ショッピングセンターなどの多くが、ユダヤ資本であることもワットは気に入らないようだ。

「ブランドを買い漁《あさ》る日本人が見栄っ張りというのは、欧米じゃ有名だから別に気にならないわ。でもこの島はそういう観光客で溢《あふ》れているんだから、彼らに溶け込まなきゃ話にならないでしょ」

「まあ、そうだけどな」

ワットは肩を竦《すく》め、ペダノワの正論にあっさりと白旗を揚げた。

「それよりも、せっかく射撃場に来たのだから早く練習をしましょ。私は四ヶ月も銃を握っていないのよ」

ペダノワは右胸をセルゲイ・クラコフに撃たれる重傷を負い、一時は危篤《きとく》状態にまで陥《おちい》っていた。だが、サンフランシスコの病院で緊急手術を受けて一命を取り留め、その後リハビリを続け二週間前に元の状態に戻っている。浩志が動き出すタイミングの一つに、彼女の回復も重要な鍵となっていたのだ。

ワットとペダノワは浩志と違いガンロッカーのメンバーではないので、射撃場から銃を借りていた。ワットがグロック１９で、ペダノワはシグザウエルＰ２２８と、どちらも軍や警察で使われる実戦向きの銃である。

浩志は射撃場のスタッフに三十メートルの標的を二つ増やすように頼んだ。本格的な射撃場だが、普段は一般の観光客も出入りする。今日の午前中は、貸し切りにしてもらっていた。

「一緒に撃つ？　それともレディーファーストかしら」

ペダノワは撃ちたくてうずうずしているようだ。

「時間は充分にある。先にどうぞ」

ワットはわざとらしく左手を胸に当て、右手を前に出しながら笑ってみせた。

「それじゃ、後ろで見ていて」

ペダノワはイヤーマフをかけてレンジに立った。

「少々気が強いが、いい女だぜ」

イヤーマフを装着しようとすると、ワットは浩志に耳打ちするように言った。

彼女はシグザウエルＰ２２８にマガジンを装塡すると両手で構え、てらいもなく撃ちはじめた。久しぶりと言う割には、弾丸は標的の中心に集まっている。ほとんどが十か九ポイントの枠内に収まっていた。

全弾撃ち尽くすと素早い手つきでマガジンを交換し、ペダノワはしゃがんだり、横に移動したりと色々な場面を想定した実戦的な練習をはじめた。それでも狙いを外すこともなく弾丸は標的を力強く撃ち抜く。

「やるな、ベイビー」

ワットは口笛を吹いた。だが、浩志は彼女がすべての弾丸に憎しみを込めていることを見逃さなかった。

三

グアムは海洋性亜熱帯気候で、年間を通じて泳ぐことができる。季節は六月から十月の激しい雨となるスコールがある雨期と、雨が少ない十一月から五月が乾期となるが、浩志がグアムに来てから、毎日雨が降っている。

ワットやペダノワと打ち合わせを兼《か》ねて射撃場で銃の練習をした浩志は、一旦〝ハイアットリージェンシーホテル〟に戻った。

〝ハイアットリージェンシーホテル〟はグアムで一番の繁華街であるタモン地区にあり、遠浅の美しい浜辺を見下ろすことができる。タモン湾にはホテルが建ち並び、多くのホテルはオーシャンビューの客室で海辺近くにプールやレストランを構える。風景としてワイキキのビーチに似ている。

浜辺の砂も細かくて白く、晴れていれば紺碧《こんぺき》の海を際立たせる。日本のように砂浜に海藻やゴミが打ち上げられている光景は、ここにはない。もっとも海藻や生物の残骸《ざんがい》が打ち上げられないのは、海藻がそもそも沿岸に育たないためだろう。だが、打ち上げられるゴミはスタッフがまめに取り除く。海外のリゾートでは小型船を出して、漂《ただよ》うゴミを回収して海岸に打ち上げられないようにしているところもある。そういう意味ではゴミやガラス片が散乱する日本のリゾート地は努力不足と言わざるを得ない。

昼食をすませた浩志は、ホテルのロビーのソファーにニューズウィークを見ながら座っていた。高級ホテルらしく湿気はなく、適度な冷気が心地いい。一見くつろいでいるように見えるが、他人から顔が見られないように雑誌を片手に座る場所には気を配っている。ほとんどの観光客は現地の服装に倣《なら》って半パンを穿《は》いているが、浩志はいつもと同じサングラスにTシャツにジーパンという格好をしていた。傭兵という職業柄、武器はいつも携帯している。特に足首には武器が隠せるため、半パンを穿くことはない。今は左の足に小型のタクティカルナイフを隠し持っている。

浩志はソファーに座りながら全神経を集中させて周囲を警戒していた。監視の目は特に感じないが、敵がグアムまで追って来ていると信じ、決して気を緩めることはない。

フロントで交《か》わされる英語でここが米国であることが分かるが、タモン地区はどこに行っても日本人観光客で溢れ返っている。ともすれば熱海《あたみ》にでもいるかのような錯覚《さっかく》すら覚える。

エントランスに現地の人間が現れては、日本人観光客を伴って外に出て行く。彼らはオプショナルツアーの現地のガイドたちだ。ツアーの内容も南国ならではの、イルカウォッチングや海底散歩、ビーチでバナナボートや水上スキーなど様々ある。

アロハシャツを着てサングラスをかけた男がエントランスに入ってきた。

「蔵本様、中川《なかがわ》様」

メモ用紙に書かれた名前を呼び、フロントの前をきょろきょろとしている。

浩志は偽名である蔵本と呼ばれたので席を立った。すると少し離れたソファーに座っていた初老の男も立ち上がった。ツアーでは見知らぬ者同士が客となることは珍しくない。

「蔵本さんに、中川さん？　ようこそ、グアムツアーへ。どうぞ、こっちへ来てね」

少したどたどしい日本語を使うアロハシャツの男は、浩志と中川と呼ばれた初老の男に手招きをして外に出た。ホテルのロータリーにはグアムツアーとボディーに書かれた二〇〇六年式のホンダのステップワゴンが置かれていた。グアムに限らず米国は年式の古い日本車が多く、車検制度がないため整備不良の車が普通に走っている。

「ツアーのお客様は、後ろに乗ってください」

浩志とポロシャツを着た初老の男が乗り込むと、アロハシャツの男は運転席に座った。

ステップワゴンは、ホテルから出てパルサンヴィトレズ・ロード、通称タモンホテルロードを南に向かった。

「今のところ、尾行はないようです」

アロハシャツの男はバックミラー越しに話しかけてきた。日本の傭兵代理店のコマンドスタッフである中條修《なかじょうおさむ》である。

「十月も末になり、東京はめっきり冷え込んできましたから、グアムは天国ですね」

隣に座る初老の男が口を開いた。下北沢《しもきたざわ》にある質屋のしがないオヤジであり、裏稼業が傭兵代理店の社長という池谷悟郎《いけたにごろう》である。馬面で風体の冴《さ》えない顔をしているが、防衛省情報本部に所属する特務機関の局長でもあった。

「それにしても、こんな形で打ち合わせをしなければならないとは、思いませんでした」

池谷はめったに日本を離れることがないのだ。

「敵は世界中の政府機関にスパイを送り込んでいるんだ。ホテルやレストランはだめだ。油断すれば情報は筒抜けになってしまうからな」

浩志は外の景色を見ながら言った。

「我々が少し前まで悪魔の旅団とかブラックナイトと呼んでいた組織が、ロシアでは〝ヴォールク〟と呼ばれているとは知りませんでした。しかもロシアのFSBの特殊部隊にも属しているそうじゃないですか。驚きましたね」

池谷はペダノワが米国に流した情報により、日本の政府から間接的に知ったようだ。

「それだけ組織が大きく、ロシアだけでなく世界に深く溶け込んでいるからに違いない。

ブラックナイトは武器や麻薬の密輸をするビジネス部門と、テロ活動をする実戦部隊は別にあると言われてきた。おそらく〝ヴォールク〟は暗殺を請け負《うお》う実戦部隊のことなのだろう」

浩志の銃撃を受けたクラコフは死に際に、ＦＳＢの特殊部隊に属している〝ヴォールク〟は下部組織でもあるが、特殊部隊と組織が一部重複すると言っていた。下部組織ではあるが、〝ヴォールク〟の方がＦＳＢ本体より組織的にははるかに大きい。世界中に支局を置いて組織が広がったか、あるいは地元の闇の組織と結びつき巨大化したのだろう。

「我々が暗殺するターゲットは、ＦＳＢのウラジミール・ケルザコフらしいが、裏は取れたか？」

ペダノワが第一に復讐するターゲットにしている人物だ。

「西側の情報組織からデータをかき集めました。確かにウラジミール・ケルザコフはＦＳＢの防諜局の軍事防諜部のトップです。しかも優れた策略家でＦＳＢきっての軍人とまで言われ、イランやシリアや北朝鮮などの反西側諸国に裏で軍事的なアドバイスやサポートをしており、それぞれの軍部とのパイプ役になっている重要人物です」

「敵に不足はないな」

浩志はにんまりとした。

「ペダノワは〝ヴォールク〟の特殊部隊総司令官と考えているようですが、おそらく正解でしょう。ケルザコフを暗殺すれば、〝ヴォールク〟だけでなくロシアも手痛い打撃を受けることは間違いありません。ただし、彼は軍人です。彼に命令を出している人間がいるはずです。その人物も暗殺しなければ意味はないと、私は思いますが」

池谷は長い顔に皺《しわ》を寄せて、難しい表情になった。

「ロシアに潜入し、ケルザコフを追い詰めれば自《おの》ずと答えは出るだろう」

敵地でなければ、情報は得られないと浩志は思っていた。

「しかし、自殺行為です。復讐を誓うペダノワは仕方ないとして、藤堂さんやワットさんまでそんな無謀な行為に加担するべきではありません」

馬のように池谷は首を振った。

「これまで〝ヴォールク〟から命を狙われ続けた。これからもそうだろう。毒物や爆弾や狙撃《そげき》を気にしない日はない。しかもターゲットは俺だけじゃなくなっている。ここらで元を絶《た》たなきゃ駄目だ。ペダノワに付き合うのじゃない。むしろその逆だ」

今や美香までターゲットに入っている。リベンジャーズの仲間に災禍《さいか》が広がるのも時間の問題だ。

「……確かに」

池谷は溜息《ためいき》をついて肩を落とした。

「とにかくサポートを頼む。準備はできたか？」

「信頼できる人間を用意しました。すでに現地に飛ばしています。米国も独自にサポートをするようですが、それはワットさんにお任せしています」

ワットは米軍やCIAからサポートを受けるように手配したようだが、米国の国家機密に触れることなので池谷でも知ることはできない。

「それにしても、グアムまで敵は追いかけて来るのでしょうか？　CIAの方で税関を監視していると思いますが」

「CIAが当てになるか。俺たちは二、三日観光をして相手の出方を見る。もっとも、海岸で日光浴をするつもりはないがな」

敵地に乗り込む作戦を行う以上、臆病《おくびょう》なほど警戒しながら行動していた。

「分かりました。観光をされるのなら、本日はこの私がグアムをご案内しましょう」

「出不精《でぶしょう》のあんたが、グアムを知っているのか？」

「何をおっしゃいますやら。傭兵代理店を開業する前は、私は防衛庁の情報局にいました。軍事的な情報ならお任せください。グアムの戦争遺跡でしたら、ご紹介できますよ」

池谷は胸を張った。自分が腕利《うでき》きの諜報員だったとでも言いたいのだろう。

グアムは第二次世界大戦で日本軍と米軍との間で熾烈《しれつ》な戦闘が行われ、その遺構が残っている。傭兵という仕事柄、プライベートでは戦争と名のつく物は避けてきたため、これまでグアムの戦跡を訪れたことはなかった。

「社長、あまり見栄を張らない方が、よろしいのでは」

ハンドルを握る中條が、苦笑混じりに言った。

「もちろん自分で調べたりもしましたが、実は現地の日本人の歴史研究家に案内してもらったことがあるのです」

池谷が頭を掻《か》いてみせた。

「戦跡ツアーか」

「藤堂さんはビーチやショッピングにも興味がないでしょう。グアムで日本の歴史に向き合うことも大切かと思いますが」

「……案内してくれ」

浩志は一瞬戸惑《とまど》った後、小さく頷《うなず》いた。

四

グアムは一五二一年に探検家マゼランが南部のウマタック湾に上陸することで、世界の歴史に名前が登場する。その後一五六五年にスペイン領となり、約三百年もの間スペインの統治が続いた後、米西戦争でスペインが敗れて一八九八年から米国統治に替わった。

旧日本軍がグアムに上陸したのは一九四一年十二月十日、真珠《しんじゅ》湾攻撃の二日後だった。

駐留米軍を追い払い、三年間日本軍は〝大宮島《おおみやじま》〟と呼んで統治した。だが敗戦色が濃くなった一九四四年八月十一日に押し寄せた米軍との激しい戦闘の末日本軍は敗れ、島を奪回される。島に取り残された二万八百七十九名の日本兵で生き残ったのは僅《わず》か百七十名ほどという、ほぼ玉砕《ぎょくさい》だった。以後グアムは米国の準州として扱われている。

「悲しいことに年間九十万人と言われる日本人観光客は、グアムで日本人が闘っていたことなど皆目《かいもく》知りません。この島にはまだ遺骨として眠っている日本兵が大勢いるというのに嘆かわしいことです」

観光ガイドを自ら志願した池谷は大きな溜息を漏らした。

「それはグアムに限ったことじゃないだろう。フィリピン、インドネシア、韓国、台湾、中国などへ旧日本軍が侵攻したことなど今の日本人は忘れている。戦争という事実を学校教育に取り込まなかった結果だ。おかげで日本中無恥で厚顔な若者が急増した」

浩志は世界中を渡り歩いているため、日本人の歴史認識の無さに呆《あき》れることは多々あった。もっとも平和ボケした日本人の危機管理能力の無さにはさらに驚かされる。

「歴史認識も問題ですが、ご存知でしょうか。グアムには日本政府がお金を出して作った公的な施設が結構あるんですよ」

池谷が病院のような建物を指差して言った。

「日本政府は沖縄の米軍基地をグアムに移転させるため、ずいぶん前から密《ひそ》かに活動しています。米国の心証を良くしようと、日本の基金で建てられた施設があちこちにありますが、そのことを日本人はもちろん、恩恵《おんけい》に与《あずか》っている地元住民でさえ知らないんです。まったく我々の税金がこんな海外でも無駄にばらまかれて、腹が立ちますね」

渋い表情で池谷は続けた。

「グアム移転に関しては、この島に様々な波紋を投げ掛けました。例えば韓国人は移転して来る米軍向けに高級住宅を沢山《たくさん》建てましたが、ゴーストタウンになっています。また、海兵隊の基地建設の労働者向けの住宅も彼らは沢山作りましたが、それも無人のままです。金儲けを企《たくら》んだ人間はみんな大損をしました」

池谷の話に浩志はなるほどと相槌《あいづち》を打った。

二〇一二年一月、米国のオバマ大統領は議会がすでに可決した国防費に関する法案に署名し、二〇一二年度予算では沖縄に駐留する海兵隊八千人のグアム移転にかかる支出が一切認められないことが正式に決定された。事実上移転計画は凍結され、その後、規模を縮小し内容的にも変更がなされて協議されている。

「日本では簡単にグアム移転と言っていますが、現地ではどう思われているかご存知ですか？」

改めて尋《たず》ねられても首を振るしかない。

「人口の多くを占め、原住民であるチャモロ人は賛成しています」

「沖縄とはずいぶん違うな」

「なぜなら、彼らは何も知らされてないからです。米国政府はグアムを植民地とし、チャモロ人を二級米国人として扱う代わりに家を与えて失業手当を払っています。つまり生かさず殺さず、インディアンと同じで、グアムは彼らの居留地なんです。だから、収入さえ増えれば、チャモロ人はいいと考えている人が多いようです」

「グアムがチャモロ人の居留地だとは知らなかった」

浩志も驚きを隠せずに目を見開いた。

「一方で、面白いことにグアム在留の米軍人は、反対しているんですよ」

「移転して来るのが、海兵隊だからか？」

海兵隊は罪の免除を目的とした犯罪者や行き場のない失業者、米国籍を取得目的の移民などが多く入隊する。彼らは犯罪者予備軍とまで言われ、歓迎する者など誰もいない。だからこそ米国政府も国内ではなく、沖縄に彼らを駐留させておきたいのだ。

「その通りです。海兵隊は鼻つまみ者ですから、グアムに移転してくれれば、トラブルが増えて米軍のイメージを損ねる、という理由で駐留している空軍と海軍は反対しているのです」

「米国人にとって海兵隊の犯罪は、日本ではよくても米国じゃ困るからな」

浩志は苦笑を漏らした。

「しかもグアムのインフラは沖縄に比べてあまりにも脆弱《ぜいじゃく》です。道路は少なく、しかも穴だらけ。上下水道も不足している。海兵隊を八千人も移転させれば、家族や軍属も入れれば二万人近い人口が増えることになります。淡路島ほどの面積に現在十七万人弱の人口があり、一挙に二割近くの人口が増えたらグアムを島ごと改造しなければいけません」

「その費用は日本が負担することになる。馬鹿な話だ」

浩志は肩を竦《すく》めた。

車はグアム島の中部アサン岬にあるパセオ球場の西側を通り過ぎた入り江で停まった。

「ほお」

車を下りてすぐに浩志は、岸辺にあるコンクリート製の四角い物体に気が付いた。戦時中の日本軍のトーチカである。

「これは……？　二カ所ある銃眼の一つが陸に向かっているのはなぜだ？」

観光客らしくデジカメで写真を撮りながら、浩志は首を捻《ひね》った。位置的にトーチカは海からの攻撃に備えたものだからだ。

「さすがです。北の銃眼は海ですが、東は岬の陸地を向いていますね。これは米軍が大規模な埋め立てをしたためです。戦前は東側に岬はありませんでした」

「地形をまったく変えてしまったのか」

浩志は呆れて首を振った。

「米軍は上陸する際に徹底した艦砲射撃と爆撃をしました。沖縄に上陸した際に〝鉄の雨〟と言われる激しい攻撃をここでもしたのです。それは日本兵の殺害と、上陸後に新たな設備を作るための既存施設の破壊が目的だったそうです。スペイン統治時代の面影《おもかげ》を残す美しい街は消失し、埋め立てにより海岸線も失われました」

生き残った日本兵の証言では、艦砲射撃と爆撃の衝撃で地面がトランポリンのように跳《は》ね上がり、塹壕《ざんごう》を掘ることもできなかったそうだ。

「沖縄と一緒だな。過去の遺産と自然を破壊し、住民のアイデンティティーを喪失《そうしつ》させる。米軍が力で押さえ付けられるように土壌を作ったんだな」

浩志はものを言わぬトーチカを見て納得した。

「さて次の場所に移動しましょう」

トーチカの内部を覗き込んでいた池谷は腰を上げた。

「うん？」

一瞬だが東の方角から視線を感じた。景色を眺《なが》める振りをして辺《あた》りを見渡したが、岸辺で釣りをしている白人の姿しかない。彼らは浩志らが到着する前から釣りをしていた。彼らが監視しているはずはない。

蒸し暑く霧雨も相変わらず降っているが、視界は良好で遠くまで見渡せる。

「むっ！」

今度は反対の西の方角から視線を感じたが、そちらは海上で船も浮かんでいない。

「何か、気になりますか。行きますよ」

池谷が怪訝《けげん》そうな顔を向けてきた。

「なんでもない。なかなか勉強になった」

浩志はさりげなく池谷を庇《かば》いながら車に戻った。

五

この四ヶ月間、美香のリハビリに付き添うとともに自らも〝ヴォールク〟との闘いで傷ついた体の治療に浩志は努《つと》めた。同時に新たな闘いに備えて準備もしてきた。次の主戦場はロシアだと思っている。当然敵地の言語を話せるようにならなければならない。浩志は徹底的にロシア語の特訓をした。むろんまだ日常会話程度であるが、不自由しないまでになっている。また〝ヴォールク〟の本部があると思われるモスクワの地理も頭の中に叩き込んであった。

「どうされましたか？」

窓の外を見て物思いにふけっていると、隣に座る池谷が声をかけてきた。この男とも付き合いは十年以上になる。友人であり傭兵としては大先輩にあたる大佐ことマジェール・

佐藤《さとう》に日本の傭兵代理店を紹介してもらったのがきっかけだ。

刑事を辞めるきっかけとなった〝世田谷《せたがや》の殺人事件〟の真犯人を追ううちにいつしか傭兵となり、世界中の戦場を放浪するようになっていた。五年前、事件の時効も過ぎ、傭兵としても潮時《しおどき》だと諦めかけていたときに、池谷の協力もあって真犯人である片桐勝哉《かたぎりかつや》と決着をつけることができた。それが縁で傭兵代理店を通じ、日本政府の極秘の作戦を受けるようになった。

「監視されていることは確かだが、敵の姿を捉《とら》えることができない。それが気になる。武器は何かないか？」

小型のサバイバルナイフだけでは心もとない。

「そうおっしゃると思って用意してきました」

池谷は足下に置いてあった革のバッグから、ホルスターと小型のハンドガンを取り出してみせた。

「２６か、さすがだな」

「ロスの傭兵代理店に注文して、ホテル宛に送ってもらいました」

浩志は池谷からグロック２６を受け取り、マガジンを抜いて弾丸を調べるとにやりとした。全長百六十ミリとグロックシリーズ最小モデルだが、九ミリパラベラム弾を使用する優れものだ。ホルスターも専用の小型タイプでベルトに差し込んでヒップホルスターとしても使える。さっそくベルトに通してみると、Tシャツで充分に隠れる位置に装着できた。

「ところで、グアムの年間観光客は百万人以上と言われていますが、そのうちの九十パーセント以上が日本人です。つまりこの島は日本人観光客で成り立っているのです。しかし、人口の四十七パーセントを占めるチャモロ人の反日感情はとても強く、マナーの悪い日本人に島民はうんざりしているというのが現状だということをご存知ですか」

「グアムに来る観光客は海水浴と買い物が目的だ。彼らにモラルを求めるのか？　もっともチャモロ人の反日感情は旧日本軍のせいなんだろう？」

「すべてのチャモロ人というわけではありませんが、強制労働をさせられた上に日本の軍人に暴力を振るわれたことも多々あったようです。さらに米軍との闘いで日本軍は撤退を余儀なくされ、その際チャモロ人を強制的に移動させ、情報漏れを防ぐために彼らを虐《ぎゃく》殺《さつ》した部隊もありました。同じ日本人として信じたくはない悲しいお話です」

池谷は深い溜息をついた。

「戦争は殺し合いであり、きれいな戦争なんてありえない。戦争は人を狂わせる。まともでいろと言う方が、おかしいのだ」

浩志は傭兵として闘い続けてきたが、戦争をもっとも忌み嫌っていた。傭兵という職業も自己否定の上で成り立っていると思っている。

一行は次に米軍上陸地点の一つである、アサンを見下ろせるニミッツヒル展望台を訪れた。グアム奪回を狙う米軍の上陸前の攻撃は凄《すさ》まじく、アサン海岸だけで一万八千発もの爆弾とロケット弾が投下された。米軍が上陸する際、地形が変わるほど被害を受けたが、生き残った日本兵は亡くなった兵士を弾避けに背負って、米軍に立ち向かったそうだ。

池谷は現地の歴史研究家から詳しく話を聞いたらしく、その後グアム島の南部西側のアガット米軍上陸地点を見た後、島を横断して東側にあるチャモロ人が虐殺されたマンガン山強制収容所跡を見て回った。記念碑が建っているだけだが、ジャングルの奥深い場所で悲惨《ひさん》な出来事があったことを思い巡《めぐ》らせれば、心を痛めない者はいないだろう。

池谷の道案内で休みなく島内の戦跡を巡り、最後に島の北部にある〝ジーゴ平和慰霊記念公園〟に立ち寄った。細長い敷地の奥に記念碑と小さな資料館がある公園は、すでに日が暮れかけており、人気のない墓地のように物悲しい雰囲気を醸《かも》し出していた。

「ここを訪れる日本人観光客は記念碑を見て帰るだけですが、この地の意味も知りません。もっとも案内するガイドが悪いのだとは、私は思いますが」

そう言って池谷は記念碑の右手の奥へと向かった。足場が悪い急な坂を下ると谷になっている。公園のすぐ脇は崖のようになっており、その下には避難壕の三つの坑口がぽっかりと口を開けていた。真中の坑口の前に石碑があり、酒や花が手向けられている。

「記念公園は、この壕があるために出来たようなものです。ですから避難壕を訪れなければば意味がありません。ここに花を手向けるのはグアム在住の日本人ばかりだそうです」

池谷の話を聞きながら、浩志は石碑の隣にある日本語と英語で並記された説明板を読んだ。第三十一軍隷下《れいか》の部隊を統率した小畑英良《おばたひでよし》中将は最後の総攻撃を下命し、壕内で六十余名の将兵とともに自決したという内容が記《しる》されていた。

「この地域は、〝大宮島〟を守備した南部マリアナ担当の第三十一軍と米軍との間で、激しい戦闘が行われた場所です。また近くには、旧日本軍司令部がありました。この壕は又《また》木山《ぎやま》戦闘司令部壕跡ということになっておりますが、この地域の部隊は玉砕していますので定かではありません。この壕は狭いので、説明板に書かれているような六十人もの将兵が自決することは難しかったと思いますよ」

池谷は石碑に向かって合掌《がっしょう》しながら言った。

「小畑中将はここで自決したのじゃないのか?」

「司令部があった建物ごと吹き飛ばされたという説もあります。〝己の身を以て、太平洋の防波堤たらん〟と、大本営に決別の辞を打電してきた方です。自決はされなかったでしょう。最後まで闘い敵の砲撃で命を落とされたのだと、私は思いますよ。大本営はサイパン、グアムの玉砕という敗戦の結果を重く受け止めて終戦を決意していれば、太平洋戦争も一年は早く終わっていたでしょう。未来のあった幾万の優秀な人々が命を落とした戦争は、無念の一言に尽きます。死んでは何にもなりません」

そう言って池谷はちらりと浩志を見た。

「回りくどいぞ。敵の本拠地に乗り込むのは危険で無謀だということは承知の上だ」

池谷の魂胆《こんたん》は分かっていた。浩志に計画を断念させたかったのだろう。だが〝ヴォールク〟を叩き潰さなければ殺されるのは自分である。無謀と分かっていてもやらねばならないのだ。

「戦争遺構をご紹介したのは、闘いの悲哀を感じていただければと思ったのですが、やはりだめですか」

池谷は暗い表情で首を振った。

「そんなものは知り過ぎるほど知っている……」

崖の上から視線を感じた。

「むっ！」

だが次の瞬間、気配は左の藪《やぶ》の中に変わった。

「そういうことか」

浩志はさりげなく足下の石を拾い上げて、狙いをすませて頭上に投げつけた。

「どうされたんですか？」

驚いた池谷と中條が走り寄って来た。

浩志は足下に落ちてきた虫を拾って掌《てのひら》に載せた。

「これを見ろ。昆虫型監視ロボットだ」

全長五センチほどでトンボのような形をしているが、目の代わりに小型カメラが埋め込まれている。

「驚きました。米国が所持していることはダーパの報告で知っていましたが、ロシアも所持し、しかも使っているとは思いませんでした」

池谷は監視ロボットを見てしかめっ面《つら》になった。

米国防総省の研究部門である国防高等研究計画局（DARPA）は、全長七・五センチというハチドリ型超小型無人偵察用ロボットを公開したが、他にもさらに小型の昆虫型ロボットの開発に成功しているようだ。

「敵はこれまでと違って用心深い。それだけ手強いということだ。俺たちもそれなりに対処しなければならないということだな」

浩志はロボットを右手で握りつぶした。

六

その夜、浩志とワットとペダノワは三人で食事をすることにした。すでに敵に監視を受けていることが分かった。だが敵はワットらの存在を知っていて、尾行に気付かれないように超小型無人偵察用ロボットを使用していたのだろう。もはやワットらと他人の振りをして別行動をとるより、三人で揃っていた方が安全と言えた。それに尾行を探知するべく新たな手段は打ってあった。

グアムはまかせろというワットに従い、タモンの中ほどにある〝パシフィックベイホテル〟の一階にある〝シュラスコ〟というブラジル料理レストランで待ち合わせた。白を基調とした清潔な店で、フロアーの奥にガラス張りのキッチンがあった。

「なるほど」

厨房《ちゅうぼう》の大きなバーベキューグリルを見て浩志は納得した。メニューには大人三十三・七五ドルと記載されている。むろんワットが得意とするバッフェ（ビュッフェスタイル）、つまり食べ放題なのである。

サラダバーの他にスープやスパゲッティー、デザートのバーもある。メインのバーベキューは鉄串に刺してグリルされるビーフ、ポーク、チキンなど部位や調理法など種類も豊富だ。軽く塩胡椒《しおこしょう》はしてあるが、テーブルに用意してある醬油《しょうゆ》ソース、サルサソース、バーベキューソースの三種類あるソースを好きに付けて食べる。

客は表が〝Ｙｅｓ〟、裏が〝Ｎｏ〟と表記されたカードを使い、テーブルの上に〝Ｎｏ〟と示さない限り、ボーイは次々と現れて肉を勧《すす》めて行く。

「どうだ。うまいだろう」

ワットは薄切りのビーフをまとめて数枚頬張りながら満面の笑みを浮かべている。

「ソースに工夫《くふう》がない」

正直な感想だった。肉は歯ごたえがあってそこそこうまいが、醬油ソースはなぜか酸味があり、野菜がごろごろとしているサルサソースは肉に付け難《にく》い。バーベキューソースは米国人の感覚で薬臭いが、三種類のソースを混ぜると意外においしかった。

「それはおまえが舌の肥《こ》えている日本人だからだ。米国人はこれで充分というより、アベレージより上だ。何より、肉がたらふく食えるところがいい。君はどうだ?」

ワットは気取ってペダノワに尋ねた。

「まあまあね。ダーリン」

ペダノワは皿に山盛りのサラダを食べながら、冗談めかして答えた。肉は脂身の少ないものを選んで食べている。彼女はアスリートのように栄養のバランスを常に考え、体調を整えていた。復讐心に燃える彼女は、いつでも闘えるようにしているのだろう。しかも食事する際、テーブルの上に必ずポータブル放射線計を置いている。放射性物質による毒殺を恐れているのだ。

「ところで浩志、昼間超小型監視ロボットを捕まえたそうだが、それはどうした?」

ワットはさりげなく尋ねてきた。席は店の奥の壁際で隣席と離れており、盗聴される心配もない。

「握りつぶしたら、池谷に慌てて取り上げられた。どうせ防衛研究所にでも持ち込むつもりなのだろう。まずかったな」

ミラーライトを飲みながら浩志は苦笑した。常夏の国ではビールはミラーライトか、バドワイザーの爽《さわ》やかな飲み口が合う。

今回の作戦で米軍から無償の協力を得られることになっている。ただひとつだけ条件があった。ロシアに関する軍事的な情報が得られれば報告することだ。もし現物が手に入れば引き渡すことになっていた。無償の協力というのは借りを作ることになるので、浩志としては条件があった方がむしろよかった。

「捨てなかったのなら、それでいいんだ。解析《かいせき》されたデータは、防衛省から国防省にも渡るだろうからな。それより、小型だけに通信距離は限られていたはずだ。リモコンで操作していたやつは、おそらく離れていたとしても百メートル以内の距離にいたのだろう。俺たちはともかく、トレーサーマンの監視から逃れたということか」

「やつも万能じゃない。敵は俺が囮《おとり》だと知った上で監視していた可能性もあるからな」

浩志を囮にして敵を誘き寄せる作戦で、ワットとペダノワは敵を発見する役割を分担した。さらに二人とは別に美香の護衛として付けた仲間の中で加藤豪二《かとうごうじ》を選んでグアムに呼んでいた。加藤は身長一六八センチで容姿《ようし》も目立たないが、〝トレーサーマン〟というニックネームを持つ追跡と潜入のプロだ。もし彼に見つかっていたのなら逃れることはできなかっただろう。

「まあ敵も俺たちの実力を嫌というほど分かっているはずだ。監視もそれなりに腕利きを寄越しているということなんだな」

ワットはナプキンで口元を拭《ぬぐ》いミラーライトで喉を潤《うるお》すと、空になった瓶をボーイに見せて追加注文した。

「まったく、あんたたちの態度にはいらいらさせられるわ。はやくモスクワの本部に行って決着をつけさせて。どうせなら核弾頭でモスクワごと吹っ飛ばせばいいのよ」

ペダノワは乱暴にフォークをテーブルに置いた。

「落ち着け。少人数で行動するんだ、冷静な判断力を欠けば命取りになるぞ」

浩志は周囲に気を配りながらペダノワを睨《にら》んだ。

「やつらの魂胆は分かっているの。ロシア政府は死刑を宣告された人間が、苦しむようにじわじわと追い込んで行く。同時にそれは見せしめになる。私はそんな惨《みじ》めな死に方をしたくない」

ペダノワは息を荒らげて言った。焦っていることもあるのだろうが、ロシア政府や〝ヴォールク〟の報復を恐れているのだろう。

ロシアでの暗殺は、手口を見れば政府がどの程度対象者に恨みを持っていたか分かる。銃や鈍器で単純に殺される場合は単に口封じをしただけだが、見せしめの場合は毒物を使い時間をかけて殺す。

ロシアの大統領、首相を歴任したウラジミール・プーチンの不正と陰謀を暴こうとしていたFSBの元中佐だったアレクサンドル・リトヴィネンコは、亡命先の英国でウランの百億倍の比放射能を有する放射性物質のポロニウム210で毒殺された。

二〇〇六年十一月一日にポロニウムをもられてから二十二日間リトヴィネンコは苦しみ抜き、同月の二十三日にまるで百歳を過ぎた老人のように肌は荒れ、骨と皮と化した悲惨な姿で亡くなった。体内被曝《ひばく》した彼は享年四十四歳だった。その姿が報道されるや、ロシアの反体制派ばかりか世界中を震撼《しんかん》させた。

事件を調査していた英国は元KGB職員であったアンドレイ・ルゴボイを主犯としてロシア政府に引き渡しを要求した。英国は情報部の総力を挙げて放射性物質の痕跡《こんせき》を辿《たど》ったのだ。もともとポロニウム210は大規模な原子力施設でなければ精製はできない。しかも世界の九十パーセント以上がロシアで作られ、致死量の価格は億単位するという。政府が関与しているのは明白であった。だが、ロシア側は馬鹿げた作り話だと英国の要求を拒絶した。

「俺たちはこう見えてもちゃんと手を打っている。心配するな。むざむざとおまえが殺されるようなことは絶対させない」

ワットはペダノワにウインクして見せた。

食事を終えた三人はレストランを出た。途端《とたん》にむせ返るような湿度の高い外気に体を包まれた。

浩志は日産《にっさん》の〝エクステラ〟、ワットらはフォードの赤いムスタングのコンバーチブルを借りている。ワットの愛車はごついピックアップだが、リゾートということで派手な車を選んだようだ。

ホテルの駐車場に停めてあった〝エクステラ〟の運転席に座り、キーを差し込もうとすると池谷から携帯に連絡が入った。いつもなら、車に爆弾が仕掛けてないか調べるのだが、今回は高性能のセンサーを備えた防犯システムを取り付けていた。駐車するたびに安全チェックをしていては、いざというときすぐに発進できないと、池谷が日本から持ち込んだのだ。

――藤堂さんが見つけた超小型監視ロボットをグアムの領事館に待機させていた武官に調べさせたところ、電波の届く範囲は六、七十メートルしかありませんでした。

「馬鹿な。六十メートルと言えば、公園の中にいなければならない。他に誰もいなかったはずだ」

夕暮れ時の記念公園には、浩志ら以外に誰もいないことは確認していた。

――それが、電波の中継機が私たちの乗っていた車に取り付けてあったのです。

「あの車にも防犯システムが取り付けてあったんじゃないのか？」

――もちろんです。しかし、敵は防犯システムを一時的に無力化して取り付けたに違いありません。くれぐれもご用心してください。

「分かった」

浩志は電話を切って、携帯をポケットに仕舞った。

「待てよ」

ワットらが乗っている赤いムスタングを探すため、慌てて車から飛び降りた。

ドン！

背後から凄まじい爆発音と爆風が襲ってきた。

「何っ！」

振り返ると炎に包まれた赤い車体が空中で一回転し、駐車場のアスファルトに叩き付けられて轟音《ごうおん》を上げた。

浩志は凄まじい炎と黒煙を上げるムスタングに近付いた。

「浩志！」

ワットとペダノワが十メートルほど離れたワンボックスカーの陰から現れた。

「ワット、無事だったか」

二人の姿を見て浩志は胸を撫で下ろした。

「車に乗ろうとしたら、中條から車の防犯システムが破られたと連絡があったんだ。もしかしてと、とりあえず車を離れた瞬間に爆発したよ」

ワットは笑ってみせた。用心深い池谷は中條を使ってワットにも同時に連絡をしていたようだ。

「今回の敵は、つくづく食えない野郎だな。命拾いしたぜ」

ワットが笑いながら掌を挙げた。

「そのようだ」

浩志もワットにハイタッチをして無事を喜んだ。

だが、ペダノワは燃え盛る車を瞳に映し、握りしめた拳を震わせていた。

忌《い》まわしき名

一

〝パシフィックベイホテル〟の駐車場で午後九時過ぎに起きた爆発事件は、翌日のローカルニュースで思いのほか小さな扱いになった。

ワットが借りたフォードのムスタングが空中まで吹き飛んだところを目撃したのは、浩志とワットとペダノワの三人以外は、駐車場の近くでたまたま休憩《きゅうけい》時間に煙草《たばこ》を吸っていたホテルの従業員の二人だけだった。

火だるまになった車は、野次馬を蹴散《けち》らすように到着した消防隊によりすぐに消し止められた。事件の処理は地元警察の他にグアム駐在の米空軍（ＵＳＡＦ）の憲兵隊があたった。おそらく目撃者の口を封じ、事件性はないともみ消したのだろう。密かに米軍が浩志とワットを陸海空の三軍を挙げてバックアップしていることがこれでよく分かった。

通気性のいい半パンにTシャツ、ランニングシューズという軽装に着替えた浩志は、〝ハイアットリージェンシーホテル〟のロビー階にあるジム、〝ステイフィット・アット・ハイアット〟のガラスのドアを開けた。このジムは二十四時間オープンしており、五つ星のホテルだけに設備も充実しているが、閑散《かんさん》としていた。リゾートホテルのジムではよくある光景だが、午前六時半という時間では無理もない。

先客が一人だけランニングマシンを使っている。カモシカのように締まった足腰の筋肉にうっすらと汗をかいていた。

浩志はストレッチ体操をすると、先客の隣のマシンに乗った。

「おはようございます」

隣のマシンで息も乱さずに走っているのは加藤である。

「何か分かったか？」

スタートボタンを押して、浩志も走りはじめる。

「私は昨夜、駐車場が見える位置で見張っていましたが、不審者はいませんでした。ホテルで爆弾が仕掛けられたに違いありません。調べたところ防犯システムは、妨害電波でシステムが無効になることが分かりましたので、電波を遮断するカバーを藤堂さんの車のセンサーにも取り付けておきました」

加藤は正面を向いたまま報告した。池谷らと連携で作業をしているようだが、睡眠時間も取っていないに違いない。

「爆弾だが、爆発したタイミングが気になる。時限式はありえない。リモート爆弾だったんじゃないかと俺は思っている」

「爆弾の破片は警察ではなく、米空軍の憲兵隊が回収しました。分析には三、四日かかるでしょう。ただ、ワットさんとペダノワが危険な距離から離れた段階で爆発したように見えました。運転席に仕掛ける感圧式やドアやキーに仕掛けるトラップ式のものなら、二人とも死んでいたでしょう」

加藤は息も乱さずに淡々と報告を続けた。

「敵はリモート爆弾を使って、ワットとペダノワが爆弾の直撃を受けるのを避けたんだ。彼女の言った通り、いたぶってから殺そうとしているに違いない」

「ロシアの暗殺者は陰湿ですね」

「それだけ憎まれているということだ」

浩志は苦い表情で笑った。

「それから、私はワットさんのサポートを見つけましたよ。観光客に紛《まぎ》れていましたが、すぐに分かりました」

加藤はにやりと笑ってみせた。

「ワットは俺が加藤を呼んだように、助っ人を招集したと言っていた。ウイリアムスとロドリゲスだろう。ここは米国だがグアムだ。一般人に成りすましているようだが、黒人やスパニッシュは目立つからな」

浩志もつられて笑った。

ワットは、米軍最強と言われた特殊部隊デルタフォースの指揮官だった。黒人のマリアノ・ウイリアムスとスペイン系のアンディー・ロドリゲスの二人は、ワットの現役時代の部下だった。二人はワットが退役《たいえき》して浩志のチームに入ってからも、何度も助っ人として協力してくれたタフガイだ。むろん浩志らとも旧知の仲である。

「戦闘になったらあの二人ほど心強いやつらはいないが、尾行には向いていないな」

「そうでもありませんよ。結構その手の訓練も受けているみたいです。藤堂さんだから簡単に見破ったんですよ」

「ワットは自分の助っ人がまだばれていないと思って、得意げにしている。だから当分気付かない振りをしてやるつもりだ」

ペダノワに自信ありげに手は打ってあると言っていたのは、二人の部下のことだったのだろう。

「そうですか。それじゃ、私も挨拶《あいさつ》をするのを止めておきます」

「この島を出る前に敵のしっぽを摑《つか》んでおきたい。やつらは俺たちを追い込んでいるつもりでも、次第に手札を失っているはずだ。二、三日で決着をつける。頼んだぞ」

監視ロボットや時限爆弾はもう使わないだろう。次はもっと直接的な手段で襲ってくるに違いない、と浩志は睨んでいた。

「了解しました。代理店の中條さんと組むことになっています。絶対に正体を暴いてみせます。今日のツアーは楽しみですが、敵は現れますかね」

加藤はそう言うと、走るスピードを上げた。

「ツアーはわざと旅行代理店を通じて申し込んである。事前に調べて連中も乗ってくるはずだ」

浩志は二十分ほど走り込んで軽く汗をかいた後、チェストプレスやラットプルダウンなどの器具を使ってセットメニューをこなした。

ほどよく筋肉がほぐれたので帰る前にストレッチ運動をはじめたが、加藤はまだランニングマシンで走っていた。

「準備運動もほどほどにな」

「体力は有り余っていますから」

「そうらしいな」

浩志はタオルで汗を拭い、先にジムを出た。

部屋に戻りシャワーを浴びて着替えると、タイミングよく洗面台の上に載せておいた携帯が鳴った。

――浩志、俺だ。

ワットからだ。声の調子からすれば、あまりいい内容ではなさそうだ。

――今部屋にいるんだが、ペダノワは具合が悪いから今日は外に出たくない、と言っているんだ。

彼女が外出しなければワットも活動できない。安全上一人にはさせられないからだ。

「分かった。おまえは彼女に付いていてやれ。適当にホテル内で気分転換させるんだな。俺は予定通り外出する。ペダノワは昨日の事件でショックを受けたんだろう。彼女に28と34の存在を教えてやれ、安心するぞ」

ロドリゲスは〝ロメオ28〟、ウイリアムスは〝ロメオ34〟というコードネームを持っている。

――なっ！　いつから知っているんだ。

「とっくに知っていた」

――そうだな。……そうするよ。

浩志に知られていたことがショックらしく、ワットのトーンがますます下がった。

「ペダノワはこれまで〝ヴォールク〟には何人もの部下や仲間を殺されている。まだ精神的に立ち直っていないのだろう。はやくこの島での決着をつけないと、彼女は使い物にならなくなるぞ」

――俺もそう思う。今日はホテルのスパや買い物に連れて行くつもりだ。慣れないことだがな。

ワットが溜息混じりに笑った。

無骨な男だけにどう対処したらいいのか、本当は分からないのだろう。

浩志は着替えをすませると、サバイバルナイフとグロック26を身につけ部屋を出た。

今日も囮観光のはじまりだ。

二

グアムと言えば、ハワイと同じく最初に頭に思い浮かぶのは海の自然だろう。観光客もそれを期待して押し寄せるのだが、島のおよそ七十パーセントがジャングルで、その大自然を楽しむのにトレッキングという方法があることは、あまり知られていない。

浩志は昨日と同じようにフロント前のソファーに座り、ツアーガイドを待っていた。前回はツアーに見せかけて傭兵代理店の池谷と会ったのだが、今日は地元の会社が主催するトレッキングツアーに申し込んでいた。

ツアー会社の社長はケン・芳賀《はが》という日本人で、グアムトレッキングのパイオニアである。現地の住民が驚くほどグアムの自然や歴史に造詣《ぞうけい》が深く、戦跡ツアーも企画しており、ひょっとすると池谷はケンから戦時中の情報を得たのかもしれない。

午前九時、日に焼けた背の高い中年の男がロビーに入って来た。痩《や》せているが筋肉質で締まった体をしている。

浩志が立ち上がると、背の高い男は右手を挙げて笑顔を見せた。

「ケン、元気そうだな」

ツアー会社の社長自らお出ましだ。グアムでは射撃訓練だけでなく、体力作りと気分転換も兼ねてトレッキングを楽しんだ。ケンとはトレッキング仲間で旧知の仲だった。

「浩志、久しぶりだね。四年ぶりかい。死んだなんて噂《うわさ》を聞いたけど、やっぱりガセだったんだね」

「地獄で追い返されただけだ。今日は世話をかける」

握手を交わすと、二人はホテルのロータリーに停めてあったケンの車に乗った。

「リクエストに応えて、今日のガイドにカルロスを選んでおいたよ」

助手席に乗ったケンは、振り返って後部座席の浩志に告げた。

「ハロー、藤堂さん」

運転席の男は沖縄出身のカルロス・金城《きんじょう》というメキシコ系米国人と日本人のハーフで、年齢は三十九歳、身長一七八センチ、鍛《きた》え上げた体をしている。若い頃米軍のレンジャー部隊に所属したこともある男で、ケンの会社に所属するスタッフとしては異色だ。彫《ほ》りが深く口ひげを生やしており、日に焼けているので日本人には見えない。

南国ではよくあることだが、グアムは温暖な気候のため、時間の流れもゆっくりとしている。そのため、人々はあくせく働くこともない。だが、一方で働く人間は警官とスクールバスの運転手というように仕事を掛け持ちすることが多い。カルロスも昼間はトレッキングのツアーガイドを務め、夜はガードマンの仕事をしている。何度か一緒にトレッキングをしたことがあり、実力も人物もよく知っていた。

「藤堂さん、今日は、沖縄のジャングルをたっぷり紹介するよ」

カルロスはバックミラー越しにさっそく冗談を言ってきた。ラテン系だけにジョークが好きで屈託《くったく》のない男だ。

ツアーの出発地点はニミッツヒル展望台の近くにある。カルロスは車を島の南に向けて走らせた。

「藤堂さん、本当は展望台で戦争のお話をするんだが、どうしますか?」

これまで浩志は、ケンと一緒にトレッキングをしたことはあるが、ツアーに参加するのははじめてであった。彼はツアー客にグアムで起きた悲しい戦争の話をし、亡くなった日本兵の冥福を祈るという活動をしている。

「すまない。今回はパスさせてくれ。実は昨日知人とグアムの戦跡を巡ったばかりだ」

嘘ではないが、展望台は狙撃《そげき》されやすいのであえて断った。

展望台近くの駐車場に車は停められた。浩志はトレイルランニングバックパックを肩から担《かつ》いで車を下りた。昨日とは打って変わって、サングラスをしていても太陽の光を遮《さえぎ》る物がなく眩《まぶ》しい。周囲を見渡し、背の高い雑草の陰にすばやく移動した。

日本ではランニングといえばロードを意味するが、欧米では昔からクロスカントリーが盛んだ。近年舗装道路以外のトレイル（山野のオフロード）を走るスポーツとしてトレイルランニングが話題を呼んでいる。そのため激しい動きにも体にフィットして負担をかけないバックパックなどが、商品化されている。

「ゴールに着いたら迎えに行くよ」

ケンは運転席から手を振って、車を出した。

「カルロス。今日は少し危ない目に遭《あ》うかもしれないぞ」

浩志はケンを見送ると、先に車から下りていたカルロスに告《つ》げた。

「…………」

カルロスは自分のバックパックを背負《せお》いながら首を捻った。彼のバックパックもトレイルランニング用だ。膝丈のパンツとTシャツ、それにカウボーイハットと身軽な格好をしている。

「俺の命を狙うやつがグアムまで追って来たようだ」

ストレッチをしながらさりげなく言った。

「ユーの指名だからね、何かあると思ったよ」

カルロスはバックパックとは別にウエストポーチを下げており、ポーチのジッパーを下げて見せた。

「ほう、〝P239〟か」

ポーチの中身は9ミリモデルのシグザウエル〝P239〟で、全長百七十二ミリとコンパクトで人気がある。

「いつも警備の仕事で携帯している銃なんだ。社長には内緒よ。ツアーの仕事で持ち出したことがばれたら、首を切られちゃうからね」

人差し指を口元に立ててカルロスは、ウインクして見せた。

「狙撃される心配はある?」

カルロスは表情も変えずにストレッチをはじめた。この男はイラクで従軍経験があるらしく、怯《おび》えた様子はない。

「かもしれないな」

「昨日の爆破事件も関係している?」

勘のいい男だ。それとも警察の発表をはなから信じてないのかもしれない。

「友人の車に爆弾が仕掛けられたんだ」

「やっぱりね」

「敵を誘き出すためにツアーの振りをする必要があるんだ。断っても構わないぞ」

カルロスをただの民間人とは思っていないが、安全の保障はできない。

「平和な南国の島で、時には刺激も必要さ。それじゃ、今日はトレッキングというよりトレイルランニングにしますか。開けた場所は全力で走るから、ばてないでね」

カルロスは親指を立てて笑った。

「体力は問題ない」

浩志は精力的に体力作りをしてきた。体調はこの二、三年で一番いい。

カルロスは、はやくもその場でステップを踏みはじめた。

「リベンジャーだ。応答せよ」

浩志も軽くステップを踏みながら独《ひと》り言のように呟《つぶや》いた。

――こちらトレーサーマン、位置に就いています。

加藤の声が耳の穴に押し込んである小型レシーバーから聞こえる。かなり離れたところにいるはずだが、彼なら敵に注意しながら浩志らに付いてこられるはずだ。

――こちらコマンド3、位置に就いています。

中條からも連絡が入った。無線の状態を調べるために連絡したが、音声は良好だ。彼は車で待機し、加藤のバックアップをする。ジャングルから敵が抜け出し、車で逃走する際に備えているのだ。

「ほう。バックアップも付けているんですか。さすがだ」

カルロスが感心してみせた。

「行こうか」

浩志はにやりとした。

「任せてください」

いきなりカルロスは、ジャングルに続く道に向かって走り出した。スタート地点は、一キロほど見通しが利く道を通らなければならない。最初の狙撃ポイントと言える。インストラクターというだけあって、カルロスの脚力は並じゃなかった。

浩志は苦笑を浮かべて遅れまいと走った。

三

長閑《のどか》なカントリーロードを全力で走り抜けると、背の丈《たけ》を越える雑草が左右から迫ってきた。スタート地点は丘の上だっただけに、ジャングルへはまだ距離がある。午前十時前というのに気温は二十九度、走っているために体感温度はさらに高い。汗が一気に吹き出した。

敵がグアムの地形を知らなければ、早い段階でアクションを起こして来るはずだが、今のところ何もない。ペダノワが言うように殺す前に恐怖心を与えるというのなら、無防備なトレッキングは狙撃の格好の的だが、今日も空振りかもしれない。

長尺の雑草の原っぱが途切れ、丘を見下ろす雄大な光景が広がった。上から見るとまるで斜面に芝生《しばふ》を貼ったように見えるが、実際は胸元までの高さがある雑草と低木が下の方まで続いている。二キロほど先の低地に鬱蒼《うっそう》としたジャングルが広がっていた。獣道のような細く赤土が剝《む》き出した道が続く。しゃがんで行けば頭は隠れるが、高い位置から狙えば丸見えだ。

浩志とカルロスは腰を屈《かが》め、頭を低くした。

「絶好の狙撃ポイントね。僕だったら、あの高い丘の上か、ジャングルの手前に潜《ひそ》んで狙うよ」

カルロスは狙撃銃で狙う振りをしてみせた。

「俺もそう思う」

「でも、腰を低くして丘を一気に下って行けば、デルタフォースの狙撃兵でも絶対撃てないね」

「俺が先に行く。ジャングルに入った途端、襲って来るかもしれないからな」

浩志はカルロスの前に出た。彼を危険な目に遭わせることはできない。

「今日の客は常識を知らなくて困る。ガイドより先に出ない。ツアーの鉄則ね」

カルロスはカウボーイハットを背中に下ろし、いきなり砂煙を上げながら斜面を駆け下りて行った。頭が時折、雑草から覗くが狙撃するのは不可能だ。

カルロスの体がジャングルに消えた。数秒後、安全を確認したらしく、カウボーイハットを使って茂みから合図を送ってきた。

浩志も斜面に躍《おど》り出た。見た目以上に傾斜は急だ。

「これは！」

スピードを殺さないようにするには、足を次々と繰り出さなければならない。しかも上体を屈めなければならないために、予想以上に足腰に負担をかける。斜面の中ほどで息が上がりそうになる。それでも最後まで全力で走った。

ジャングルに飛び込んだ。カルロスがシグザウエル〝P239〟を構えて待機していた。

「これだけ走れれば、大丈夫ね」

カルロスは銃をポーチに仕舞った。扱い慣れている。

浩志は何度か大きく息を吐いて呼吸を整えた。振り返ると見下ろしていた場所が、かなり高い場所にあったことが分かる。

ジャングルの中はヤシの木や低木が混じり密林という感じではなく、さんさんと太陽の光が降り注《そそ》ぎ思ったほど湿気はない。

しばらく進むと細い川に出た。頭の上をヤシの葉が覆《おお》い、太陽の光を遮っている。ジャングルらしい光景だ。川幅は狭いが、雨期を終えたばかりなのでそれなりに水深はあるらしい。沢に降りると、腰まで水に浸《つ》かった。

久しぶりのジャングル行軍といった感じだ。いつもはアサルトライフルを手にしているだけに、腰のグロックだけでは心もとない。

「ちょっと深いよ」

前方を歩くカルロスの体が見る見るうちに川の中に沈み、頭だけ出して進みはじめた。トレッキングというより、サバイバル訓練に近くなってきた。だが、浩志にとっては心躍る環境だ。

百メートルほどで深い沢はなくなり、ごつごつとした岩肌を舐《な》めるように浅い流れになった。頭上を覆っていたヤシの葉も密度がまばらになり、青空が見えてきた。

「この先に滝がある。見晴らしがいいね。少し早いけどランチにしますか？」

周囲が少し高い崖になった沢で、カルロスは立ち止まった。身を隠すにはちょうどいい場所だ。

「オッケー。十五分、休憩しよう」

さりげなく無線で加藤や中條にも知らせた。

浩志はバックパックからホテルの一階にある、〝ザ・デリ〟という軽食の店で買った豚カツサンドとペットボトルの水を出した。

「日本人は、やっぱりおにぎりでしょう」

カルロスはそう言うと、自分のバックパックから大きなおにぎり四個と日本茶のペットボトルを出してウインクしてみせた。

浩志もおにぎりが食べたかったが、近くのＡＢＣストアーで売っているおにぎりは口に合わないので買わないことにしている。

「これは〝コンビニエンスストア大阪〟のおにぎりね。手作りだけにたまにはずれるけど、だいたいはおいしいよ」

日本人がオーナーの〝コンビニエンスストア大阪〟は、タモンホテルロードに面したコンビニではあるが、お土産屋とオプショナルツアーの紹介所もしている風変わりな店だ。

カルロスはタラコのおにぎりを一個投げて寄越した。

「サンキュウ」

浩志は受け取ったおにぎりにさっそくかぶりついた。

「うまい」

少々握り方がきついが、米の塩加減はちょうどいい。

久しぶりに日本の味を堪能《たんのう》した浩志は、きっかり十五分後に出発した。

川に沿ってしばらく進むと、岩が突き出た見晴らしがいい崖に到着した。足下の川が垂直に近い岩肌を滑り落ちていく。

「さて、降りますか、藤堂さん」

カルロスは滝を迂回《うかい》するために右側の密林に入って行く。ほぼ七十度の斜面になっており、丈夫そうな木にあらかじめロープが結んであった。この場所はトレッキングの上級コースとして使っているそうだ。

降下訓練より楽かと思っていたが、意外に足下が滑るので注意が必要だ。足を取られながらも数十メートル下ると、一番下の崖に到着した。それでも滝壺がある水面まではまだ十メートル近い落差がある。

崖の上で立ち止まったカルロスが、突然カウボーイハットを右手に高くかかげ、

「イヤッホー！」

奇声を上げて滝壺に派手な水しぶきを立てて落ちた。

「きもちいい！　カモン！」

浮かび上がってきたカルロスは、帽子を振ってみせた。これはトレッキングツアーで休憩中に行う行事のようなものだ。飛び込みたくない場合は、崖から少し回り込んで滝壺の下まで歩いて降りて行くことになる。

「むっ！」

百メートルほど離れたジャングルの中で、光るものを一瞬見た。

チュイン！

背後の岩壁に銃弾が跳ねた。頭上から五十センチほどの距離だ。

チュイン！

今度はすぐ足下の岩に当たった。威嚇《いかく》ではない。狙っているのだ。

「ちっ！」

浩志は迷わず滝壺に飛び込んだ。滝壺に深く潜《もぐ》って移動し、頃合いを見て岸辺の端に浮上した。

――こちらトレーサーマン。大丈夫ですか？

加藤からの連絡だ。

「心配するな。首尾は？」

さっそく浩志は尋ねた。

――捉えました。ターゲットは移動をはじめました。

「追跡せよ」

――了解！

「頼んだぞ」

通信を終えると、浩志は岸辺に上った。

四

海岸の近くを通るタモンホテルロードは、文字通りホテルやショッピングセンターが軒《のき》を連ねる。だが、小さな路面店の移り変わりは激しく、脇道や夜になると人気のない公園の近くでは経営が成り立たず、人知れずシャッターを閉じる店も多々ある。

ホテルロードにある警察署の前は、一本東側を走るマリン・コー・ドライブに繋がるハッピー・ランディング・ロードとの三叉路《さんさろ》になっている。

午前三時、浩志はハッピー・ランディング・ロードに左折し、交差点のすぐ近くに日産の〝エクステラ〟を停めた。バックミラーに車のライトが反射した。〝エクステラ〟のすぐ後ろにオープンカーのクライスラーの〝セブリング〟が停まり、ワットとペダノワが下りて来た。彼女は車を爆破されて鬱《うつ》状態になっていたが、敵のアジトを発見したと連絡をした途端、元気になったようだ。

交差点の角には古びた〝グランドプラザホテル〟があり、ワットらはホテル前の駐車場に向かった。浩志はホテルの脇を進み、建物の角の少し入り組んだ場所に忍び込んだ。街灯の光が届かない暗闇がそこにはあった。

「どうだ?」

浩志が声をかけると、闇が動いた。

「敵は二人で、建物に入ったまま出てきません。出入り口を調べたところ使えるのは裏口だけですが、閉じられた表のドアから逃げる可能性も考えられます」

暗闇に身じろぎもせずに溶け込んでいたのは、加藤だった。

トレッキングの途中で浩志を狙撃して来た男を加藤と中條は追跡し、アジトを発見することに成功したが、警察署のすぐ近くとあっては迂闊《うかつ》に手を出すこともできずに、真夜中になるのを待っていたのだ。

「中條さんは裏口を見張っています」

〝グランドプラザホテル〟の奥には、古い三階建てのビルがあった。その一階に潰れたクラブがあり、店の前面はペイントで落書きされたベニヤ板で覆われている。ドアも簡単ではあるが、板で打ち付けられて外からは侵入できないようになっていた。

浩志を狙撃した二人の男たちは、二キロもジャングルを抜けて車に乗り込んだ。加藤は気付かれずに彼らを尾行し、車で先回りした中條とともに二人の男たちを追った。そうとも知らずに男たちはショッピングセンターで買い物をして、タモンに入ったようだ。男たちは車を近くの駐車場に置いて、クラブの裏口から中に入ったらしい。

調べたところ、店の持ち主はビルのオーナーで、老朽化したビルは近く取り壊されるらしく、今は無人の状態である。おそらく鍵を壊して勝手に使っているのだろう。目立つこともなくホテル代もいらない。しかも浩志らが宿泊している〝ハイアットリージェンシーホテル〟とは目と鼻の先だった。

「こんな近くに潜んでいたとはな」

浩志は鼻で笑った。

「すぐに突入されますか？」

「そのつもりだ。加藤は敵の車に細工《さいく》した後、いつでも車を出せるように待機してくれ」

「了解しました」

「コマンド3は俺と組んでくれ」

浩志は無線で確認した。無線のヘッドホンとマイクが付いた小型のヘッドギアを全員装着している。また、池谷が用意したグロック26を全員携帯していた。

——了解しました。そちらに向かいます。

中條の声もヘッドギアから聞こえてきた。

浩志は加藤に車の鍵を渡し、見張りを交代した。

ワットとペダノワは〝グランドプラザホテル〟の敷地を抜けてビルの裏手に出た。二人が裏口から突入し、浩志らが表のドアを壊して挟み撃ちにすることになっている。本当はペダノワを襲撃から外したかったが、彼女はがんとして聞き入れなかった。

「分かった」

――こちらピッカリ。コマンド3と交代した。

ワットとペダノワが裏口を見張る位置に就いたようだ。

――こちらトレーサーマン、位置に就きました。

加藤は浩志の〝エクステラ〟でクラブの先にある駐車場に行き、敵の車のタイヤをサバイバルナイフで穴を開け、車をUターンさせてワットらが乗って来た〝セブリング〟と向かい合わせに停車させた。敵が万が一逃走しても、警察署と反対側で待ち構えていれば捕まえられるはずだ。

浩志は中條を伴い店のドアの左右に立った。一見、ドアは板を釘打ちしてあるように見えるが、近くで見るとほとんどの釘は抜かれて簡単に外せるようになっていた。裏口から侵入すれば敵は必ずこのドアから逃げ出してくるだろう。ピッカリの突入後に踏み込むというジェスチャーを中條にした。

「ピッカリ、いつでもオッケーだ。俺たちもすぐに突入する」

浩志はグロック26を構えると連絡をした。

――ピッカリ、了解。これより突入する。

ワットからすぐに返事があった。

パンッ！　パンッ！

さっそく銃声がした。

――ピッカリだ。気付かれた。

「今行く！」

浩志はドアに打ち付けられている板を足で蹴って壊した。

「うん？」

ドアのノブに手をかけると、建物の内側からうなり声のような騒音が聞こえてきた。

「いかん！」

浩志が中條の腕を摑んで引き寄せた瞬間、店を覆っていたベニヤ板を突き破り、車が飛び出して来た。

「くそっ！」

浩志と中條は危うく轢《ひ》かれる寸前で避けて、車道に転がった。敵はアジトに踏み込まれたことも考えて、逃走用の車も用意していたのだ。

「トレーサーマン！」

呼ぶまでもなく加藤は浩志らの目の前に車を走らせて来た。浩志は助手席に中條は後部座席に飛び乗った。

一瞬のことで車種まで特定できなかったが、飛び出して来た車は黒い大型のＳＵＶだった。

「追え！」

浩志はSUVのテールランプを見て叫んだ。

五

敵のアジトを急襲したが、店の中から飛び出してきたSUVで逃げられてしまった。店の前面のベニヤ板は車を隠してから貼られたに違いない。落書きをしてわざと以前からあったように偽装が施《ほどこ》されていたのだろう。駐車場の車をパンクさせて敵の足を奪ったと油断していた。

逃走したSUVは黒のシボレー、〝キャプティバ〟だった。電子制御システムを備えた二四〇〇CCのエンジンはパワーもあり、コンパクトながら足回りもいい。

〝キャプティバ〟は〝グランドプラザホテル〟の脇を通り、ハッピー・ランディング・ロードからタモンホテル・ロードに出て左折した。

〝エクステラ〟で待機していた加藤の機転で、浩志と中條は逃走した二人をすぐに追いかけることができた。アジトに踏み込んだワットとペダノワは彼らの乗って来た〝セブリング〟で後を追っているはずだ。二人とも怪我《けが》はなかったとすでに報告は受けている。

タモンホテル・ロードを走る〝キャプティバ〟は、ホテル街の南端にあるイパオ公園の脇を通り、ホスピタル・ロードとシャランサンアントニオ通りとの交差点であるロータリーにさしかかった。直径八十メートルの大きなロータリーは円形の公園になっており、一段高くなっている中央にはグアムではじめて大司教に任じられたフローレンス大司教像が建てられている。夜ともなれば寂《さび》しい場所である。逃走する〃キャプティバ〃は車線に従い時計の針と逆方向にロータリーに入った。

大きなカーブを描くロータリーは、中央の直径四十メートルが二メートル近い段になっているために見通しがきかない。〃キャプティバ〃は半周回ったところで路上駐車している黒いバンの脇をすり抜けて行った。近くに地元住民の住宅街があるが、夜中に車を停めるような場所ではない。しかもバンのウインドウが開いていた。

「気をつけろ！」

浩志はウインドウを下ろし、グロック26を抜いて構えた。

バンが目の前に迫って来た。運転席のウインドウから銃身が覗《のぞ》いた。浩志は迷わずに銃撃した。運転席の銃は引っ込んだがバンを通り過ぎた途端後部ドアが開き、短機関銃を携行した男に銃撃された。

ダッ、ダッダッダッダッ！

敵の銃撃で〃エクステラ〃の後部ウインドウが粉々になった。

「むっ！」

車輪が撃ち抜かれたらしく車体が傾き、ロータリーの縁石に乗り上げた。弾みで〃エクステラ〃は反転して路上に火花を散らしながら十数メートル滑り、シャランサンアントニオ通りの緑地帯にぶつかって停まった。

「大丈夫か！」

浩志は声をかけながら、逆さまになった天井に足をつけて体を起こした。額を切ったらしく、汗かと思って拭ったら血が付いてきた。

「私は大丈夫ですが、中條さんが撃たれました」

加藤は機敏に運転席から外に脱出し、後部座席の中條の状態を調べていた。中條は腕を撃たれたらしく、ぐったりとしている。

ダッダッダッダッ！

反転したボディーの側面に銃弾が当たった。短機関銃を持った男が徒歩で追いかけて来たのだ。

「加藤、中條を頼んだぞ」

浩志は助手席から抜け出し、グロックで反撃した。

走って来た男は慌てて近くの街路樹の後ろに隠れた。

チュイン！

足下に弾丸が跳ねた。後方から銃声が聞こえた。

振り返ると追っていたはずの〃キャプティバ〃が停車し、二人の男が姿を現した。敵はアジトを襲撃されることも計算済みだったようだ。はじめからこの場所に誘き寄せるのが狙いだったに違いない。

「くそっ!」

車から離れて数メートル先の街路樹の陰に飛び込んだ。銃弾が追いかけて来る。短機関銃の男とは十数メートル、〝キャプティバ〟から下りて来た二人とは二十メートルの距離がある。背後にはジャングルの闇があった。

浩志はジャングルに飛び込んで、あえて短機関銃の男に近付いた。

ダッダッダッダッ!

男はジャングルに消えた浩志に向けて闇雲に撃ってきた。だが、連射モードで撃っていれば、全弾を撃ち尽くすのはわけがない。

短機関銃の男は慌てて空になったマガジンの交換をしようと銃を持ち替えた。浩志はジャングルから飛び出し、男を銃撃して黙らせた。

チューン!

耳元を弾丸が掠《かす》めて行った。

「くっ!」

背後から二人の男が撃ってきた。

浩志は近くの街路樹の後ろに隠れた。中條を車から引きずり出した加藤が、車の陰から男たちを狙っている姿を捉えていた。

「トレーサーマン。足を狙え。殺すなよ」

——トレーサーマン、了解。

浩志はわざと標的になるように、ジャングルではなく街路樹の後ろに隠れたのだ。敵は加藤らを庇うため浩志が車を抜け出したとは思っていないはずだ。男たちは案の定、〝エクステラ〟に見向きもしないで通り過ぎようとしている。

加藤は音もなくゆっくりと車を回り込み、男たちの背後に出た途端に発砲し、一人の足を撃って倒した。浩志はすかさず飛び出し別の男の肩と足を撃ち抜いて無力化すると、走り寄って加藤が撃った男の銃を蹴り飛ばした。

「動くな！」

立ち上がろうとする男のこめかみに銃口を突きつけた。男は頷くと両手を挙げた。加藤が樹脂製の結束で男の腕を後ろ手に縛り上げた。もう一人の男は意識を失いかけているが、念のため縛り、二人をロータリーの縁石に座らせた。

「加藤、中條の具合は？」

銃をホルスターに仕舞いながら尋ねた。

「心配ありません」

中條が撃たれた左腕を押さえ、足を引きずりながらも自分で答えた。車が横転したときに足も怪我（けが）したようだ。

「むっ」

タモン方面からヘッドライトが近付いてくる。二人の男たちはどちらも足を負傷しているために簡単には移動できそうにない。加藤と中條に隠れるように指示し、浩志は捕虜《ほりょ》にした男たちの側に屈んだ。

ロータリーをクライスラーの〝セブリング〟が回り込み、浩志のすぐ手前で急ブレーキをかけて停まった。グロックを構えたワットとペダノワが車から下りて来た。

「なんだ。終わっちまったのか。怪我人はいないか？」

ワットは銃をホルスターに戻しながら言った。

銃を持ったまま険しい表情をしていたペダノワが、結束で縛り上げた男に駆け寄り、いきなり左手で胸ぐらを摑み、銃口を眉間《みけん》に付けた。

「おまえたちはバラジュか、答えろ！」

ロシア語で言ったのだが、口調のあまりの激しさに浩志とワットは思わず顔を見合わせた。バラジュとは処刑人のことだ。この程度の言葉なら浩志にも理解できた。

男はにやにやとするだけで答えようとしない。

「死にたいのか。おまえは〝ヴォールク〟から派遣された処刑人なのか答えろ！」

ペダノワは激しく揺さぶったが、男は首を振って答えようとしない。

「仲間を死なせたくなかったら、五秒以内に言いなさい」

ペダノワは、浩志が肩と足を撃ち抜いた男の頭に銃を向けた。

「いくら脅《おど》されても、何も答えられない。それぐらい裏切り者のおまえでも知っているだろう」

男はロシア語で答えた。

「確かにそうね。脅しは利かない」

そういうとペダノワは、銃口を向けた男の頭を撃ち抜いた。

「おっ！」

ワットが慌てて止めようとするのを浩志は引き止めた。

「脅しじゃないって分かったでしょう。あなたも脳漿《のうしょう》をぶちまけたいの？」

ペダノワは男の鼻の穴に銃口を突きつけた。男の顔が一瞬で青ざめた。発砲したばかりでいやが上でも硝煙《しょうえん》の匂いがする。恐怖心を煽《あお》り立てる巧妙な脅しだ。

「わっ、我々は処刑人ではない。任務はおまえたちを米国から追い出す役割だ。おまえたちを殺害する命令は受けていない」

男は首を振りながら言った。

「追い出そうとした？　それだけじゃないはず。死刑執行前の揺さぶりをかけてきたんでしょう」

今度は優しい声で、ペダノワは男の顎の下に銃口を突きつけた。

「もう一つの任務を忘れていた」

「さっさと言いなさい」

「三人の最高の処刑人が選ばれた。私の任務はそれを告げることだ」

「最高の処刑人……」

ペダノワの表情が強ばった。

「どうやら予想していたようだな。おまえの想像どおり、忌まわしきコードネームを持つ者たちが選ばれた。もはや、死刑は執行されたも同然だ。おまえは生きた屍《しかばね》だ」

男はにやりと笑った。

無言で立ち上がったペダノワは男の顎を蹴って気絶させ、がっくりと肩を落とした。

「忌まわしきコードネームとは、どういう意味だ？」

ワットはペダノワの肩に手をやり尋ねた。

「……今は答えたくない」

ペダノワはワットの手を払うと、ふらふらとした足取りで〝セブリング〟の助手席に座り込んだ。

「加藤、ペダノワをホテルに送り、そのまま監視していてくれ。俺たちはここの後始末をしてから戻る」

浩志は加藤の肩を叩いて指示をした。ワットがすでに軍に携帯をかけている。米空軍の憲兵隊と連絡を取っているようだ。中條の傷の手当も含め、軍ですべて処理してくれるだろう。

「十分で憲兵隊の特別捜査隊と救急車が到着する。おまえは中條と一緒に病院に行ってくれ。俺は憲兵隊の現場処理に付き合う」

こんなとき、この男ほど頼りになるやつはいない。フリーの傭兵になったにも拘《かかわ》らず、米軍において高度な指揮権を保持しているようだ。しかも現役時代は陸軍の士官だったはずなのに今では空軍、海軍の協力まで取り付けている。もっとも退役したからこそ、軍の仕切りがなくなったのかもしれないが、ワットの軍へのコネクションの太さは底知れないものがある。

「任せろ。ホテルに戻ったら一杯やらないか？」

ワットは活躍できなかったので、欲求不満なのだろう。

「いいね」

浩志は親指を立てた。第一幕はなんとか勝利を収めた。だが、それは肩ならしに過ぎなかったことを後で嫌というほど思い知らされることになる。

最悪の男

一

　イラク上空、高度七千メートルをずんぐりしたフォルムの米軍輸送機Ｃ１７が飛行している。

　〝グローブマスターⅢ〟と呼ばれるＣ１７は、〝ギャラクシー〟の愛称を持つ世界最大級の積載量を誇るＣ５戦略超大型輸送機と並び、大型貨物を長距離輸送でき、しかもプロペラ輸送機並みの短滑走路で離着陸できるという優れものだ。

　米軍の六十一トンもあるＭ１エイブラムス戦車なら一台、二十六トンのＭ２歩行戦闘車なら三台も積載することが可能な貨物室には、木箱やコンテナが積まれ、側面の折り畳《たた》みの椅子に三名の米兵が疲れた様子で乗り込んでいた。

　体格のいい米兵が立ち上がると腰を叩いた。

「いつも思うが、輸送機の乗り心地の悪さは変わらないな」

ロシア語で文句を言ったのはワットだった。スキンヘッドに黒いカツラを被っている。ラテン系なので、違和感はない。年齢も三十後半ぐらいに若く見える。もっとも夫婦役であるペダノワが若いため、その方が釣り合いは取れる。

「ただで移動できるんだ。文句は言えまい」

隣に座っていた浩志もロシア語で答え、立ち上がるとストレッチで筋肉をほぐした。グアムを発《た》ってから、周囲に誰もいないときは、浩志を特訓するためロシア語で三人は会話をするようにしている。

浩志は髭《ひげ》を伸ばしてきれいに切りそろえ、髪も少し長くしてところどころ白く染めているため、五十代半ばから後半といった落ち着いた雰囲気になっていた。

執拗《しつよう》な監視と揺さぶりをかけてくる〝ヴォールク〟のエージェントを振り切った三人は、二日後にグアムのアンダーセン空軍基地から離陸したＣ１７に米兵に扮して乗り込んでいた。怪我をした中條に加藤を付け、ワットの元部下であった二人の男ともグアムで別れた。ここから先は、三人で行動することになる。

米軍はアフガニスタンからの撤退に使用するために、大型輸送機のＣ１７を必要としていた。当面はドイツ南西部にあるラムシュタイン米空軍基地に配備される。浩志らは撤退作戦に便乗したのだ。一般の航空機では〝ヴォールク〟からの監視網から逃れられないということもあった。グアムでバカンスを楽しむ振りをしたのは、敵を見つけるためだったが、同時にドイツに移送されるC17に乗るために時間調整が必要だったからだ。C17の航続距離は貨物の積載量によって当然変わる。戦略物資や戦車などを満載した場合は五千キロほどだが、空荷に近い状態であれば九千キロ飛ぶことができる。だが、グアムからは戦略物資を十トンほど積載していたためにタイ東北部ナコンラチャシマの空軍基地で給油し、アフガニスタン東部パルワン州にあるバグラム米空軍基地で積荷と交換に現地で撤収された機材を積んでドイツに向かっていた。

ちなみにバグラム米空軍基地で二〇一二年二月に米兵によるコーラン焼却《しょうきゃく》が発覚し、アフガンでの反米に火を点《つ》け、同基地から米軍は半強制的に撤退せざるを得なくなった。

「今ごろ〝ヴォールク〟は俺たちがグアムから忽然《こつぜん》と消えたと、慌てているだろうな」

ワットは右手をかざし、探すジェスチャーをしてみせた。

「どうかな。連中は侮《あなど》れないからな」

浩志はこれまでの経緯から楽観はしていなかった。

「そう思うだろう。俺はちゃんと手を打って来た。ホテルのフロントに、やつらにあてた強烈なメッセージを残して来たんだ」

元デルタフォースの指揮官をしていただけに、ワットは時として驚くような大胆な行動をとることがあった。

「ほお、どんな」

浩志が怪訝な表情で尋ねると、ワットは便箋《びんせん》を広げるジェスチャーをした。

「旅に出ます。私を捜さないでください。傷ついた乙女《おとめ》より。どうだ。これを読んだら、悲しくてやつらも手を引くだろう」

ワットはまじめな顔で言った。

「手を引くんじゃない。馬鹿馬鹿しくてやる気をなくすんだ。便箋はピンク色でも使ったのか」

浩志も笑いながら言った。

「当たり前だろう。ピンクの花柄の便箋を使ったんだ。どんな冷酷な連中もいちころだぜ」

ワットは自分で言いながら吹き出した。

「馬鹿じゃないの」

ロシア語で漫才をするような二人を見て、ペダノワが笑い出した。〝ヴォールク〟のエージェントに処刑人のことを聞いてから、ほとんど口を利かなかった彼女が久しぶりに見せた笑顔だ。

「気難しいお嬢さんが笑った。今日はいいことがありそうだ」

ワットが拳を上げたので、浩志も拳をぶつけて笑った。二人がロシア語を使うのは浩志のためでもあるが、ペダノワの気持ちを和《やわ》らげる意味もあった。

「いつも、私のことを気にしてくれて感謝するわ。一度は死んだも同然なんだから、死を恐れる必要はなかった。私、ちょっとナーバスになり過ぎていたらしいわね」

「心配事があったら、このマット・ガーランドに任せなさい」

ワットは、ペダノワと夫婦という設定で作った偽造パスポートの名前で言った。

「マット、愛しているわよ」

ペダノワは投げキッスをしてみせた。

「取り込み中すまないが、俺たちに何か話すことがあるんじゃないのか？」

浩志はペダノワの心の不安を完全に引き出す必要があると思っている。それには情報を共有する必要があった。

「なんなら、隣のバーラウンジで飲みながら聞こうか？」

ワットが脱出ハッチを指差して言った。

「大丈夫、ちゃんと話せるわ」

ペダノワは笑って答えた。

「〝ヴォールク〟のエージェントが、死刑執行はなされたと言ったのを聞いていたでしょう。死刑執行とはもちろん暗殺命令が下されたという意味。問題は処刑人。ＦＳＢ防諜局のスペツナズには暗殺部隊がある。彼らは独立した権限を持っているので、別名暗殺局とも言われているの。その中でも特に優秀な人間は忌まわしきコードネームを付けられることになっている」

　ペダノワは言葉を切り、足下に置いてある水筒から水を飲んだ。

「忌まわしきコードネームが、優秀？　意味が分からない」

　ワットは首を傾げた。

「ロシアはソ連の時代から何度もコーカサス地域を武力制圧している。中でもチェチェンでは二度にわたる紛争で放火、処刑殺人、誘拐《ゆうかい》、レイプ、廻姦と人間とは思えない残虐《ざんぎゃく》な行為がなされ、チェチェン人のアイデンティティーを徹底的に破壊するための戦略として行われてきた。その残虐な行為を恐れたチェチェン人たちは、蜘蛛《くも》やコウモリやイスラム教の悪魔などの忌まわしき名前を付けて、兵士を忌み嫌ったの」

「つまりチェチェン人が隠語として使っていたものを、コードネームとしたのか」

　浩志は相槌を打った。

「暗殺部隊にとってターゲットから嫌われてこそ本望《ほんもう》。だから、あえてチェチェン人に心底嫌われていた名前を誇りに思っているというわけ。しかも誰でも使えるわけじゃない。部隊でも優秀な兵士のトップクラスのみ名乗ることが許される」

　ペダノワは険しい表情で言った。

「それじゃ、あのとき〝ヴォールク〟のエージェントは、処刑人に忌まわしきコードネームを持つ者たちが選ばれたと言ったのは、もっとも優秀な兵士が暗殺者に選ばれたことを意味するんだな」

浩志が尋ねるとペダノワは黙って頷いた。

「具体的にそのコードネームは分かるのか？」

「暗殺部隊は極秘任務をこなすため、私も詳しくは知らないけど、あの男は、三名が選ばれたとだけ白状したわ」

「たったの三人か？」

ワットは肩を竦めてみせた。

「一人一人はあなたたち、あるいはそれ以上かもしれない。それに彼らはサポートチームも持っている。半端《はんぱ》な敵じゃない。油断していたら簡単に殺されるわよ」

ペダノワが厳しい表情で言った。

「これまで以上に俺たちはナーバスに行動をする。ナーバスは悪いことじゃない。死を恐れてこそ、生還率は高くなる。生きて帰らなければ、作戦とは言えないからな」

浩志が言うと、ワットとペダノワは頷いてみせた。

二

浩志らを乗せたＣ１７は無事ドイツのラムシュタイン米空軍基地に着陸した。深夜の滑走路は気温九度と冷え込んでいた。常夏の国グアムとは、気温差が十度以上あるが、飛行機の中が寒かったので意外に体は適応している。

在欧州米空軍傘下《さんか》の航空軍である第三空軍の司令部があるラムシュタインは、米軍の海外に展開する基地としては最大規模で、二〇〇七年までは百三十発もの核兵器が貯蔵されていたという対ロシア戦略基地であった。

現在はアフガニスタンからの帰還兵や傷病兵なども収容するなど中東への中継基地としての役割もあり、たまに米国の政治家や映画スターが慰問《いもん》に訪れることもある。

浩志らは用意された基地内の兵舎に宿泊し、翌日の早朝に出発した。三人はそれぞれ私服に着替え、兵舎を出た。

浩志はいつもと違い、ネクタイこそしていないがスーツにトレンチコートを着て中年のビジネスマン風の格好になっている。対照的にワットとペダノワはお揃いのダウンジャケットにジーパンとラフなスタイルをしていた。

駐車場の片隅にエンジンがかけられた九七年型のフォルクスワーゲン、ゴルフが停まっている。運転席に乗っていた軍服姿の男が、浩志らに気が付くと慌てて車から下りて敬礼してみせた。

「オルティス大尉、ご苦労」

ワットは普段では見せない軍人らしい顔つきで敬礼を返した。

「お気をつけて」

オルティス大尉は再び敬礼すると、ハッチバックを開けて浩志らの荷物を車にかいがいしく入れた。作戦上浩志らは基地の兵士との接触を禁じられており、宿舎から一歩も外に出られなかった。そのかわり、本来なら一等兵がするような雑用を世話係であるオルティスがしてくれた。彼は三十一歳と若いが、軍の情報関係の仕事をしているらしく、セキュリティレベルが高いようだ。

「俺が先に運転する。途中で代わってくれ」

ワットは運転席に自ら乗った。

浩志は助手席に、ペダノワが後部座席に収まるとワットは車を出した。

「ほお、ドイツじゃどこでも走っている車だと思っていたが、違うようだ」

兵舎から基地のゲートに向かいながら、ワットは口笛を吹いて感心してみせた。

「どうした？」

「見た目は二〇〇〇ＣＣクラスだが、エンジンはトップクラスのＶ６三二〇〇ＣＣ、しかもチューンナップされているようだ。アクセルを踏んだら馬力がぜんぜん違うんで、驚いたぜ」

ゴルフはドイツでは大衆車とも言える車である。隠密《おんみつ》に行動するなら持ってこいだが、パワーがあれば申し分ない。

ワットは基地の外に出ると迷うことなく一般道からアウトバーンに入った。土地勘があるようだ。車にはカーナビは付いてない。目的地は六百七十キロ北東のベルリンだ。

「ドイツに来たことはあるのか?」

緑が多い景色を見ながら浩志は何気なく尋ねた。

「イラク、アフガニスタン、どっちにも行ったからな。ラムシュタインには何度も世話になったよ。もっとも、基地の外に遊びに出るようなことはなかった。米国の軍人はどこに行っても嫌われるからな。地元の連中とトラブルになることを避けたんだ」

ワットは溜息混じりに答えた。あまりいい思い出はないのかもしれない。

日本とドイツはそれぞれ敗戦国として主権は奪われ、国内に数多くの米軍基地を抱え、戦後は進駐《しんちゅう》軍ではなく、駐留米軍に変わった。時代を経て戦争の記憶も薄れ米軍の役割も変わったとはいえ、未だに他国に占拠された状態は続いている。変わることがない基地と米軍の存在そのものに住民の憎悪《ぞうお》が向くのも当然だろう。

「それにしても、輸送機の送迎に車の手配、それに武器まで貰って、米軍に借りを作っちまったな」

昨夜宿舎に入った浩志らは、オルティスからグロック19と予備の弾丸を受け取っていた。協力を得られる代わりに、ロシアの軍事情報を報告するという条件がある。だが、確実に得られる保証もないので、あってないような条件だ。

「借りはない。なぜなら米国が俺たちに借りがあるからだ。それに今度の作戦に成功したら、欧米や日本政府に感謝され、俺たちはまた連中に貸しを作ることになる。それだけの働きを俺たちはして来たんだからな」

「確かにな」

浩志はこれまで自分の信念に従って闘ってきた。それが図《はか》らずも、日米をはじめとした大国の利益に寄与していたことは事実だ。

「そうなの。それじゃ、私も何かをねだってみようかしら」

ペダノワは声を弾《はず》ませた。アウトバーンを軽快に走る車に乗り、開放的になっているのだろう。

「生きて帰れば、俺は南国の海が見える浜辺に家を建ててのんびり過ごすつもりだ」

ワットはバックミラーを見てペダノワに話しかけた。

「いいわね。私も住むのなら南の国がいい。寒い国はこりごり」

「それなら、俺の計画に乗るか？」

ワットが笑いながら言った。

「寝室は別なの、それとも一緒？」

「べっ、別に俺は豪邸を建てるつもりはない。海辺のコテージを想像していたんだ。浩志も一緒にコテージを建てないか。釣りやダイビングをする毎日も悪くないだろう」

ワットは慌てて説明をした。

「なんだ。プロポーズされたのかと思ったわ」

ペダノワはわざとらしく残念そうに言った。

「プッ、プロポーズ！　馬鹿なことを言うな」

からかわれていると知っているのだろうが、ワットは真っ赤な顔をして首を振った。

百キロを過ぎ、フランクフルトに近くなると車が増えてきた。

「結構混んで来たな」

ワットはサイドミラーやバックミラーを絶えず気にしている。敵に車を横付けされて銃撃される可能性もあるからだ。しかも速度制限がされた区域もあるが、基本的にはアウトバーンは速度無制限である。高速で事故を起こせば大惨事になる。

「うん？」

ワットがバックミラーを見て険しい表情になった。

浩志もさりげなくサイドミラーで後ろを見た。猛スピードで走って来た車がすぐ後ろに付いたのだ。黒のSクラスベンツだ。

ワットはアクセルを踏んで前の車を追い越した。時速一八〇キロで走行している。風切り音はそれなりにするが、エンジン音は落ち着いていた。

「ちっ!」

ワットは舌打ちをした。黒のベンツがぴったりと後ろに付け距離を縮めてきた。運転席と助手席にはサングラスをかけた男が乗っている。

「頼んだぞ」

ワットがスピードを落として右車線に入ると、ベンツはスピードを弛《ゆる》めずに突き進んで来た。

浩志とペダノワはウインドウを下ろした。スピードを落としたと言っても一六〇キロは出ている。ブリザードのような寒風が渦を巻いて吹き付けてきた。二人は相手から見えないように銃を構えた。

ベンツがゴルフの左側を抜けて行く。運転している男がちらりとこちらを見た。

「なっ……」

浩志とペダノワが同時に声を上げた。

ベンツの後部座席の窓にブルドッグが足をかけてこちらを見ていた。しかもその隣には白髪の品のいい老婆が座っている。

二人は慌ててウインドウを上げ、銃を仕舞った。

「何をやっているんだ、おまえら。ブルドッグがロシアの最新兵器だったら、どうするんだ。俺だったら、間違いなく犬の眉間《みけん》にぶち込んでいたぞ」

ワットがにやけた表情で言った。

「あれがスペツナズの殺人犬だということぐらい知っている。だが、その前に凍《こご》え死んでいた」

浩志が言い返すと、ワットは大笑いをした。ペダノワもつられて笑っている。戦闘前の緊張はほぐれたようだ。

三

ドイツ連邦共和国には二十三万一千キロの道路網があり、そのうち高速道路であるアウトバーンは約一万二千五百キロある。

アウトバーンの名称は一九二九年にすでに使われていたようだが、自動車の普及が伴わずに道路網は拡張しなかった。

ドイツを交通大国にしたのは一九三三年に首相になったアドルフ・ヒトラーである。低所得者が自動車でピクニックに出られる暮らしを唱《とな》えて、自動車道路網の構築を推進させた。世界的不況の中、道路網を建設することは失業対策となり、あわせて鉄道網も構築し、産業の普及も図った。むろん、彼はアウトバーンの要所を滑走路として使えるように軍事利用も忘れなかったが、今日におけるドイツの繁栄の基盤を作ったことは間違いない。

午後一時、ラムシュタイン米空軍基地を出て五時間後には、ベルリンの環状道路であるシュタット・リングからビスマルク通りに入った。景観を保《たも》つためだろう、古い建物に合わせて新しい建物も五、六階と高さが揃っている。片側四車線もある広い通りには背の高い街路樹が、美しい街並に彩《いろど》りを添えていた。

「羨《うらや》ましいわ」

後部座席から景色を眺めていたペダノワが、ふと漏らした。

「何が?」

助手席のワットがバックミラー越しに尋ねた。四百八十キロノンストップでハンドルを握ったワットは、ライプツィヒの郊外にあるサービスエリアで浩志と運転を代わっていた。

「モスクワも広い道には歴史ある建物が並んでいるけど、目抜き通りに街路樹なんてほとんどない。公共の施設に行けば芝生や木は植えてあるけど、基本的に石とレンガとアスファルトで作られた味気ない街なの」

「俺も一度だけ行ったことがある。夏の終わりだったけどな。中心部じゃなきゃ、緑はけっこうあったぞ」

ワットが懐かしげに言った。

「確かに周辺道路の街路樹や庭木として無計画にポプラの木が植えてあるわよ。でも初夏は大変。ポプラの実が飛んで街中綿埃《わたぼこり》で汚れるの。馬鹿みたい」

日本でも街路樹や公園にポプラが植えられているが、基本的に使われるのは雄株である。だが、モスクワではごく最近まで緑化にポプラの雌株が使われていたために、毎年初夏になると街中に綿状の種が舞い、健康被害や車をはじめとした機械類の故障の原因になるなど、深刻な被害を出している。それを踏まえモスクワの新しい緑化計画では、雌株のポプラを伐採し雄株を植えることになったようだ。市当局は植物の特性も知らなかったらしい。

「モスクワではあまりの被害にポプラを植えるように勧めたのは、米国政府という噂も流れているのよ」

「ポプラの実でロシアの首都を毎年攻撃しているわけだ。ＣＩＡならやりかねんな」

浩志が皮肉混じりに言うと、ワットは首を横に振って苦笑した。

「でもモスクワっ子は、噂の出所は責任逃れの市当局だと思っているけどね」

ペダノワは肩を竦めた。

ワットはティアガルデンのロータリー交差点を曲がり、シュプレー川を渡ってパウル通りに出た。パウル通りからさらにインヴァリーデン通りに出れば、ベルリン中央駅に到着する。

浩志らは空路ではなく、ベルリンからポーランドのワルシャワを経由し、モスクワまで鉄道でロシアに潜入するつもりだ。ペダノワの話によれば、ロシアの空港は近年テロが頻《ひん》発《ぱつ》するために警戒が厳しく、特にモスクワ空港は人相認証システムを取り入れた監視カメラが運用されているために潜入は不可能らしい。また、国境の検問も厳しく、パソコンで情報が行き渡っているため、車での入国は考えられない。

インヴァリーデン通りに出た。パウル通りもそうだが、ビスマルク通りと違い中央線も分離帯もない狭い道になっている。とてもドイツを代表する駅前の通りとは思えない。もっともベルリン中央駅は二〇〇六年のサッカー・ワールドカップに合わせて開業した比較的新しい駅だ。地理的には首相官邸や議事堂などの行政地区の入り口に位置するため、これから周辺は再開発されて発展していくのだろう。

三百メートルほど進むと視界は広がり、片側三車線の拡幅された道になり、右手方向にガラス張りの巨大なベルリン中央駅が現れた。

浩志は次の交差点で右折し、駅の駐車場に車を入れた。乗り捨てておけば米軍が回収することになっている。

ベルリン中央駅は地下二階、地上二階建ての総ガラス張り構造で、天井が高くすべての階で自然光が入り開放感に溢《あふ》れていた。またレストランや様々なショップが入っているために、駅というより空港のような雰囲気がある。

浩志はワットらと分かれて、窓口に向かった。

切符売り場はJRのみどりの窓口のような事務的な感じではなく、白い壁に囲まれた未来的なデザインをしていた。壁にはいくつもの予約端末があり、浩志はベルリン・ワルシャワエクスプレスを表示させ、十四時四十分発の一等席をワットらの分まで購入した。所要時間は五時間三十五分、二十時十五分にワルシャワ中央駅に到着する。そこから二十時二十二分発のモスクワ行きの夜行列車に乗るつもりだ。間隔《かんかく》が七分しかないが、列車は乗り継《つ》ぎの連絡をしているので問題ない。

時刻は午後一時半、出発まで一時間以上ある。構内にはスーパーがあり、浩志はキヨスクで新聞を買って近くのコーヒーショップに入った。小さな二人用のテーブル席の奥にワットとペダノワがコーヒーを飲みながら待っていた。

浩志はカウンターで注文したエスプレッソをワットらの隣のテーブルの上に載せ、新聞を広げて座った。その下に二人分の切符を置くと、ワットはさりげなく手を伸ばし切符を受け取りポケットに仕舞った。ワットとペダノワは、何事もなかったかのように会話をしている。

浩志のジャケットのポケットに入れてある衛星携帯が鳴った。

——友恵《ともえ》です。今のところ、ベルリンの切符購入システムは不正にアクセスされた形跡はありません。

「了解」

傭兵代理店の誇る天才ハッカーであり、プログラマーでもある土屋《つちや》友恵からの連絡だ。彼女は東京の仕事場から浩志をバックアップすることになっていた。浩志が使うクレジットカードや端末が何者かに監視されたり、攻撃されたりした場合、対処してくれる。

「予定通りだ」

浩志は新聞に目を落としたまま呟いた。

「さて、確か近くにピザショップがあったよな。腹ごしらえをしようか」

ワットはショッピングモールのピザショップに行くつもりらしい。

浩志は二人を視界の片隅で見送った後、カウンター近くのワゴンに並べてあるサンドイッチを買って席に戻った。

また携帯が鳴った。今度はメールだ。

〃こちらはめっきり寒くなりました。そのせいか食欲が旺盛《おうせい》で、ちょっと困っています。毎日リハビリに励《はげ》んでいるせいもあるのかな。まだ走ることは出来ないけど、足を引きずることはなくなりました。今夜は思い切って、ミスティックに顔を出してみました。お店

はガラの悪い人で一杯です。（笑）　美香〃

浩志は思わず吹き出してしまった。美香からだったが、ガラが悪いというのは、むろん彼女の護衛についている浩志の仲間のことだろう。美香の警護にかこつけて飲み食いしているに違いない。彼らが数人で店に入れば、一般客は敬遠するだろう。美香が苦笑している様子が目に浮かぶ。

サンドイッチを食べながら新聞を読んで時間を潰し、浩志は発車時刻の十五分前に店を出た。すると先にショッピングモールに出ていたワットとペダノワが浩志に気付き、改札に向かって歩きはじめた。彼らと距離をおき、周囲の気配を探ってみたが、今のところ異常は感じられない。

午後二時五十八分、十八分遅れで先頭車両が赤いディーゼル機関車のベルリン・ワルシャワエクスプレスが、ホームに滑り込んで来た。

三人は白いボディーにブルーのラインが引かれた列車に乗り、全面がガラス張りになっている一等コンパートメントに収まった。

四

ベルリン・ワルシャワエクスプレスは、ドイツのベルリンとポーランドのワルシャワを結ぶユーロシティー（ヨーロッパ都市間特急）で、一等車一両、食堂車一両、二等車四両の計六両で編成され、一日三往復運行されている。

一等車は六人部屋のコンパートメントで仕切りはガラスになっているため、明るく開放感がある。浩志とワットとペダノワの三人は同室でくつろいでいた。部屋は六人席だが、独占できるように浩志は六人分のチケットを購入していたのだ。それでも監視の目を感じるようなら、二等席に替えようかとも思っていたが、その必要はなかった。グアムで〝ヴォールク〟のエージェントを振り切ったため、彼らは浩志らを見失ったに違いない。

午後六時五十分、遅れを取り戻すためか、列車はポーランド領に入ってからスピードを上げて遅れは八分まで縮まった。ポーランドの冬は日が暮れるのが早い。すでに列車は闇夜を突っ走っていた。

「そろそろ食事にしないか。モスクワ行きの夜行列車じゃ、大した食事も期待できそうにないからな」

ワットが欠伸《あくび》をしながら提案をしてきた。

「賛成」

ペダノワは、貴重品や銃も入れた大きなバッグを手に立ち上がった。

揺られながら座っているだけでも腹は減る。浩志に異存はない。

食堂車は小さなガラス張りのキッチンに通路を挟んで四人席と二人席が並んでいる。食事時で並ぶことも覚悟したが、偶然にも早めに食事をした団体が引き上げたので四人席が三つも空いた。

メニューはすべてポーランド料理で、よく知っているというペダノワに任せ、ポーランド風スモークサーモンとコトレットとピエロギを注文した。コトレットはポーランド風トンカツで、ピエロギは洋風餃子《ぎょうざ》だそうだ。モンゴル、ロシアを経由して伝わった中国の餃子が原型で、子牛肉の餃子にベーコン入りの甘めのソースがかけてあるらしい。

飲み物はむろんビールを注文した。ポーランドは世界で十番目に消費量が多いビール大国でうまいビールも沢山ある。三人はジヴィエツという銘柄のビールを頼んだ。

体格のいいポーランド人らしきウエイターが、背の高いグラスに入れたビールを運んできた。

「無事を祈って乾杯するか」

ワットがさっそくグラスを持った。

「待って」

ペダノワがワットを睨みつけた。

「またかよ」

ワットがうんざりした表情でグラスを置いた。

「またじゃないわよ」

ペダノワは自分のバッグから放射線計を取り出した。毒殺を恐れる彼女は食事のたびにチェックをするのだが、ヨーロッパに来てからは自分の分だけでなく、一緒に食事をする浩志やワットの分までチェックするようになった。すでに儀式化していると言ってもいいだろう。浩志は比較的一人で食事をすることができるが、彼女と常に行動を共にするワットには同情している。

ペダノワは自分のグラスの上に放射線計をかざした。いつものごとく何の反応もない。

ワットがわざとらしく肩を竦めて、自分のグラスに手をかけた。

「もう！」

腹を立てたペダノワがワットを睨みつけ、彼のグラスの上に放射線計を置いた。

ピッピピッピッ！

突然放射線計が、けたたましい警告音を鳴らしはじめた。

「何！」

ワットとペダノワが慌てて席を立った。

「落ち着け！」

グラスの上の放射線計を取り上げると、警告音は鳴り止んだ。周囲の客が何事かと注目している。浩志は何でもないと肩を竦めて笑ってみせると、彼らは迷惑そうな顔をして食事を続けた。

浩志は自分のグラスの上に放射線計をかざして異常がないかを調べ、ワットのグラスの上に紙ナプキンを置いて再度調べてみた。今度は警告音もなく、放射性のレベルも上がることはなかった。

「どういうことだ」

ワットが首を傾げながら座った。

「グラスの開口部からじゃないと放射線を検知できないということは、アルファー線なのね。リトヴィネンコ元中佐を毒殺したポロニウム２１０よ。驚いて取り乱してしまったわ」

ペダノワは青ざめた表情で席に着いた。

「おそらくそうだろう。ポロニウム２１０はウランの百億倍の比放射能を有するが、所詮アルファー線だ、紙一枚でも防ぐことができる。飲み込んで体内被曝しなければ平気だ」

浩志はゆっくりと頷いてみせた。放射性物質に関しては傭兵として最低限の知識は持っている。

「……そうだった」

ワットは頭を掻いてみせた。軍で核兵器や放射能についての教育は受けているはずだ。驚いて思い出せなかったようだ。

「あのウエイターの野郎、〝ヴォールク〟のエージェントに違いない。俺のビールを台無しにしやがって」

振り返ったワットは厨房の傍にいるウエイターを睨みつけたが、何食わない顔をして働いている。

「あいつは関係ない。知っていたら、ペダノワが放射線計を出した時点で逃げ出しているはずだ。犯人はビールに溶ける特殊なカプセルに入れたポロニウムを、ウエイターとすれ違い様にグラスの中に入れたのだろう。よく見ていなかったが、ビールを持ってくる途中で、ウエイターの前を何人かの乗客が通った。犯人はその中にいたに違いない」

食事を終えて食堂車から出て行く客が二、三人ウエイターとすれ違った。三人とも背中しか浩志は見ていない。たとえ怪しい気配がなくても近付いてくる者には注意をするが、離れて行く場合は油断するものだ。追手を振り切ったという慢心もあったことは確かだった。

ただし、厨房がある出入口の隣の車両は一等車だ。先頭車両は列車を牽引《けんいん》しているディーゼル車になり、乗り移ることもできない。犯人は一等車にまだいることになる。

「このビールは飲めないがどうしたらいい？」

ワットは困惑した表情で尋ねてきた。普段は沈着冷静な男だが、まだ動揺が収まっていないようだ。歴戦の勇者も放射能は怖いようだ。

「汚染《おせん》を拡散させるから、トイレに流すこともできない。ビールをグラスごと密封して政府機関に回収させるほかないだろう。だが、この列車内での騒ぎは避けたい。とりあえず、俺たちで処理しよう……」

浩志はウエイターが料理を持って来たので、口を閉ざした。

テーブルにスモークサーモンとコトレットとピエロギが、ところ狭しと並べられた。

「なんだか胸焼けして、気分が悪いの。ラップとドギーバッグくださる。コトレットは持ち帰るわ。ラップを忘れないでね」

ペダノワが胸を押さえ、苦しそうな表情をウエイターにして見せた。グラスにラップをかけて、バッグに入れて持ち帰るつもりなのだろう。

「分かりました」

ウエイターがペダノワの演技とも知らずに厨房に入って行った。もっともショックから覚《さ》めずに彼女が青白い顔をしているのは事実だ。

「ビールの処理は任せる。二人は先に食事をしていてくれ」

浩志は席を立って言った。

「犯人を捜すつもりか？」

「確かめるだけだ。列車からは逃れられないからな」

犯行後の犯人なら挙動で分かるはずだ。元刑事としての勘はまだあると信じている。

「大丈夫か、一人で？」

「一等車に敵はいる。だが、陽動作戦かもしれない。ペダノワの側を離れるな」

席を立ちかけたワットの肩を押さえ、浩志は席を立った。ワットも一緒に行けば一人になったペダノワが危ない。また三人で乗り込めば、今度は車両ごと吹き飛ばされる可能性もある。

「敵はほかの車両にもいるというのか。……確かに可能性はある。気をつけて行け」

ワットは座って頷いた。

「任せろ」

浩志は食堂車を去った。

五

ベルリン・ワルシャワエクスプレスは、ロシアの衛星国と言われるポーランドの首都に向かって疾走《しっそう》していた。

一等車は薄いブルーのガラスで仕切られたコンパートメントになっている。三人席が向かい合わせになった六人部屋が全部で九つ、席もゆったりとしており二等席とデザインは似ているが、座り心地はまったく違う。

浩志は通路からさりげなく室内を覗き込みながら調べていった。トイレと洗面所に近い一番手前は浩志らの部屋で、そのほかの部屋もほぼ満席に近く、家族連れもいればカップルの男女もいる。ビジネスマンよりも旅行者の方が多いが、一等席だけにバックパッカーの姿はない。

七つのコンパートメントを確認したが、元刑事の勘にさわる人物は見当たらない。

「うん？」

先頭から二つ目のコンパートメントに四人の男が座っており、窓際にスキンヘッドで首筋にタランチュラの入れ墨がある眼光の鋭《するど》い男がいた。視線が合うと、男はにやりとして通路に出て来た。身長は一八二、三センチ、首回りは太く、ゴアテックスのコートの上からでも鍛え上げた体であることは分かる。男は横幅もあるため、狭い通路が塞《ふさ》がれたような圧迫感を覚えた。

「おまえか？」

浩志は男から一歩下がって身構えた。グロック19は腰の後ろに隠してある。

「藤堂。お目にかかれて光栄だ。まさかペダノワが放射線計を持っているとは思わなかった。ここで一人消して、彼女をいたぶる予定だったが、命拾いをしたな」

男はにやけた表情で堂々と犯人だと名乗った。

「おまえ一人か？」

浩志は男が出てきたコンパートメントを顎で示した。

「俺のコードネームはコーランに出て来る〝ジン〟だ。チェチェン人からは最悪の男と恐れられていた。おまえがこれまで闘った連中とはレベルが違うぞ。一人で充分だ」

自らコードネームを名乗った男は胸を張って答えた。信じるのならばコンパートメントのほかの三人の男たちはただの乗客ということになる。ちなみにイスラム教のコーランに出てくる〝ジン〟は日本語で〝妖霊〟や〝幽精〟と訳され、神が火から造ったとされる種族である。この種族から悪魔が生まれた。

「忌まわしきコードネームの一人か」

「グアムに派遣した私の部下から聞いたのだな。連絡は途絶えたが、使命だけは果たしたらしいな」

〝ジン〟は鼻で笑ってみせた。部下の安否など眼中にないらしい。

「他にも二人いると聞いている。どこで待ち伏せしているのか、教えてもらおう」

浩志は鋭い視線で〝ジン〟を見つめた。

「質問はこちらが先だ。ロシアに何の目的がある。車で国境を越えようとしなかったのは褒《ほ》めてやろう、すぐに蜂《はち》の巣になるからな。それで列車に乗ったのだろうが、結果は同じだ。我々、処刑人の存在も知りながら、なぜ死に急ぐ。理由はなんだ?」

「三人の処刑人を殺して、〝ヴォールク〟が無能だということを教えてやるつもりだ。殺される前に殺せ。これは傭兵の定石だからな」

最終目的はむろん敵のヘッドを殺害することだが、障害となる処刑人を殲滅《せんめつ》させるのは必須であった。

「我々とパワーゲームをしようというのか」

〝ジン〟は眉間に皺を寄せた。

「三対三、人数を合わせてきたのはそっちだろう」

にやりと笑って浩志は間合いを縮めた。

「面白い。ゲームはすでにスタートしている。ここで銃を抜くか？　俺を殺すことはできてもおまえはワルシャワの警察に捕まるだけだぞ。それとも目撃者ごと殺すつもりか？」

口元を薄気味悪く歪めて〝ジン〟は笑った。

コンパートメントの客が何事かとこちらを気にしている。通路は狭いが全面ガラス張りになっているため、男が出てきた部屋と浩志が立っている部屋の乗客全員に見られていた。

「貴様はどうなんだ。このまま逃げられると思っているのか。おまえを取り押さえて警察に突き出す。証拠はポロニウムだ。ポーランドとロシアは仲が悪い。おまえがどんな扱いを受けるか見ものだな」

浩志もにやりと笑い、自然体に構えた。

「おまえは忌まわしきコードネームの由来まで聞かなかったようだな」

〝ジン〟は笑いを消して冷酷な表情になった。

「強姦や人殺しをする最低の野郎だと聞いた」

「最低じゃない、最悪なんだ。敵から最強、最悪と恐れられてこそ真の兵士といえる。戦場できれいごとをいうやつは、ただの馬鹿だ」

〝ジン〟はゴアテックスのコートのポケットに左手を入れた。

浩志もジャケットに右手を入れ、腰の上のホルスターに入れてあるグロック19に手をかけた。

「手を挙げろ!」

浩志はすばやくグロック19を抜いた。

「見本を見せてやる。私なら目撃者は生かしてはおかない」

何やら左手を動かした後、〝ジン〟はポケットから黒い筒状のものを抜いた。

「何!」

〝ジン〟が握っていたのは米軍製〝MK3A2〟手榴弾で、しかも安全リングがすでに引き抜かれていた。爆発の衝撃波により殺傷するもので、室内やトーチカを攻撃するために開発された。広範囲に金属片をばらまく破片手榴弾と違い、半径二、三メートルと殺傷破壊範囲は狭い。

浩志は下がりながら銃撃したが、〝ジン〟は自分が出てきたコンパートメントのドアを開けて〝ＭＫ３Ａ２〟を投げ込み、すばやく車両の先頭の端まで下がった。途端にコンパートメントが爆発し、車両が揺れてガラスと血が通路に飛び散り、通路側の窓も衝撃で割れた。限定的とはいえ凄まじい威力だ。

割れた窓ガラスからブリザードのような寒風が吹き込んでくる。

〝ジン〟の右腕と胸部に二発命中したはずだが、防弾ベストを着用しているのか平気な顔をしている。逆にコートの内側から〝ＭＰ４４３〟を抜いて銃撃してきた。通称〝グラッチ〟と呼ばれる現代ロシア軍の制式大型ハンドガンである。

「くそっ！」

浩志はすばやく通路の端の洗面所に隠れ、グロックだけ通路に出して三発撃って引っ込めた。洗面所は通路からは下がった位置にあり、連結部のドアがすぐ後ろにある。

銃撃が止んで一等車からパニックになった乗客の悲鳴や叫び声が聞こえてきた。

「通路に出るな！　撃ち殺されるぞ！」

浩志は大声で注意した。

目の前の床に黒い筒が転がって来た。〝ＭＫ３Ａ２〟だ。

「ちっ！」

浩志は連結部のドアを開けて一等車を飛び出した。途端に後方で〝ＭＫ３Ａ２〟が爆発し、連結部のドアが吹き飛び浩志は食堂車に投げ出された。

銃を持った浩志を見た乗客が悲鳴を上げた。

「逃げろ！　二等車に逃げるんだ」

浩志は飛び起きて大声で叫んだ。パニック状態の乗客は椅子やテーブルを押し倒し、二等車に向かって我先に走りはじめた。

「浩志！」

ワットとペダノワが、グロックを抜いて乗客をかき分けてやってきた。

「〝ＭＫ３Ａ２〟をばらまきやがった」

「何だって！」

ワットが険しい表情になった。

「敵は一人だが防弾ベストを着用している。頭か足を撃たなければ倒せない。ペダノワ、乗客を守って二等車に誘導するんだ。頼む」

浩志は付いて来ようとするペダノワの肩を摑んで言った。

「分かった」

ペダノワは不服そうに頷くと、二等車に向かって行った。

「浩志」

先に行こうとすると、ワットに呼び止められた。

「これはあるか？」

ワットがポケットから手鏡を出した。

「いつも持っているのか?」

浩志は驚いて尋ねた。市街戦や室内での銃撃戦では、隠れている場所から通路などを確認するのに手鏡ほど役に立つ物はない。

「俺はおしゃれだからな」

ワットはわざとらしくカツラの髪型を手櫛《てぐし》で直してみせると、付いて来いとばかりに先に食堂車を出た。

六

割れた窓ガラスから寒風が、泣き声やうめき声を織《お》り交《ま》ぜて吹き込んでくる。

爆破された連結部のドアを跨ぎ一等車に乗り込んだ浩志とワットは、コーナーになっているトイレの前に立った。粉々に砕け散ったガラス片が床一面にまぶされたように散らばっている。

ワットが手鏡を出して通路の安全を確認し、飛び出した。浩志もサポートをするために銃を構えて続いた。

トイレに近いコンパートメントは、〝MK3A2〟が廊下で爆発したために仕切りのガラスはなくなっていた。浩志たちの部屋だったために人的被害はない。

だが次のコンパートメントの通路側の二人の乗客は、ガラス片を全身に浴びておびただしい血を流し、床に倒れていた。ほかの四人の乗客も怪我をしている。血だらけで呻《うめ》き声を上げる者や窓際で震えている者もいる。

「どこに行きやがった？」

惨状を見たワットは憤怒《ふんぬ》の表情で言った。

「待っていたぞ」

奥のコンパートメントから〝ジン〟が飛び出し、〝グラッチ〟を発砲してきた。

浩志はトイレ前に、ワットは爆破された自分のコンパートメントに飛び込み、銃だけ出して反撃した。

「何！」

浩志もワットも〝ジン〟の下半身に集中して撃ったが、びくともしない。

「頭だ！」

ワットが叫ぶまでもなく、浩志も〝ジン〟の頭を狙って銃撃した。〝ジン〟はすばやく両腕で頭を庇い、奥のコンパートメントに逃げ込んだ。ドアも開けずに入ったところをみると、最初に爆破した先頭から二つ目の部屋なのだろう。

「化け物かあいつは」

ワットが前のコンパートメントから呆れ気味に言った。

「だが弱点は分かった」

浩志は新しいマガジンに替えながら言った。武器は日々進化している。防弾の素材で全身が覆われたスーツがあってもおかしくはない。実際、先進国では研究が進み、一部ではタクティカルスーツとして実用化されている。

「分かっている。頭を狙えばいいんだろ」

ワットはわざと大声で叫んでみせた。これで迂闊に攻撃して来ることはないだろう。膠《こう》着《ちゃく》状態が続けば、ワルシャワ中央駅に着く。

背後に気配を感じて振り返ると、ペダノワが煙草を片手に立っていた。

「何、手こずっているの?」

咎《とが》めるような口調で言ってきた。

「敵は全身防弾スーツを着ているらしい」

舌打ちをしながらも浩志は答えた。

「何だ」

ペダノワはつまらなそうな顔をして、食堂車に戻って行った。

「出たぞ!」

ワットが叫び声を上げて銃撃をはじめた。

「何！」

慌てて銃を構えた浩志は、絶句した。

男は顔面を覆うヘルメットを着用していた。しかも防弾だ。

「銃弾を絶やすな」

ワットが顔面を狙っているため、浩志は銃を持つ右手に銃弾を集中させ、〝グラッチ〟を弾き飛ばした。〝ジン〟は慌てて通路の奥まで飛ばされた銃を拾いに行った。銃弾が貫通しなくても、銃口初速が秒速三百七十九メートルの九ミリパラベラム弾の衝撃は凄まじい。

「ちょっと」

背後から肩を叩かれた。

「おっ！」

振り返った浩志は、目を見張った。ペダノワが火炎瓶を持っていたのだ。

「援護するから、投げて」

「〝スピリタス〟か」

ペダノワから受け取った火炎瓶のボトルを見て浩志はにやりと笑った。

〝スピリタス〟はポーランド原産のウォッカで、九十五から九十六度というアルコール度を誇り、飲酒中は火気厳禁という際物《きわもの》だ。むろんそのまま飲むものではなく、カクテルベースや水割り、あるいは消毒薬として使われる。

浩志はペダノワと位置を替わり、銃を床に置いた。右手に火炎瓶を持つと、ペダノワがライターで瓶の口に詰めてあるハンカチに火を点けた。

「援護しろ！」

浩志の号令でペダノワは低い姿勢からグロックを連射した。間髪《かんはつ》を入れず浩志は車両の中ほどまで迫っていた男の胸の当たりに火炎瓶をぶつけた。

瓶は弾けるように割れ、〝ジン〟はたちまち炎に包まれた。男がゴアテックスのコートを着ていたことも味方した。ゴアテックスはポリテトラフルオロエチレンとポリウレタンポリマーを原料にしており、燃え易《やす》く毒性のあるポリマーガスを発生させる。

「うおー！」

〝ジン〟は銃を投げ出し、咆哮《ほうこう》を上げながら両手で体を叩いて暴れている。

「撃て！」

浩志とワットとペダノワの三人は狭い通路で縦に並ぶような姿勢になり、一斉に銃撃した。男は堪らずたたらを踏むように後ずさりし、通路側のガラスが割れた窓から外に転落した。

浩志は〝ジン〟の行方を追って窓に駆け寄った。大きな炎が線路脇を勢いよく転がり、深い闇を形成する森に飲まれて行った。列車は時速百キロを超えるスピードで走っている。万が一にも助かることはない。

「やったな」

浩志が拳を挙げると、ワットも嬉しそうな顔をして拳を挙げてきた。

反転

一

ベルリン・ワルシャワエクスプレスに乗車した浩志らは〝ヴォールク〟から送り込まれた処刑人と呼ばれる三人の暗殺者の一人である〝ジン〟に襲われるも、ペダノワの機転でなんとか危機を脱することができた。

だが急行列車の一等車は〝ジン〟が放った二発の手榴弾〝ＭＫ３Ａ２〟の爆発により、死者八名、重軽傷者七名という被害を受けた。列車は終着駅であるワルシャワ中央駅にすでに近かったため、停車せずに午後八時十九分に駅に到着した。

駅では救急隊や警察が大挙して待ち構えていたが、列車が到着するやいなやパニック状態の乗客が争って下車したためにホームは大混乱に陥《おちい》った。当事者である浩志らは混乱に乗じて駅を脱出し、徒歩で数分の〝インターコンチネンタルホテル〟にチェックインした。コンチネンタルホテルとしてはスタンダードだが、モダンなデザインの四十四階建ての高層ビルでむろん五つ星である。

駅からホテルまでは平坦な大通りに沿って五百メートルという距離で、スターリン・タワーである〝文化科学宮殿〟の斜め向かいに位置する。

高さが二百三十七メートルあるスターリン・タワーは、ソ連の独裁者だったスターリンがポーランドへの贈り物として一九五五年に竣工《しゅんこう》された摩天楼《まてんろう》であり、スターリンの威光を示すためのものであった。街の景観を無視した無骨なデザインはポーランドの国民に不評で、ワルシャワ市民の間では〝スターリンの墓〟とも呼ばれ、「〝文化科学宮殿〟に行けば宮殿を見なくてすむ」というジョークがあるほどだ。

もっともポーランド国民のロシア嫌いは、隣国ゆえに両国は古くから諍《いさか》いを繰り返して来たことにも由来する。

一九三九年ナチス・ドイツとソ連から同時に攻撃されたポーランドは両国に全土を占領された。ソ連は捕虜とした二十五万人にもおよぶポーランド兵を強制労働させるなかで、二万人以上の捕虜を銃殺した。いわゆる〝カティンの森事件〟である。

また二〇一〇年に〝カティンの森事件〟の追悼《ついとう》式典に出席するためにポーランドの大統領、中銀総裁、参謀総長などの要人と遺族を乗せたロシア製航空機が墜落《ついらく》し、全員が死亡するという事件が起きている。単なる事故と処理されたが、陰謀説が取り沙汰《ざた》された。ポーランド国民にはロシアを心底恨む感情は容易に消えることはない。

ホテルの三十八階の一室で浩志らは手元に自分の銃を置き、疲れた様子でベッドや椅子に座っていた。肉体的な疲れよりも、敵の監視網から逃れたと思っていた矢先に襲撃されたというショックが大きい。部屋は浩志のシングルルームで、盗聴器のチェックはすませてある。

「今から考えれば、鉄道での潜入は安易だったな」

ワットが溜息混じりに言った。

空路はロシア内の空港の監視が強いため、はじめから選択肢から除外していた。陸路は車を使うことになるが、国境の監視所には端末が置かれているため、発見される可能性があった。その点鉄道は国境沿いの市民や観光客が手軽に利用していることもあり、監視が緩い。国境を越えた辺《あた》りで国境警備員が巡回し、パスポートを見せればその場で入国スタンプが押される。

「鉄道ならば一般の常識で言えば検問はほとんどない。だからこそ、彼らは組織を上げて監視していたのだろう。グアムからベルリンまでは彼らの目から逃れていたはずだ。列車に乗ることで、彼らの監視網に再び引っかかったに違いない」

浩志も同意した。

「ものは考えようじゃない。敵の狙いはワットをポロニウムで毒殺して、私と浩志に精神的な打撃を与えることにあったんでしょう。敵のもくろみは外れ、しかも処刑人の一人を始末できたのは事実。追い込まれたのは向こうよ」

ペダノワはセーラムの煙を吐き出しながら言った。彼女にしてはポジティブな意見である。だが、煙草を吸っているときのペダノワは強いストレスを感じている場合が多い。

「確かにそれは言えるな」

ワットは素直に認めた。

「とりあえず、ロシアへ列車で乗り込むという選択肢はなくなった。やつらは俺たちの現在位置を捕捉しているだろう。ポーランドにいることも危険だ。一カ所に留まれば、敵を集めることになる。できるだけはやくドイツに戻った方がいい」

〝ジン〟の言葉を信じるなら、道路も鉄道もロシアとの国境は厳重な監視下にあると考えた方がいい。

「俺もそう思っている。作戦上で問題があったときは、軍かＣＩＡの協力が得られることになっている。ワルシャワに到着する前に連絡はしておいた。とりあえずラムシュタインまで戻ろう」

ワットが渋い表情で頷いた。ラムシュタインとは浩志らがグアムのアンダーセン空軍基地から輸送機で着陸した、ドイツ南西部にある米空軍基地のことだ。

「待って、軍はともかく、この私にＣＩＡを信じろと言うの？」

ペダノワがワットに嚙《か》み付いた。米国で命を狙われていた彼女は身の安全を図るために米軍に投降した。米国内での安全と自由を条件にペダノワはロシアの機密情報を供述したのだが、情報源としての重要性からCIAは彼女との約束を反古《ほご》にし監禁したのだ。彼女がCIAを目の敵《かたき》にするのも頷ける。

「俺もCIAは避けたい」

浩志もこれまで何度もCIAには煮え湯を飲まされてきた。

「二人が文句を言うと思って、今回連絡したのは、大使館に勤務している武官だ。あいにく武官は出張中で明日の昼にワルシャワに帰ってくる予定だ。ここから移動するのは明日の昼以降ということになる」

「今すぐにでも出発したいのに、明日の昼まで待てって言うの？　冗談じゃないわ」

ペダノワは煙草を灰皿でもみ消すと、立ち上がった。

「どうするつもりだ？」

ワットが彼女の前に立った。

「ベルリンかパリ行きの夜行列車があるはず。敵の先手を取らないでどうするの？」

「今動けば、敵の思うつぼだぞ」

「留まる方が、敵の思うつぼよ」

ペダノワは、ワットの口まねをして言い返した。

「二人とも落ち着け。今すぐ行動を起こした方がいいが、列車は俺も反対だ。駅に敵の見張りがいる可能性が高い。それに、夜行列車は強盗が出没することで有名だ。無用なトラブルは避けたい。第一、ポロニウムを持ち歩くつもりか?」

浩志の言葉に二人ともぎょっとした表情になった。ポロニウムが混入されたビールグラスにラップをかけ、その上で布に巻いてペダノワの旅行鞄に入れてあったのだ。

「次の行動はあれを処分してからだ」

物が物だけにその辺に廃棄《はいき》するわけにもいかない。捨てるだけで重大なテロ行為といえよう。

「そうだ。ポロニウムのことを忘れていた。すぐに大使館員に引き取るように連絡を取ってみる」

ワットは慌てて携帯で電話をかけはじめた。

「ついでに車の手配をしてくれ」

浩志は車でドイツに移動するつもりだった。チェックインしたのは敵の目を惹《ひ》き付けると同時に、明日までは動かないと見せかけることになる。出発するなら今夜だろう。

「車か」

「車ね」

ワットとペダノワが同時に頷いた。

二

〝インターコンチネンタルホテル〟はベージュを基調とした室内装飾に、スタイリッシュでシンプルな木目の家具を配置し、落ち着いた雰囲気を醸《かも》し出している。

午後八時四十一分、ペダノワの吸う煙草の煙が天井に溜まっていた。グアムを発ってから喫煙の量が増えたようだ。手段はともかく彼女は自分なりにストレスと闘っている。〝ヴォールク〟の処刑人は列車から転落死したが、彼女に恐怖心を与えることに成功したようだ。

ドアチャイムが鳴った。

浩志はドアの横に立ってグロックを構え、ワットにドアを開けるように合図をした。

ワットもグロックを右手に持ち、ドアを開けた。

「ミスター・ワットですね。大使館から来ました、ジョン・ホークスワーです」

メガネをかけたひ弱な感じの男が、ショルダーバッグを肩に下げて立っていた。

「入ってくれ」

ワットは右手の銃を背中に隠し持ち、男を部屋に招き入れた。すかさず浩志はドアを閉め、背後からホークスワーの首筋に銃口を突きつけた。

「死にたくなかったら、動くな」

「わっ、わ……」

浩志のどすの利《き》いた声に、ホークスワーは途端に身震いをはじめた。

ワットは無言で身体検査をし、ジャケットの胸のポケットから財布を出した。

「ジョン・ホークスワー、三十九歳、本物の副事務官のようだ」

財布の中にあったＩＤカードをワットが読み上げた。

「手荒い挨拶で、すまない。知らないとは思うが、今、テキサスで流行《はや》っているんだ」

そう言ってワットは財布とカードをホークスワーのポケットに返した。だが、ホークスワーは硬直したまま動こうとしない。

「あら、すてきなバッグ。私からの危ないプレゼントを入れるのは、これかしら？」

ペダノワが右手でホークスワーの頬を軽く叩き、人差し指で胸を突いた。

「そっ、そうです。私は放射性物質を回収するように言われてきました」

ホークスワーは大きな息を吐き出し、バッグを床に置いた。

「これよ」

ペダノワは自分の旅行鞄から布に包まれたビールグラスを無造作に取り出した。

「その先は、私がいたします。包みを床に置いてください」

取り扱いが気に入らなかったのかホークスワーは声を上げてペダノワを制止した。慌ててダッフルコートとジャケットを脱ぐと、バッグからゴーグルや防護手袋の他にも金属製の容器に放射線計も出して床に並べた。ゴーグルと防護手袋を装着したホークスワーは放射線計のスイッチを入れて、恐る恐る布の包みに近付いて行く。

浩志らは壁際まで離れてその様子を見守った。

「あいつを見ろ。俺たちは簡単に考え過ぎていたようだ。きっと振動を与えると核融合を起こすに違いない」

ワットは浩志とペダノワだけに聞こえるように小声で言った。ワットの冗談にペダノワが吹き出した。

からかわれているとも知らずにホークスワーは包みの外側の放射能値を調べると、大きく息を吐き出し、今度は布を慎重に剝《は》がしはじめた。

「いらいらするわ」

あまりの緩慢《かんまん》な動作に苛立《いらだ》ったペダノワは、煙草を吸いはじめた。

布を剝がしてラップがかけられたビールグラスが出てくると、ホークスワーはまた放射線計で計りはじめた。

「グラスの上部の値が高いですね。間違いなく放射性物質が混入されているようです」

ホークスワーはグラスの近くに金属製の容器を置いて蓋《ふた》を開け、中から魔法瓶のような容器を取り出した。額に浮いた汗をシャツの袖《そで》で拭い、ビールグラスを容器に入れると、さらに金属製の容器に仕舞った。

「ミスター・ホークスワー。頼んでおいた車はどうなったのかな？」

ワットは猫なで声で尋ねた。電話に出た事務官に予備弾丸と車の手配を頼んだが、弾丸はすぐに用意できないと断られていた。

「あいにく現在空いている車が一台もありませんでしたが、朝一番でフォルクスワーゲンを一台ご用意できます」

ホークスワーは笑顔で答えた。こちらの切迫した状況が理解できていないらしい。

「君は、ここまでどうやって来たんだね」

ワットの右眉が上がった。この男が切れる寸前の合図のようなものだ。

「自分の車で来ました」

「ホテルの駐車場かい？　車種は？」

「アウディ・アバントで来ました」

「クワトロか、いい車に乗っているね。Ｖ６の三〇〇〇ＣＣかな？」

ワットは機嫌良く質問をした。

クワトロとは四輪駆動を電子装置でパワーを制御して四輪に分散するシステムであり、スポーツ車に相応しい快適な走りを実現した。

「V6じゃありませんよ。二〇〇五年型のV8、四二〇〇CCです。色は赤です。大使に黒かシルバーにしろと怒られましたよ」

自慢げにホークスワーは聞かれもしないことまで答えた。

ワットは口笛を吹いて、背後に立つ浩志にウインクをしてみせた。

車を褒められたと思っているホークスワーは嬉しそうな顔をしている。その後ろで浩志はバスルームから持ち出したドライヤーを握り、ペダノワはフェースタオルを手に巻いていた。

「赤は俺も好きだよ。ものは相談だが、ちょっと車を貸してくれないか」

「ご冗談でしょう」

ホークスワーは、きょとんとした顔で答えた。

「すぐに移動しなきゃならないんだ。俺たちには最大限の援助をするように大使から言われなかったかい？」

「大使は晩餐会《ばんさんかい》で留守にされているので、事務官から言われてここに来ました」

「なるほど、道理で話が通じないと思った。それじゃ仕方がないな」

ワットは浩志に頷いてみせた。すかさず浩志はホークスワーの腕を取り、ドライヤーのコードで後ろ手に縛り上げると、ペダノワがフェースタオルで猿ぐつわをした。

「悪く思うな。俺たちは特殊任務に就いているんだ。これも仕事だ。大使館に連絡して迎えに来るように言っておくから、それまでここで大人しくしているんだ」

話しながらワットは、ホークスワーのジャケットから車の鍵を探し当てた。

三

ステーションワゴンタイプのアウディ・A4アバントは真夜中の高速E30号を疾走していた。

E30号はアイルランド南部のコーク市からロシアの中南部にあるオムスク市まで、五千八百キロにも及ぶ、もっとも長い欧州自動車道路である。国によって違うが、道路状況が悪いポーランドにおいても比較的優良と言えた。

アバントの所有者である副事務官のホークスワーは、見かけによらず相当な車好きなようだ。二〇〇五年型の車に乗っているのは、エンジンのパワーのために違いない。燃費はともかくV8、四二〇〇CCの持つ三百四十四馬力は、レッドゾーンを超えても安定した走りをみせた。

六代目となる二〇一一年型のアウディ・A6は一世代前のA5から採用されている自然吸気から直噴スーパーチャージャーを装着し、V8からV6にダウンサイジングしても、エンジン出力をほとんど変えることなく燃費を上げている。しかし、マニアにはV8エンジンの音と力強い走りが魅力となる。

ワルシャワからベルリンまではおよそ五百九十キロあるが、夜明け前には余裕で着くことができるだろう。

最終の目的地はラムシュタイン米空軍基地のため、ベルリンは少し遠回りになるが、池谷からメールで、ベルリンの傭兵代理店に寄るように勧められていた。中堅クラスの割にいい仕事をするらしい。

浩志はヨーロッパの代理店とは付き合いがなかったので、ベルリンにあることも知らなかった。〝ジン〟との銃撃戦で浩志とワットの二人はほとんど弾を撃ち尽くし、ペダノワに予備弾丸を分けてもらったが、残りは僅かだ。弾を補給するだけでも立ち寄る価値はあった。

午前零時十六分、ワルシャワから四百七十キロは何事もなく走ることができた。まもなくドイツとの国境になる。途中で継ぎ接《は》ぎだらけの路面もあったが、Ａ４アバントは平均時速百五十キロで走り抜けた。

チェコ共和国が源流のオーデル川を国境とするドイツとポーランドでは、両国の国民であればパスポートの表紙だけ見せれば国境を通過することができる。その他の国籍では入出国の審査を受けなければならない。特にポーランド領側での査察官の態度は厳しい。ポーランドはイラクに派兵しており、アルカイダから攻撃対象になっているためテロを警戒していたのだ。

浩志らは三人とも二重構造の特殊な旅行鞄に、傭兵代理店が作った複数の偽造パスポートを隠している。三人ともメインで使っている国籍以外にロシア籍の偽造パスポートも所持していた。だが、ポーランドとドイツ籍のものはない。

オーデル川手前にある検問所で、前の二台のトラックが一旦停止しただけで走り去った。ペダノワが運転し魅惑的な笑顔で微笑んで見せたが、英国籍のパスポートでは効力もなく、査察官に「右に入れ！」と事務的に対応されてしまった。

入国はともかく出国は簡単なはずだと思っていたが、違うらしい。ひょっとすると、ベルリン・ワルシャワエクスプレスでの騒動が関係しているかもしれないが、パニックに陥った乗客から証言を得ることは難しいので、浩志らに危害が及ぶ心配はない。

検問所の脇には広い駐車場があり、夜中にも拘らず四台の車が停まっていた。審査を受けるには本人によるパスポートの提示が必要なため、ドライブインのような建物に入らなければならない。ただし厳《いか》めしい感じではない。正面はガラス張りになっており、入口のドアに出国審査とポーランド語とドイツ語と英語で書かれている。

「やれやれ、チーム一の美人にわざわざ運転を交代したのに、効力はなかったか」

助手席に座っていたワットはグロックを椅子の下に隠し、ドアを開けた。

「私の他に女がいるの？」

ペダノワの笑顔はいささか硬い。一九九九年にNATOに、二〇〇四年にEUに加盟したポーランドはソ連領でもロシア連邦の国でもないが、建物や公務員の制服などにソ連時代の社会主義的な匂いを残すために緊張しているのかもしれない。

二人のやり取りを聞きながら浩志もグロックを座席の下に隠し、後部座席から下りた。〝ヴォールク〟に美香が狙われるようになり決着を覚悟した浩志にとって、〝ヴォールク〟に復讐を誓うペダノワは、作戦上の重要なパートナーである。

だが、ワットの場合はいささか事情が違う。彼はフリーの傭兵となった現在も、米国政府の影響を色濃く受けながら行動している。というより米国の思惑《おもわく》を最大限利用しているといった方がいいだろう。それでも自殺行為ともいえる作戦に参加したのは、ペダノワを異性として意識し彼女を守りたいという強い意志があるからだと、浩志は思っている。

ワットとペダノワが夫婦という設定になっているために二人を先に行かせた。審査を受ける部屋は個室になっており、部屋の前は長椅子とテーブルが置かれた待合室のような広い空間になっている。

建物の入口側は採光のためかガラス張りになっており、駐車場がある壁面はスタッフルームの入口とトイレのドアがある。反対側のドイツから入国審査を受けるエリアも同じ造りだろうが、建物は中央で仕切られて出入りすることはできない。外もフェンスで仕切られていた。

ワットたち二人が部屋に入ってから五分以上経過した。審査に時間がかかっている。犯罪歴がないか問い合わせをされているのかもしれない。

浩志は待合室の片隅で、南ドイツ新聞を広げて読んでいる振りをしながら待っていた。昨夜混乱しているワルシャワ駅で、さりげなく調達していた。いつものことだが、室内にある監視カメラの死角に立ち、周囲に細心の注意を払っている。

待合室の入口に上下黒の制服を着た国境警備隊員が二人立った。昔と違いNATOに編入したためにロシア製のAKシリーズではなく、ドイツ製の最新のサブマシンガン〝H&K UMP45〟を構え、腰のホルスターにもドイツ軍の制式銃と同じ〝H&K USP〟を装備している。

〝H&K UMP〟はMP5をベースとして開発されたポリマー製の軽量フレームを持つサブマシンガンで、九ミリパラベラムを使用するMP5が非力であるという米軍の要請《ようせい》を受けて四十五口径と四十口径が開発され、さらに安価な九ミリ弾を使用する三種類の仕様がある。

「うん?」

警備員の様子がおかしいことに気が付いた。

浩志らが建物に入る際に駐車場で見かけた二人と、顔ぶれが違う。他にも人員がいることも考えられるが、監視カメラから顔を背《そむ》けている。しかも二人とも右手の人差し指を微妙に動かしていた。訓練を受けた兵士なら平時において人差し指は、トリガーに指がかからないようにまっすぐ伸ばしている。いつでも銃撃できるように、指先のストレスをほぐしているに違いない。

身体検査された場合のことを考えて、武器類はすべて車に置いてきた。敵は検問所なら武器を携帯できないことを計算しているに違いない。

浩志は新聞を広げたまままさりげなく携帯電話でワットを呼び出した。

——参ったよ。入国してどうしてすぐにドイツにまた出国するのかと怪しまれている。麻薬の運び屋と勘違いされているのかもしれない。

ワットの溜息が聞こえてきた。彼らの審査が長いわけが分かった。

「レベル３。国境警備隊員に扮した不審者が二人。〝Ｈ＆Ｋ　ＵＭＰ４５〟、〝Ｐ８〟」

浩志は手短に報告した。

ワットやペダノワとの間で合図は決めていた。レベル１は尾行有り、レベル２は武器を持った敵有り、レベル３は武器を持った敵が襲撃してくる。レベル４は攻撃を受けている。レベル５は攻撃を受けて負傷したというように番号が増えるほど危険度は高くなっている。

ちなみにハンドガンである〝Ｈ＆Ｋ　ＵＳＰ〟には九ミリから四十五口径まで三種類のバージョンがあり、ドイツ軍では九ミリパラベラム弾を装備し、〝Ｐ８〟と呼んでいる。

――了解。

ワットの声が硬くなった。

「健闘を祈る」

浩志は電話を切り欠伸をしながら新聞をたたみ、近くのトイレに向かった。ペダノワはワットに任せてあるので心配していない。とりあえず、この場を生き抜くことだけ考えればいい。

四

ポーランド国境検問所、午前零時三十一分。大型トラックの走行音が時折思い出したかのように響いてくるが、建物の中は静寂《せいじゃく》を保っていた。

入口の外に立っている不審な国境警備隊員たちは、室内の様子を窺《うかが》っている。彼らが襲撃してくるのは時間の問題だった。

浩志は男性用トイレに入ってすぐに窓を調べたが、鉄格子《てつごうし》が窓枠にはめられていた。小用便器が三つに個室が三つ、個室は用を足していると足下が見えるように、ドアや仕切りの下が三十センチほど空いている。トイレに入れば、一目でどの個室が使用中なのか分かってしまう。日本では考えられないが、床に仕切りがないため掃除が簡単ということもあるのだろう、合理主義の欧米ではよく見かけるタイプだ。

「おっ」

入口近くの洗面台の上に天井裏に通じる六十センチ四方の入口があったのだ。洗面台に靴を履《は》いたまま上り、天井板を少しずらして降りると、個室の一番手前に入った。外から見られても分からないように便座に土足で乗り、息を潜めた。

ドアが開く音がした。

足音からして一人だ。個室からタクティカルブーツが見える。男は一旦中に入ろうとして、入口付近で立ち止まった。洗面台の足跡に気付いたようだ。

外から銃撃音がしてきた。もう一人の国境警備隊員に扮したやつがワットらを銃撃しているのだ。

思惑通り天井裏を調べるべく、男は洗面台に右足をかけた。浩志はすばやく個室の下から身を乗り出し、男の左足を引っ張った。バランスを崩し、男は頭から床に落下した。すかさず個室から抜け出した浩志は、男の顔面に肘《ひじ》打ちを入れて昏倒《こんとう》させた。

浩志は男からハンドガンの〝P8〟を奪ってコートのポケットに入れ、床に落ちている〝H&K　UMP45〟を拾うと、低い姿勢でトイレから出た。

審査室に向かって男が〝H&K　UMP45〟を乱射していた。浩志は銃のトリガーに指をかけた。

三発の銃声が轟《とどろ》いた。頭に一発、背中に二発。男は銃を投げ出すように倒れた。

「何！」

頭に命中させた浩志は思わず横を見た。〝P8〟を持つワットがにやりと笑って立っていた。背中の二発は彼が撃ち込んでいたのだ。

「世紀のマジックと言いたいところだが、審査室にスタッフルームに通じるドアがあったんだ」

トイレの隣にあるスタッフルーム入口と通じていたらしい。

「銃はどうした？」

銃だけではない。検問所だけに職員は数人いたはずだ。

「理由を説明したが納得してもらえなかったので、仕方なく銃を借りて仮眠室に閉じ込めておいた」

仮眠室はスタッフルームの奥にあるらしい。浩志から連絡を受けたワットはペダノワとすぐに行動を起こしたようだが、説明などしている暇はなかったはずだ。

キキキッ！

外でタイヤのきしみ音がした。

「まだ敵がいたのよ」

ワットに続いてスタッフルームから出てきたペダノワが、浩志らが倒した男の〝H&K

ＵＭＰ４５〟を拾って外に飛び出した。

浩志とワットも彼女のすぐ後を追った。

「乗って！」

ペダノワがアウディ・アバントの運転席に乗り込んだ。

浩志が助手席に、続けてワットが後部座席に飛び乗り、車は急発進した。駐車場から高速に出たところでペダノワはアクセルを踏み込んだ。アバントは瞬《また》く間にレッドゾーンを超えて二百キロまで加速した。

国境のオーデル川に架かる橋を渡り、二キロ過ぎた地点で前方に乗用車のテールランプが見えてきた。

「あの車よ！　間違いない」

ハンドルを握るペダノワが叫んだ。彼女はいち早く駐車場に出たため、逃げて行く車を目撃していたようだ。ハッチバックモデルのルノーの〝メガーヌ〟だ。

ペダノワは百二十キロまで減速し、左車線を走っている〝メガーヌ〟の右脇に車を付けた。運転手はメガネをかけた中年の男で、助手席には髪の長い若い男が座っている。二人とも一般人のような格好をしている。むろん武器を携帯しているかは判断できない。

「早く撃って！」

バックミラーを見てペダノワは叫んだ。狙撃できるのはワットだけだ。浩志の位置では助手席からペダノワ越しに撃つことはできない。

「一般人だったらどうするんだ」

ワットが運転手を見て首を捻った。本人はもちろん、停止させようとタイヤを撃ち抜いたとしても、高速で走行しているために大事故になる。ワットが躊躇《ためら》うのも当然だ。

「私は車が出て行くところを目撃したのよ」

「だからと言って、一味だとは断定できない。銃撃を恐れて逃げ出した一般人かもしれないぞ。追跡して出方を見る他ないだろう」

元デルタフォースの指揮官らしくワットは冷静に判断している。

二人が争っている間、浩志は〝メガーヌ〟の運転手を観察した。

「うん？」

助手席の男が、左手に小さな箱を持っていることに気が付いた。途端に頭の中に警報が出された。

「ペダノワ、ブレーキだ！」

浩志は叫んだ。

「敵を倒さないつもり！　何を考えているの？」

咎めるような口調でペダノワは聞いてきた。

「ブレーキを踏め！」

浩志の怒声にペダノワが慌ててブレーキを踏んで減速した。その途端、ボンネットが白煙を上げて吹き飛び前方を塞いだ。

「きゃあ！」

ペダノワが悲鳴を上げ、さらにブレーキを踏んだ。

制御を失ったアバントはスピンして百メートル近く横滑りし、道路の中央のフェンスに左フェンダーから激突し、さらに一回転して側道のフェンスにぶつかって停止した。

浩志はすぐさまペダノワが持ち込んだ〝H&K　UMP45〟を握り、膨《ふく》らみきったエアーバッグから抜け出し車外に出た。百メートル先にルノーの〝メガーヌ〟が停車している。車から二人の男が銃を持って出てきた。浩志がすかさず銃撃して一人を倒すと、残りの一人は慌てて車に戻り、走り去った。

「大丈夫か？」

浩志の問いに、エアーバッグに挟まれているペダノワは親指を立てた。後部座席のワットは相当な衝撃があったはずだが、手を振ってみせた。

「ブレーキを踏まなかったら、危なかったな」

ワットは頭を振りながら言った。よくみると額から血を流している。

「浩志、ごめんなさい。あなたの指示にすぐに従っていればよかった」

膨らんだエアーバッグの隙間《すきま》から顔を覗かせたペダノワが言った。

「俺たちが建物に入っている隙に爆弾が仕掛けられたんだな。それにしても、よくリモート爆弾の存在が分かったな」

車から下りて来たワットは大きく息を吐いた。額の傷はガラス片で切ったようだが、縫《ぬ》うほどではない。

「高速で走行中に並走されたら、誰でも気になる。だが、やつは俺たちに見向きもせずに運転を続けていた。俺たちが追いかけて来ることが分かっていたんだ。怪しいと思って見ていたら、助手席の男が起爆スイッチのような物を持っていることに気が付いた」

浩志は運転席のドアを開けながら答えた。

「俺たちだと確認したら、リモート爆弾のスイッチを押すことになっていたんだな。ここに来ても、やつらはまだ俺たちをいたぶる気か。だけど、エンジンルームが爆発することまで分かっていたのか？」

ワットは納得しながらも首を捻った。

「エンジンルームという確信はなかったが、爆発が限定的ということは推測できた。なぜなら瞬時に三人を殺すほどの爆薬を仕掛ければ、並走している自分の車にまで被害は及ぶ。スピードを上げるか、ブレーキを踏んで距離を離したはずだ」

走行中の車をもっとも効果的にクラッシュさせるのなら、タイヤを破損させるかエンジンルームを破壊して事故らせるに限る。だが、高速で回転するタイヤに爆弾を仕掛けることは難しい。

「なるほど、リモコンの電波の有効範囲内でスイッチを入れる必要があったんだな」

ワットがエアーバッグに挟まれたペダノワの腕を取り、引っ張り出した。

浩志は大破したアバントのエンジンルームを覗いてみた。煙は出ているが、火を噴く恐れはないようだ。とはいえ修理不能ということは調べなくても分かる。

「こいつは廃車だな。ホークスワーが見たら泣くぞ」

反対側からエンジンルームを見たワットは苦笑を漏らした。

浩志は〝ジン〟の言った言葉を思い出した。

現状はまさに殺すか殺されるかのパワーゲームだ。こちらに被害は今のところない。死傷者は一方的に敵に上がっている。だが、押されているのは浩志らの方だった。一瞬の気の弛《ゆる》みで死を招く危険なゲームであることを改めて悟《さと》った。

五

ポーランドを脱出した浩志らは、国境から二キロというところでアウディ・アバントのエンジンを爆破されてクラッシュしてしまった。

だが幸いにも二十分後の午前一時十六分、通りすがりの長距離トラックに乗せてもらうことに成功した。事故車の近くでペダノワがお色気たっぷりに手を振れば、誰でも助けてくれるというものだ。もっとも女一人のはずが、厳つい男が二人も乗り込んで来たため、運転手はかなり面食らっていた。

トラックはドイツの北西部にあるハンブルクに向かう途中だった。日本では見かけないが、車はルノーの〝マグナム〟という大型トレーラーである。ルノーは古くからフランスの軍需会社としての側面を持ち、大型の商用車にも強い。

車内は広々としており、助手席にペダノワを、額を怪我しているワットを運転席の後ろにある仮眠用リクライニングシートに座らせた。運転席と助手席の間は席一つ分のスペースがあるため、浩志は自分のスーツケースを床に置いてそこに腰を下ろした。

運転手はイエンス・バルケという若いドイツ人で英語は苦手らしく、三人と会話が弾まないために無言で運転している。乗る際に礼として百ユーロ渡したので、男二人の余分な乗客に対する不機嫌は治っていた。

浩志は乗車してすぐにベルリンにある傭兵代理店に電話をかけた。時刻は午前一時三十二分、池谷からは二十四時間対応していると聞いていたが、折り返し電話するので必ずメッセージを残すようにという音声案内が流れた。仕方なく浩志は名前だけ告げて電話を切った。すると一分ほどして、電話がかかってきた。

——ミスター・藤堂ですか？

若い女の声で尋ねてきた。

「そうだ」

――いくつかの質問をさせてください。国籍は?

「日本」

――ご紹介者である代理店社長の名前をフルネームでお答えください。

「池谷悟郎だ」

――……ミスター・藤堂と確認できましたので、お繋ぎします。

最後の質問から数秒の沈黙の後、女は取り次いだ。

――お待たせしました。はじめまして、私はベルリンの傭兵代理店窓口を務めているカール・ヘスラーです。失礼ながら本人かどうか音声で確認させてもらいました。日本のミスター・池谷から連絡を受けております。なんなりとご用件をおっしゃってください。

太い男の声に替わった。変な質問だと思ったら、電話で音声認識されたらしい。傭兵代理店には登録するにあたって個人データが記録される。ほとんどは兵士としての履歴《りれき》だが、トップクラスになると代理店から様々なサービスが受けられるため、認証用に指紋や声紋や静脈の記録まで取られる。

また浩志クラスになると、依頼される仕事は傭兵としても指揮官クラスになり、紛争地で各国の首脳クラスの護衛という仕事まで入ってくる。その際、ヒットマンや暗殺者が紛《まぎ》れ込まないように本人の認証を確実にする必要もあるためだ。

「狼と喧嘩《けんか》して車がクラッシュした。ヒッチハイクでハンブルクに向かうマグナムに乗っている。どこかに迎えに来て欲しい」

浩志はトラックの運転手に聞かれてもいいように話した。狼はむろんロシア語で〝ヴォールク〟である。

——狼ですか、やっかいですね。今、どの辺を走行中ですか？

「E30号、あと二、三キロでベルリナー・リングだ」

ベルリナー・リングはベルリン郊外の環状道路だ。

「ハンブルクでしたら、ベルリナー・リングの北側を行くのでしょう。南側を通ってベルリン市内のシュタット・リングを抜けるように頼んでください。距離的には大して変わりませんので、文句は言わないはずです。テンペルホーフのインターチェンジで降りてすぐ近くに空港の跡地があります。ターミナルビル前で降りていただければ、お迎えに上がります」

空港は二〇〇八年に廃止され、広大な敷地は公園とイベント会場（二〇一二年現在）として使われている。

「それから、サポートプログラムも使いたい」

傭兵代理店のサポートプログラムとは、任務先で問題が生じた場合、傭兵が代理店に兵員や武器などの応援を請うシステムだ。むろん有料である。ある程度の規模を持つ代理店なら必ず用意されている。

――尾行されている可能性があるのですね。

「一匹逃したからな」

目立つトラックに乗っている以上、尾行されていると考えねばならない。

――それでは、現場に当社のコマンドスタッフを派遣します。処理でしょうか、捕獲《ほかく》でしょうか？　ご存知かとは思いますが、捕獲の場合は値段も高くなりますが、当社は捕獲後の処理に関してはサービスさせていただいております。ただし、自白は別途実費をいただきます。

ヘスラーはまるでソムリエがワインを勧めるように丁寧《ていねい》に対応してきた。なかなか商売上手だ。処理は殺害と死体の始末を意味する。

「むろん自白させて情報を得たい」

――それなら、お任せください。尾行者を捕獲し、必要な情報が得られるように尋問《じんもん》いたします。

ヘスラーは自信ありげに答えた。

「分かった。頼む」

根負けした浩志は、捕獲と自白をセットにしたメニューを選んだ。

——それでは、ターミナルビルの前でお待ちください。

午前二時二十六分、電話をかけてからおよそ五十分後に浩志らはテンペルホーフ空港跡地にあるターミナルビル前でトラックから降りた。シュタット・リングから三百メートルも離れていない。トラックはすぐにUターンしてアウトバーンに戻って行った。

空港は廃止されているために闇に包まれている。周囲に停車している車もなかった。

「本当に迎えに来ると言ったのか？　一時間近く前に連絡したのに、何でいないんだ」

ワットはダウンジャケットのポケットに手を突っ込み、白い息を吐きながら文句を言った。というのもベルリンの傭兵代理店は市の中心にあるビジネス街、アレキサンダープラッツにあり、テンペルホーフから七キロほどの距離しかないからだ。

モスクワ生まれのペダノワは寒さに強いらしく、ジャケットの前をはだけて着ている。おもむろにポケットからセーラムのボックスを取り出し、吸いはじめた。二人にはまだ事情を話していなかった。

「サポートプログラムを使った」

「サポートプログラム？」

ペダノワでなく、ワットが聞き返してきた。日本の傭兵代理店で登録したはずだが、システムを把握《はあく》していないらしい。仕方なく浩志は詳しく説明した。

「まだ尾行されているはずだ。俺たちが見つけるより、囮になっている方がいい」

三人が一緒にいれば敵は必ず油断する。浩志らよりも第三者が尾行者に対処するのは簡単なはずだ。それに敵を連れて傭兵代理店に行くわけにはいかない。

「そういうことか。次の行動を起こすにしても尾行は振り切っておいた方がいいからな」

ワットは感心したように頷いてみせた。

浩志ら三人はターミナルビルの石段に腰を下ろして待った。

数分後、浩志の携帯が鳴った。

——カール・ヘスラーです。尾行者を発見しました。これより、捕獲します。作戦が完了次第お迎えに上がります。

さらに五分待っていると、黒いベンツのリムジンが浩志らの前に停まり、助手席からグレーのスーツを着た体格のいい男が下りてきた。

「改めまして、カール・ヘスラーです。尾行者は一名でした。捕獲しましたので、当社の尋問室に連れて行きます。皆様もどうぞ車にお乗りください」

ヘスラーは口元に笑みを浮かべて言った。

「至れり尽くせりだな。遠慮なく乗ろうぜ」

ワットは寒さに震えながらも後部座席のドアを開けて、ペダノワに先を譲った。

「ありがとう」

ペダノワはわざとらしく優雅にワットとヘスラーにお辞儀をして座席に収まった。

「乗るか」

浩志はワットの背中を軽く押して後部座席に座らせ、自らも乗り込んだ。

六

浩志らを尾行していたのはモリッツ・バッベルという名のロシア人で、〝ヴォールク〟のベルリン支局のエージェントだった。浩志に狙撃されて死亡した仲間と二人で処刑人の一人である〝ジン〟とそのチームのサポートに就いていたらしい。

ベルリンの傭兵代理店はアレキサンダープラッツの少し外れの古い街並にあった。四階建てのビルを使っており、内部は何重ものセキュリティーに守られた最新の設備が施されていた。

窓口担当であるカール・ヘスラーは浩志を立ち会わせ、ビルの地下室で自白剤を使ってバッベルを尋問した。白衣を着た男が尋問したのだが、薬の使い方も質問の仕方も浩志が舌を巻くほどうまかった。バッベルはあっさりと氏名と任務を吐いたが、〝ジン〟以外の二人の処刑人については存在すら知らなかった。〝ヴォールク〟は味方が敵の手に落ちた場合を考えて、徹底的に情報統制を行っているようだ。

様々な尋問がなされ、ドイツにおける〝ヴォールク〟の組織を摑むには充分な情報が得られた。白衣の男が必要以上に尋問したのは、おそらくドイツの情報機関である連邦情報局（BND）に報告するためだろう。

日本の傭兵代理店も防衛省の情報本部傘下にあり、政府と密接な繋がりがあった。もっとも池谷の裁量により、自由な立場で行動している。ドイツの代理店もおそらくBND傘下の組織か、その流れを汲《く》んでいるに違いない。

尋問は三十分ほどで終わったが、打ち合わせは翌日ということにし、アレキサンダープラッツにある〝パーク・イン・ベルリンホテル〟に宿泊した。

シャワーを浴びた浩志はスーツではなく、普段のカジュアルな格好に着替えた。ロシアに潜入するルートはまだ決めていないが、堅苦しいビジネスマンに再び扮装するつもりはない。

ドアがノックされた。

午前三時十九分、ワットかもしれないが、浩志はグロックを手にドアの覗き穴を見た。

白髪混じりの初老の男の姿があった。

「なっ！」

驚きの声を上げた浩志はすぐさまドアを開け、廊下に佇《たたず》んでいた男を招き入れた。

「無事で何よりだ」

男は太くごつい手を差し伸べてきた。

「池谷が信頼できる者と言っていたのは、大佐だったのか」

大佐ことマジェール・佐藤、傭兵として浩志の大先輩であり、友人でもあった。また、渾名《あだな》の通り、現役時代はどこの軍でも指揮官として活躍し、優秀な策士として知られていた。現在はマレーシアのランカウイ島で観光会社を営《いとな》んでいるが、未だに各国の軍事関係者と太いパイプを持っている。

浩志は満面の笑みを浮かべて大佐と握手を交わし、窓際にある椅子を勧めた。窓からは観光名所にもなっているテレビ塔が見えるが、狙撃されないようにしっかりと遮光カーテンを閉めている。

「おまえをサポートできるのは私しかいないだろう」

大佐は持っていた紙袋からターキーの八年もののボトルを出し、ガラステーブルの上に置くと、嬉しそうに座った。

「確かに」

浩志はターキーを見てにやりとし、グラスをテーブルに置いて大佐の対面に座った。

「今回の作戦では米軍の協力を得ている。とすれば当然ＣＩＡも関わってくる。知っての通り、あの組織にはロシアや中国のモグラがいる。池谷が私の名を出さなかったのは、どこから情報が漏れるか分からないからだ。池谷はグアムに発《た》つ前に私に直接連絡を寄越してきたんだ」

「だが、ご老体を動かすと思わなかったな」

「確かに還暦《かんれき》を過ぎたが、ご老体はやめてくれ。いつでも現役に復帰できるように日々努力は怠《おこた》ってはおらんよ」

苦笑を漏らした大佐は、ボトルの封を切ってターキーを二つのグラスになみなみと注いだ。

「実は、浩志が米軍機でドイツに来る一日前から待機していたのだ。不測の事態に陥ったときに、現地の傭兵代理店とは別にサポートすることになっていた。池谷はドイツの傭兵代理店を信用していないわけではないが、代理店にはそれぞれ思惑がある。それを見越して私に声をかけてきたのだ」

大佐は暗にベルリンの傭兵代理店がドイツの情報機関と繋がっていることを示唆《しさ》しているようだ。

「ロシアへの侵入は空路と陸路は最初から諦めていたが、鉄道なら行けると思っていた。甘かったよ」

浩志はターキーで喉を潤すと溜息を漏らした。滅多に弱音は吐かないが、気心知れた大佐の前ではつい本音が出てしまう。

「普通に考えればそうだろう。ロシアは広大な領土を持つ。それだけに国境線も果てしがない。だが、侵入するとなるとルートは限られる。やつらの監視網は行き届いているからな。そうかと言って徒歩で越えようとするのなら、人も寄せ付けない大自然を相手にすることになる。その方がかえって過酷で危険だ」

「大佐ならどうする?」

「ロシアの国境は警備隊が厳重に警戒している。山や海岸や川からの侵入も難しいだろう。むろん警備隊もいない秘境もある。だが、最終の目的地であるモスクワまで行って活動することができなければ意味がない」

大佐が言わんとしているのは、国境線を正規に越えなければかえって危ないということだ。モスクワに限らずロシアではロシア人でさえ身分証の提示を要求される。そのため、彼らが持つ身分証は国内パスポートと呼ばれるほどだ。外国人の場合、パスポートの入国の記録はすぐに調べられてしまう。浩志らもそのため列車での潜入を試みたのだ。

「万事休すか」

浩志は腕組みをして天井を仰《あお》いだ。

「勧めることはできない。だが、方法がないわけでもない」

大佐はターキーを口に含み、鋭い視線を浩志に向けた。

「聞かせてくれ」

「グアムからの米軍機での移動、ベルリンからの列車、いずれも敵を欺《あざむ》くには想像の範囲を超えていなかった。だとすれば敵の考えが及ばないことをすればいいのだ」

「それは分かっている。それはいったい、何なんだ」

「紛争地からの潜入だ」

「ロシアとの紛争地？　……グルジアか」

腕を組んでいた浩志は、はっとして大佐を見つめた。

二〇〇八年にグルジアは南オセチア州を巡りロシアと紛争を起こし、現在は小康状態を保っている。

「紛争地にも〝ヴォールク〟はいるかもしれない。だが、浩志らを監視し、攻撃するために配備された連中とは違うはずだ。グルジアからは北オセチアを経由して北上すればいい。コーカサス地方はロシアの火種だ。まともなロシア人なら行きたがらない。〝ヴォールク〟を心配することはないだろう」

「グルジアにコーカサス地方か、確かに〝ヴォールク〟の目を欺くことができるだろう。だが、どうやって紛争地を通過するんだ」

浩志は傭兵として紛争地を渡り歩いてきた経験を持つだけに、その厳しさをよく知っている。

「紛争地と言っても、昔と違って銃弾が飛び交うようなことはない。チェチェンのゲリラの協力を得られればいいのだ」

「馬鹿な。確かに彼らの手を借りれば、国境を通過することができるだろう。だが、どうやってコンタクトを取るつもりだ」

身を乗り出して聞いていたが、浩志は実現不可能だと首を振った。

「私が一緒に行けば大丈夫だ。今から十五年ほど前だが、チェチェン人に軍事訓練をしたことがある。私もまだ若かった頃のことだが、教え子となったゲリラはまだ何人か生きている」

「本気で言っているのか」

浩志は思わず声を上げた。

「当たり前だ。いつでも現役に戻れると言っただろう」

「俺たちといれば、命の保証はない。アイラは知っているのか？」

アイラは大佐の十九歳年下の妻だ。子供はいないが仲がいい夫婦である。

「彼女の実家に帰しておいた。心配はいらん」

「ただでさえ、危険が大きいのに、無茶だ」

浩志は首を横に振った。

「闘いが厳しいのは、誰よりも分かっている。〝ヴォールク〟に命を狙われているのは、おまえやペダノワだけじゃない。私もそうだ。これはおまえたちだけの問題じゃない」

大佐の住む水上ハウスが襲われたことは、一度や二度ではない。そのため、今では監視装置や様々なトラップが家の周りに仕掛けてある。

「……そうだが」

溜息をついて浩志は大佐を見た。一度言い出したら、絶対引き下がらないことを知っているからだ。

「自慢《じまん》するわけではないが、生まれた環境で日本語とマレーシア語と英語と中国語はもとから話せたが、その他にアラビア語にロシア語も話せるんだ。私が話せる言語は傭兵としての履歴と同じだ。大船に乗ったつもりでいろ」

大佐は笑ってみせた。

国境越え

一

浩志とワットとペダノワ、それに新たにメンバーに加わった大佐は、トルコの中南部に位置する都市アダナにある〝ヒルトンホテル〟のレストランで朝食を食べていた。地中海に注ぐセイハン川のほとりにローマ時代に建造され、現存する最古の石橋であるタッシュ橋のたもとにホテルは建っている。

二日前の深夜、〝パーク・イン・ベルリンホテル〟に宿泊する浩志の部屋に突然現れた大佐は、夜が明けて浩志らとともに傭兵代理店に行き、様々な装備や機材を発注した。身分証明書や通信機に医療機具など多岐《たき》にわたっていたが、無理とも言える要望をベルリンの傭兵代理店はたったの一日ですべて揃えてみせた。

前日の午後装備を整えた浩志らは、ラムシュタイン米空軍基地を飛び立ち、イラクに向からＣ１７に再び便乗した。イラクからの撤退が本格化したことで、さっそくＣ１７は活躍しているようだ。

　燃料補給で立ち寄ったトルコのインシルリク米空軍基地で、浩志らはＣ１７を降りた。基地はアダナから東へ八キロの位置にあり、タクシーでホテルまで十二分の距離だった。ポーランドまで使っていたパスポートはすでに破棄している。やむを得ないとはいえ、国境の検問所で事件を起こした以上、使うことはできない。

　アダナはトロス山脈の南部に広がるチュクロワ平野にあり、トルコでもっとも暑い都市である。そのため日付は十一月に変わったものの湿度は低く多少肌寒く感じるが、朝の気温が十六度と快適である。浩志らはセイハン川とタッシュ橋が見渡せる外のテラス席で食事を摂《と》っていた。

「大佐のおかげで、こんな絶景を見ながら朝食とはなんとも贅沢《ぜいたく》だな」

　いつも周囲を気にしないほど食事に夢中になるワットが、珍しくナイフとフォークを休めて言った。ワットは寒い所は苦手らしく、ドイツやポーランドと違ってジャケットなしで過ごせるために浮かれているようだ。カツラも明るめの栗色に変えており、余計そう見える。

「どうした？　感傷的になって」

　川に背を向けて座っていた浩志は思わず尋ねた。

「このすばらしい景色を見て何も感じないのか？　自然とポエムが口から溢れ出てくる感じがする。俺が詩人のように繊細《せんさい》なことを知らなかったのか？」

「ポエムじゃなくてポイズンの間違いでしょう。それに溢れ出るのはただのよだれ」

ペダノワがポイズン（毒）だと、すかさず茶々を入れてきた。

「俺が口からポイズンを出しているって？　そんなはずはない。ちゃんと口臭止めを使っているからな」

真顔で答えたワットの言葉に、ペダノワは屈託なく笑った。

浩志は二人のやり取りを見て感心した。当初ペダノワは作戦上でワットと形式的にも夫婦になることを嫌っていたが、最近ではそれを半《なか》ば楽しんでいるかのような節が見受けられるからだ。

食事が終わると四人は出発の準備を終わらせ、フロントの前に集合した。日本のＮＧＯ団体としてトルコ北東部からグルジアを通り、チェチェンへ医療活動をするということになっている。そのため医療器具をはじめとした機材や薬品を揃え、偽造ではあるが各自身分証も持っていた。

浩志は駐車場に停めてあったベンツのゲレンデＧ５００ショートに乗り、ホテルのエントランス前に停車させた。ジープタイプの四駆で年式は一九九九年型だが、手入れも行き届いてエンジンの調子もいい。事前にベルリンの傭兵代理店が地元の業者に手配していたものでホテルに届けられていたのだ。

「さすがにベルリンの傭兵代理店は仕事の質がいいな。ドイツ職人の気質を感じる」

ゲレンデG500の状態を自ら点検した大佐は唸《うな》った。業界では有名人である大佐も、ドイツの傭兵代理店と仕事をしたのははじめてらしい。

午前九時、ホテルを出発し、トルコで四番目に大きな都市であるアダナから欧州自動車道路であるE90号で東に向かった。E90号はポルトガルのリスボンからスペイン、イタリア、ギリシャを経てトルコの東であるイラク国境まで通じる幹線道路である。道は整備されているためにハンドルを握る浩志はアクセルを弛めることなく、百三、四十キロのスピードで走り続けた。

アダナから二百七十キロ東にあるビレジクという小さな街の郊外で、北東に向かう高速54号に入った。だが、およそ八十キロ東に進んだシャンルウルファで高速は終点（二〇一二年現在）になるため、インターチェンジを下りて一般道路に入った。片側一車線だが舗装《ほそう》はきれいにされているため、走り心地は悪くない。

シャンルウルファから北東に百六十キロ走り続け、チグリス川の上流にあるディヤルバクルに午後二時十分、到着した。給油後、遅めの昼食を摂るために街の外れにある小さなレストランに入った。

ディヤルバクルはトルコに住むクルド人最大の街である。街の東部に城塞《じょうさい》に囲まれた旧市街があり、趣《おもむき》のある石畳やレンガの古い街並が歴史を感じさせる。

この地域もそうだが、イラク、イラン、シリアの北部にクルド人は古くから住んでいた。だが、第一次世界大戦が終わり、オスマントルコを列強が解体する過程で、英仏による中東分割統治が進み、後に国境となる線引きが勝手に行われたためにクルド人も分断された。それが現代において少数民族として迫害されるクルド人の悲劇を生み出したのだ。もっともアフリカや中東、アジアなど世界中で生じている領土問題は、列強が植民地にして土地と民族を分割したことに起因するものが多い。

食後に休憩も兼ねてチャイを飲みながら三十分ほどレストランでくつろいだ四人は、再びゲレンデG500に乗り込んだ。

運転を代わったワットは、ディヤルバクルから東方にあるヴァン湖に通じるE99号を二十五キロほど進み、いよいよグルジアに向けて進路を北にするべく左折した。だが、道路状況が悪いためスピードは落とさざるを得なかった。

周囲の景色も緑が少なく岩盤や土が剝き出した山が連なり、舗装道路とは思えないほど土煙が上がる。しかも時折道路には窪《くぼ》みがあり、車体が上下左右に大きく揺られた。

「いいねえ、故郷の田舎道を思い出す」

ワットは悪路にも拘らず、口笛を吹いて楽しそうに運転している。浩志は助手席に座り、果てしなく続く荒涼《こうりょう》とした風景を漠然《ばくぜん》と眺めていた。後部座席の大佐とペダノワは腹も膨れたためか、ディヤルバクルを出てすぐに眠ってしまった。揺さぶられるような振動が、二人にはちょうどいいのかもしれない。

「俺は傭兵になって本当によかったと思っている。米軍に籍を置いていた頃は、指揮官として任務に就きながら、いつも疑問を抱いていた」

ワットはちらりと浩志に視線を移して言った。

「兵士なら誰しも疑問を持って当然だ。平和を願って銃を取り、生き抜くために人を殺す。これほどの矛盾《むじゅん》はないからな」

浩志は皮肉っぽく言った。

「確かにそうだが、その前に米国政府の考えが、俺には理解できなかったんだ。中東政策はその最たるものだ。イラク、アフガニスタンへの戦争は正当性がない。あれはブッシュと取り巻きが石油欲しさに勝手にはじめた戦争だ」

ワットは苦々しい表情で言った。

「そんなことを考えながらイラクで任務に就いていたのか」

浩志は呆れ気味に言った。

「現役時代はさほど問題は感じなかった。だが、浩志に出会い、米国を客観的に見るようになったら、うんざりしてしまったんだ」

「俺は別におまえの生き方を否定した覚えはないが」

浩志は苦笑を漏らした。

「浩志だけじゃない。チームの仲間も、みんな自分たちの信じる正義のために闘っていた。たまたま一緒に闘う機会に恵まれたが、俺は米国の打算の上で働いていた。浩志たちは同じことをしていても、志《こころざし》も目的もまったく違っていたんだ」

ワットは乾いた笑いをしてみせた。

「俺もそうだ。闘いに疲れてふと気が付くと、生きる目的すら失っていた。だが、世の中には虐《しいた》げられ、闇に葬《ほうむ》られる弱者が圧倒的に多いことに気が付いた。彼らの代わりに闘うことで、俺たちは生きる意味を見いだしたんだ」

浩志は遠い目をして言った。

「他のやつが言ったら、ぶん殴ってやるところだが、浩志が言えば真実味がある。不思議だよな。そういえば、浩志が傭兵になったのも、ブラックナイトが関係していたな」

ワットは頷きながら言った。

「俺が刑事として殺人事件を追っていた頃から数えれば、ブラックナイトとの関わりは十九年近く経《た》つことになる。いや二十年かな」

いつから関わっていたのかは定かではない。しかもはっきりと敵と認識したのはつい最近のことだ。刑事を辞めて傭兵となり、歳月を重ねて失ったものは数知れない。だが、美香や傭兵仲間という得難《えがた》い存在を手に入れたことが、せめてもの救いだ。

「二十年か、長いな」

ワットは首を振ってみせた。

「決着をつけなきゃな」

浩志は静かに闘志を燃やしていた。

二

午後八時六分、トルコ中南部のアダナから車で移動した浩志らは、およそ十一時間かけて初日の目的地であるエルズルムの街に到着した。

アダナから北東に八百四十キロに位置するエルズルムは海抜千九百五十メートルの高地にあり、絹《きぬ》の道における交易上の拠点として古くから栄《さか》えた街である。二〇一一年の冬季ユニバーシアードが開催されるなど、ウインタースポーツが盛んな都市でもあり、浩志らが到着した時刻で市内の気温は氷点下マイナス二度まで下がっていた。季節は秋から一挙に真冬に変わっていた。

街の中心にある〝クラールホテル〟に浩志らはチェックインした。こぢんまりとした小さなホテルで設備は古く、二つ星といったところか。ただし清掃は行き届いているので不快な感じはしない。

十年以上前に来たことがあるという大佐の案内で〝ギュゼルユルト・レストラン〟という創業一九二〇年という老舗のレストランに行った。古いレンガ造りの構えは重厚だが、いたって気さくで家庭的な雰囲気の店だ。エルズルムの名物である炭火で焼かれるジャー・ケバブという串焼きの肉料理に四人は舌鼓《したつづみ》を打った。

鉄串に刺した肉の塊《かたまり》を立てた状態で焼くドネル・ケバブに対して、ジャー・ケバブは横に寝かせた状態で焼いた肉をこそぎ落として小さな串に刺し直してテーブルに供される。ジャー・ケバブはエルズルム以外ではあまり見かけないが、ドネル・ケバブの原型と言われている。

〝ギュゼルユルト・レストラン〟でトルコ料理を堪能した浩志らは、間口の狭いドネル・ケバブ屋や洋品店の前を通り、市内を東西に通るカムヒュリエット通りに出た。幅二十メートルほどの広い通りの交差点に信号はない。ビザンチン時代の城塞や城壁をはじめ街全体が歴史的建造物に溢れるが、交差点の角にガラス張りの都会的な銀行がある。夜と言ってもまだ早い時間だが、車の数はさほど多くない。駅が近くにあり家路を急ぐ住民が足早に過ぎ去って行く。

トルコはイスラム教国であるが、一九二四年にオスマン王家の宗教的指導者であるカリフを追放し、世俗主義国家であるトルコ共和国として独立した。そのため大都市ではヨーロッパと変わらぬファッションを見かけるが、地方都市ではコーランを片手にした老人や、〝ヒジャーブ〟と呼ばれるスカーフを被った女性を見かける。

大佐は浩志らに気を遣わずに、一人でどんどん歩いている。通りを横切り、公園のような場所に入って行く。正面に教会のような古い石造りの建物が姿を現した。入口の壁にはライオンや鷲などの彫刻が施され、気高くも厳《おごそ》かな雰囲気がある。もっとも辺りが暗いので、いささか不気味でもあった。

「ここは一三一〇年に建てられたヤクティエ・メドレセシという神学校だ。今は博物館になっている。待ち人がいるといいんだが」

懐かしそうに建物を見上げた大佐は正面入口から壁沿いに建物を時計回りに歩いた。表の通りからは見えない建物の裏側に回り、闇に視界を奪われたところで大佐はポケットからハンドライトを出して数メートル歩き、奥まった場所にある木戸を開けて中に入った。

建物の中でも息は白くなるが、外が氷点下まで下がっているために暖かく感じられる。

七百年以上経っているとは思えないほど、内部は堅牢《けんろう》な造りだ。天井がアーチ状になった廊下を歩き、突き当たりのドアを開けて大佐は中の様子を窺った。

「もう大丈夫だ」

大佐は中に足を踏み入れると、足下を照らしながら浩志らに手招きした。外に光が漏れる心配もなさそうなので、浩志らもポケットからハンドライトを取り出して室内を照らした。中央は天井が高いホールになっており、ホールを中心にかつては教室だった小部屋が周囲にあり、それぞれ展示スペースになっているようだ。

「うん?」

ライトに人影が映ったと思ったら、民族衣装をまとったマネキンだった。その他にもホールの中央には、コインや食器などがショーケースに展示されている。

奥に進んで行くと、大きなアーチ状の部屋があった。メッカの位置を示す祈りの場所である〝ミヒラブ〟だ。

大佐のライトが〝ミヒラブ〟の手前の暗闇から、スラブ系の中年の男を照らし出した。

「大佐、お元気そうですね」

口ひげを生やした男は、口元に笑みを浮かべて両手を挙げた。

「おお、アユブ、おまえこそ元気そうじゃないか」

大佐はアユブに歩み寄り、固い握手をした。

「連絡を受けてからここに来るまで、大佐に会えるとは本当に思ってもみませんでした。神のご加護があったのでしょう。それにしても大佐がわざわざ出かけて来られるということは、ただごとじゃないですね」

アユブは大佐の背後にいる浩志らをちらりと見て言った。

「紹介しよう。私の友人でもあり仲間でもある浩志・藤堂、ヘンリー・ワット、それにエレーナ・ペダノワだ」

大佐は浩志らの名前を一人ずつ紹介した。

「彼はアユブ・ブライエフ。チェチェン人の勇士であり、私の友人だ。グルジアのパンキシ渓谷《けいこく》にいる案内人に引き合わせてくれる」

最後に紹介されたアユブは軽く頭を下げた。

「アユブ・ブライエフ？　五年前に亡くなったと聞いていたけど、もしや〝禿鷹《はげたか》〟と呼ばれてロシア兵から恐れられていた、チェチェンレジスタンスのブライエフ少佐では？」

ペダノワは首を捻りながら尋ねた。

「〝禿鷹〟、不名誉なアダ名だが、ロシア兵はそう呼んでいたらしい。もう十年以上前の話だ。今はトビリシで細々と雑貨商をしている、ただのおやじだよ」

アユブは肩を竦めてみせた。トビリシはグルジアの首都である。

「彼の名を知っているとはさすがだな。十数年前、私はチェチェン民族会議の要請でゲリラとしての戦術をある部隊にレクチャーし、先進国並みの特殊部隊にするという仕事を請け負った。彼はそのときの生徒であり、部隊の指揮官だった」

大佐は感心した様子でペダノワを見た。

「なっ！　ロシア軍を苦しめたチェチェンレジスタンスの〝赤い稲妻《いなずま》〟を指導したのは、大佐だったのですか」

ペダノワが声を上げ、慌てて口を手で覆った。

「タイの特殊部隊のアドバイザーをしていたことは知っていたが、まさかチェチェンでも仕事をしていたとは思わなかったな」

親しく付き合っていた浩志すら知らないことだった。

「歳を取って体力がなくなった軍人にできることは限られている。方々で特殊部隊の育成に力を貸したもんだ」

大佐は謙遜《けんそん》気味に答えた。

「それじゃ、大佐もロシアから恨みを買っているんじゃないですか?」

ワットが心配げに尋ねた。

「ペダノワが聞いて驚いたくらいだ。ロシア人は何も知らんよ」

「確かに」

大佐とペダノワの顔を交互に見てワットは頷いた。

「どこかで明日からの打ち合わせができないか。ここは寒くてかなわん」

大佐は振り返ってアユブに尋ねた。

「ホテルのラウンジでしたいところですが、ロシアの犬はどこにいるか分かりません。とりあえず、チェチェンに行く目的を教えていただけますか?」

アユブは鋭い目付きになった。

「この三人はロシアの秘密組織に命を狙われている。そこで秘密組織の指揮官であり、軍事防諜部のトップを暗殺するためにモスクワに潜入するつもりだ。すべての国境は秘密組織によって閉ざされている。残るは元から軍に国境を封鎖されているグルジアからの潜入だ」

「なんとFSBの……なるほど、大佐らしい。FSBもまさかグルジアの国境にまでは目は届かないでしょう。ロシア兵にでも扮装すれば簡単に国境を越えることができるはずです」

アユブは軍事防諜部と聞いてFSBと分かったようだ。絶句した後、感心してみせた。

「さすがに愛弟子《まなでし》だ。私の作戦をよく分かっている」

大佐は笑顔でアユブを褒めた。

「私が指定したホテルにチェックインされているのなら、明日の朝、大佐に直接電話で連絡します」

アユブは嬉しそうな顔をしてみせた。

「それなら、出発は九時ということにして、連絡を待つ」

大佐はそういうと、浩志らに目で合図をしてその場から離れた。

暗闇の中で浩志らをじっと見つめているアユブの視線を背中に感じた。

「うん？」

浩志はアユブが歩きはじめた気配に気付き、振り返った。暗闇の中で姿は見えないが、押し殺した足音だけが聞こえる。

「義足だと気付いたのか？　彼は右足をロシアの重機関銃で撃ち抜かれて吹き飛ばされた。それで戦線を離脱したのだ。私のように五体満足でリタイヤしたのと違って、さぞかし悔しい思いをしたのだろう。だからこそ、危険を承知で我々に手を差し伸べてくれるのだ」

浩志は大佐の言葉に黙って頷いた。

三

翌朝、〝クラールホテル〟を午前九時前に出発した浩志らはエルズルムの街外れにある〝ルネッサンス・ポラット・ホテル〟のレストランで朝食を摂った。ウインタースポーツを楽しむ客を目当てに作られた五つ星のホテルで、室内プールからフィットネスまで備え、部屋数も二百二十室とエルズルムでは最高級のホテルだ。

レストランで食事をすませ、屋外の駐車場に戻ると、隣に二〇〇四年型の三菱《みつびし》パジェロが停まっていた。運転手は見知らぬ男だが、助手席にはアユブ・ブライエフが笑顔を浮かべて乗っている。東欧に限らず日本の中古車の人気は高い。新車はもともと手が届かないが、彼らにとって目の肥えた日本人が使用済みということは逆に品質の証にもなるらしい。

「どうやら、我々には監視がないようだ。これで安心してグルジアに入れる」

大佐はそう言うとアユブの車から下りてきた運転手と親しげに握手をかわした。

「運転手はボリス・ブライエフ、アユブの弟だ。私の指導した兵士ではないが、信頼できる男だよ」

浩志らに簡単に紹介すると、大佐は後部座席に乗り込んだ。

「五つ星のレストランでわざわざ食事をしたのは、アユブに俺たちの安全を確認させるためだったんですか。大佐も人が悪いな」

苦笑を漏らしたワットは、後部座席のドアを開けてペダノワを乗せてから助手席に座った。浩志らは、待ち合わせは〝ルネッサンス・ポラット・ホテル〟だと大佐から聞かされてきたのだ。だが、レストランで食事を終えてもアユブが現れないために、何かあると思っていた。

「大佐の行動には必ず意味がある。味方を騙《だま》すのもうまいからな」

浩志は運転席に乗り込んでバックミラーを見た。大佐が悪戯《いたずら》っぽい顔でにんまりとしている。

エルズルムから北東に向かう道は、山や谷を縫《ぬ》うように走る山岳道路になる。だが、舗装は完備されているため、今のところ問題ない。この辺りでは十一月の初旬から雪が降るらしく、雪が積もれば車で走るのも容易《ようい》ではないようだ。

途中で荷馬車を抜かしたが、すれ違う車はあまりない。百三十キロほど進んだところで〝オルトゥ〟という田舎街に立ち寄り、小さな路面店でキョフテサンドとアイランと呼ばれるヨーグルトドリンクを買ってすぐに出発した。キョフテとは羊肉のハンバーグでトルコでは定番の料理の一つだ。ちなみに〝オルトゥ〟は〝オルトゥ石〟と呼ばれる黒琥珀《くろこはく》の産地として有名だ。

〝オルトゥ〟から百十キロ北東に進んだところで、二台のトルコ軍のトラックとすれ違った。

「どこの国でも国境には軍を配備している。おそらく〝アルダハン〟に駐屯《ちゅうとん》している部隊だろう」

退屈しのぎに大佐は尋ねもしないのに説明をつけてくれる。

「駐屯地がこんな山の中にあるのか」

浩志も岩だらけの殺伐《さつばつ》とした高原の運転に飽きているので質問をした。

「古くからトルコとロシアの間で領土の奪い合いをしてきた地域だ。〝アルダハン〟は小さな街だが、オスマントルコ時代に築かれた城塞にトルコの陸軍が駐屯している。現在は国境警備とクルド人対策として、この地域に軍を展開しているのだ」

グルジアの南部はトルコからの独立を目指す、クルド人の拠点になっている。トルコ軍はしばしばクルド人ゲリラ征伐にグルジア南部へ越境攻撃を仕掛けている。

「何百年も前に築かれた城塞に近代兵器を持った軍が駐屯しているのか。まるで映画の世界だな」

助手席のワットは大佐の話に感心しながらも欠伸をした。国境を越えたら彼と運転を代わることになっている。変わり映《ば》えもしない景色に飽きてしまったのだろう。ペダノワは後部座席で早くも眠っていた。グルジアはロシア嫌いで有名なため、入国の心配をしていないのだろう。

一九九一年に旧ソビエト連邦からグルジアは独立し、ロシアと距離を置いて欧米に歩み寄った。二〇〇三年に行われた議会選挙で不正が行われたとして大規模な市民デモ、いわゆる〝バラ革命〟が起こり、エドゥアルド・シェワルナゼ大統領は辞任に追い込まれる。代わって登場したサアカシュヴィリが大統領に就任し、対露路線を先鋭化させた。グルジア人にはロシアからの長年の抑圧と搾取《さくしゅ》による積年の恨みが強いのだ。

午後三時十六分にグルジアとの国境の街であるポソフを通過し、トルコ側の検問所に到着した。鉄条網で区切られた門の前に小屋があり、その脇にトルコの国旗がはためいている。いかにも辺境の検問所という感じがする。

国境警備兵にパスポートを見せ、出国審査をすませると門を通って、トルコとグルジアの検問所の間に設《もう》けられた緩衝《かんしょう》地帯に車を進めた。入国手続きは全員車を下りてグルジア側の検問所の建物に入った。

浩志とワットは顔写真をちらりと見られただけですぐに入国スタンプを押されたが、ペダノワの番になると入国審査官である兵士の顔が強《こわ》ばった。パスポートと彼女の顔を何度も見比べている。

検問所には兵士が、外に二人、建物内に二人いた。浩志とワットは目で合図を送り、いつでも兵士を倒せるようにさりげなく移動した。先に手続きをすませたアユブも出入口付近で様子を見守っている。

グルジアは旧ソ連邦の小国家であり、現在は反ロシアの急先鋒であるため、ロシアのスパイや国内の反逆者に異常なまでも神経を尖《とが》らせていた。そのため国家保安省という秘密警察のような情報機関が厳しい取り締まりをしている。国境警備兵に国家保安省の情報員が紛れている可能性はゼロではない。

「あら、問題でもありますの？」

愛らしい笑顔を浮かべてペダノワが尋ねた。

「すっ、すみません。名前がどうしても思い出せなくて」

審査官が意味不明なことを言った。

「私の名前はジェシカ・コネリーですけど？」

ペダノワとワットは新たな英国籍のパスポートを使っていた。

「何か、問題があるのか」

もう一人の兵士が声をかけてきた。二人の兵士はグルジア語で話しはじめたため何を言っているのか分からない。すると、入口に立っていたアユブが兵士らに割って入った。彼が兵士らに耳打ちするように話すと、納得したらしくペダノワにパスポートを笑顔で返してきた。

「いったい、何が問題だったの？」

検問所を出ると、堪《たま》り兼ねた様子でペダノワはアユブに尋ねた。

「あなたがあんまりきれいなので、米国の映画スターと間違えていたようです。そこで彼が思い出せないという映画スターの名前を教えてやると、ようやく納得してくれました。美人の場合は少しでも時間をかけて審査をするんですよ。田舎の検問所には刺激がありませんからね」

アユブは笑いながら説明した。

「映画スター？　誰それ」

ペダノワが首を捻りながら後部座席のドアを開けた。

「アンジェリーナ・ジョリーですよ。あなたの方が唇は薄いけど、黒髪がよく似合う美人だ。あなたを引き止めた兵士の気持ちも分かります」

アユブは本人を目の前にして少し照れながら言った。

「聞いたか？　俺たちは、ハリウッドスターと旅していたらしいぞ」

ワットがすかさず浩志に指差しながら言ってきた。

「そうらしいな」

浩志は真顔で答えたが、ワットは我慢できずに吹き出した。

「何よ、あんたたち。グルジアの兵士の方が、よっぽど紳士で見る目があるわ」

ペダノワは検問所に向かって投げキッスをしてみせた。すると窓から顔を覗かせていた二人の兵士が慌てて手を振ってきた。

「こんなトラブルもあるのだな。ロシアの国境もこの調子で通過させて欲しいものだ」

ワットは笑いながら運転席に座った。

「いつまでも笑っていないで、車をはやく出してくれ」

浩志は笑いを堪えて助手席に座った。

「よくも悪くも目立つということだ。気をつけないとな」

大佐が不機嫌そうな表情で言った。

四

対露姿勢を貫《つらぬ》くグルジアの隣国チェチェンに対する姿勢は、米露の関係で揺れ動いた。

ロシアが二度に亘《わた》るチェチェン侵攻でグルジアは中立の立場を取っていたが、密かにチェチェン人を匿《かくま》い、なおかつ難民キャンプがあった北部パンキシ渓谷はゲリラの拠点となった。だが、二〇〇一年九月十一日に起きた米国同時多発テロで事態は一変した。時の大統領であるブッシュは、犯人をオサマ・ビン・ラディンとアルカイダだと決めつけると、ロシアのプーチンもチェチェンゲリラはアルカイダと関係していると唱《うた》った。そのため、ブッシュはプーチンに対テロ戦争だと同調し、ロシアのチェチェン侵攻を正当化させてしまった。親米のグルジアは以来チェチェン人ゲリラに肩入れできなくなった。

日本の五分の一という面積のグルジアは北部をロシアとチェチェンに、西部は黒海《こっかい》、東部をアゼルバイジャン、南部をトルコ、アルメニアに囲まれている。国土の八十七パーセントが山岳地帯という起伏がある地形だが、北部の標高五千メートルを超えるカフカース山脈がロシアからの寒気団を遮り、黒海に面した西側の沿海部は温暖な地域である。一方首都トビリシがある東側は大陸性の気候で冬は厳しい気候となる。

午後三時半に国境を越えた浩志らは、グルジアを東西に横断する欧州自動車道路E60号線を使い、午後六時過ぎに首都トビリシに入った。

トビリシは、古い街並を残した中世のヨーロッパを彷彿《ほうふつ》とさせる落ち着いた街である。浩志らはアユブの勧めで市内を流れるムトゥクヴァリ川にほど近い〝ホテル・ビラ・メッテビィ〟にチェックインした。

二階建ての小さなホテルだが、ラウンジは天井までの吹き抜けになっている。床はレンガが敷き詰められ、奥に大きな暖炉《だんろ》があり、椅子やテーブルに街灯を模した照明が配置されていた。二階の客室の廊下はラウンジを見渡せるバルコニーのようになっているため、ホテルと言うよりおしゃれな路地裏にでも迷い込んだような錯覚を覚える。

夕食はアユブの自宅に招待されていた。ホテルから北西に六キロほどのところにベークパークという公園があり、その近くにあるそうだ。チェックインをすませた浩志らはホテルの外で待っていたブライエフ兄弟の車に導かれて、深い森のようなベークパークにほど近い一軒家に到着した。

建物は石造りの平屋であるが、敷地内に車を二台停められる原っぱがあった。家の裏手は岩が剝き出した山の斜面になっており、隣の家とも二十メートルほど離れている。おそらく近隣の住人と付き合わなくてもいいような場所を選んだのだろう。

大佐は家に入る前にさりげなく周囲の状況をチェックしている。引退したとはいえ、軍人としての感覚を失っていない。だが、ホテルを出てから無口で、どちらかというと機嫌が悪いようだ。おそらく浩志らは狙われる危険な存在のため、アユブのプライベートな場所に行くことを嫌っているのだろう。だが、アユブの手放しの歓迎を受けては断れるものではない。チェチェン人は善くも悪くも面倒見がいいそうだ。

玄関から入ると客間になっており、十人は座れる大きなテーブルと椅子が置かれ、壁際に暖炉があった。摂氏《せっし》五度と昨日泊まったエルズルムと違い気温は高いが寒いことに変わりはない。暖炉にくべられた薪《まき》の炎がありがたく感じられる。

「みなさんお座りください」

アユブ・ブライエフから流暢《りゅうちょう》な英語で席を勧められて座ると、彼の妻と娘が隣の部屋から現れ、テーブルに八人分の皿を置いた。アユブの妻は彼より身長は低いが胴回りは二倍ありそうな堂々とした体格をしている。ソフィアという名前で、笑顔がすてきな女性だ。

「そろそろ来ても、いいはずですが……」

アユブが自分の腕時計を見て首を捻った。席は二つ空いている。てっきり彼の家族の席だと思っていたが、違うようだ。

「他に誰か呼んでいるのか？」

主賓《しゅひん》席に座っている大佐が、対面に座っているアユブに怪訝な表情で尋ねた。

「私の友人と弟の友人を一人ずつ呼んでいます。二人とも大佐のことを知っていますので喜ぶだろうと思いまして……」

「これまでも君たち四人が顔を揃えることはあったか？」

大佐が腕組みをして厳しい表情になった。

「そう言われれば、あまりありませんね」

大佐の質問にアユブは戸惑《とまど》いの表情を見せた。

「レジスタンスの基本を忘れたのか。特別なことをしてはいけない。仲間を作戦以外で招集するな。これは鉄則だぞ！」

家に入る前から不機嫌な顔をしていた大佐が、怒鳴《どな》りつけた。

「すみません。大佐の喜ぶ顔が見たくて、仲間を集めてしまいました」

アユブが戸惑いの表情になった。

「怒鳴ってすまない。私は君たちを危険にさらしたくないんだ。せっかくの招待だが、今日はこれで帰らせてもらうよ」

大佐は溜息をつきながら席を立った。

バン！

隣の部屋で物が壊れる凄まじい音がした。

浩志はすばやく近くにあった照明のスイッチを切り、隠し持っていたグロックを抜いた。ワットとペダノワも銃を出して身を低くしている。大佐はアユブと暖炉の近くでしゃがんで様子を窺っていた。

アユブが弟のボリスに隣の部屋に行かせた。

「大変だ！」

ボリスが叫び声を上げた。

浩志はワットに目配せをして見に行かせた。

「狙撃されたぞ」

ワットは屈んだ姿勢で戻ってきた。

「アユブの女房と娘が撃たれた」

ワットは浩志に耳打ちするように報告し、顔を微《かす》かに振ってみせた。二人とも助からないようだ。

ガン！　ガン！

今度は外で金属が破裂する音がした。

「ちくしょう！　車がやられたぞ」

ワットが窓の隙間から覗いた。

「伏せろ！」

浩志はワットの肩を摑んで引き下げた。

バリッ！　バン！

途端に窓ガラスが割れ、背後の壁に命中した。

「敵は裏の山から撃っています。ここから脱出しましょう」

アユブがそう言うと、暖炉の脇に積んである薪をどかしはじめた。すぐにボリスも手伝いはじめて薪がどかされると、アユブはポケットからナイフを出して床の隙間に刺した。

弟が広くなった隙間に指を突っ込み、床板を持ち上げた。すると七十センチ四方の穴がぽっかりと現れ、ペンライトで照らすと地下に続く階段があった。

「ボリス、案内するんだ。みなさん、はやく降りてください！」

アユブが必死に叫んだ。妻と娘を殺されたことはもう分かっているようだ。

「ワット、ペダノワ、大佐も先に行ってくれ」

浩志は自分のペンライトをワットに渡し、大佐を頼むと二人に目で合図を送った。

「私はアユブを連れてここから脱出する」

大佐は首を振った。

「俺に任せてくれ。大佐もプロなら、感情に流されるな」

浩志は大佐の肩を両手で摑んで言った。

「大佐、先に行ってください。私からもお願いします」

アユブはそういうと、弟のボリスを急《せ》かした。

ボリスに続きワットとペダノワは、大佐の腕を引っ張って階段を下りて行った。

バン！　バン！

銃撃は断続だ。敵は多人数ではない。

「アユブ、一緒に行こう」

浩志は、一人だけ暖炉の前に呆然と座り込んでいるアユブに声をかけた。

「先に行ってください。私はこの家の始末をしなければならない」

よろめくように立ち上がったアユブは、暖炉の側に置いてあったオイルランプに火を点けた。

「まさか？　家を燃やすのか」

浩志はアユブの肩を摑んで座らせた。

「敵はロシアかグルジアの特殊部隊か分かりません。いずれにせよ、ここが知られた以上、家ごと燃やして証拠はすべて焼き尽くさねばなりません」

「…………」

アユブの頑《かたくな》な決意を秘めた目を見た浩志は、絶句した。

「私は二十三年前に結婚しました。しかし、ソフィアと一緒に暮らせるようになったのは、足を撃たれてゲリラを引退してからです。兵士としてはだめになったが、子宝にも恵まれて幸せだった。……それでは、家内が待っていますので失礼します」

アユブは浩志の手を振り解いて立ち上がり、ダイニングの中央にオイルランプを叩き付けた。ランプは砕けてオイルは飛び散り、瞬く間に炎が床に燃え広がった。するとアユブは割れた窓の前に歩み寄った。

「私は、ここだ！」

両手を広げてアユブは叫んだ。

バン！

銃弾がアユブの腹を貫き、後ろにあったテーブルごとアユブは反対側の壁まで吹き飛ばされた。凄まじい破壊力だ。

「なっ！」

慌ててアユブに駆け寄ったが、すでに息はない。

浩志は両腕で血だらけのアユブを抱えて客間から隣の部屋に移動した。四人掛けの小さなテーブルと質素なキッチンがあり、窓の下に二人の女が血の海に横たわっている。

背中を撃たれたソフィアが、娘を庇うように覆いかぶさって死んでいた。窓に二人が重なったところを一発の弾丸で殺されたようだ。浩志は二人の横にアユブを寝かせ、三人の手を重ね合わせ、頭を垂れた。

バン！

ダイニングのレンガでできた壁を貫き、浩志の頭上を弾丸が抜けた。敵は大口径狙撃銃を使っている。装弾数が少なく、その上反動が大きいため連射ができない。銃撃の間隔が空いていたのはそのためだ。

「〝OSV96〟か」

浩志は歯ぎしりするように言った。

射程は二千メートルあり、千八百メートル先の軽装甲車すら破壊できるというロシア製の大口径狙撃銃〝ＯＳＶ９６〟だと確信した。

燃え盛る炎をくぐり抜け、浩志は脱出口に飛び込んだ。

五

炎に包まれたアユブの家から浩志らは百メートル近い地下道を抜け、二軒先にある空家の倉庫に出ることができた。空家を非常用脱出口として借りていたようだ。しかもワンボックスタイプである一九九四年型、ベンツのトランスポーターまで用意されている。

「アサルトライフルはないのか？」

大佐はボリス・ブライエフに尋ねた。

「ＡＫ７４なら、二丁ありますが」

ボリスは困惑した表情で答えた。

「貸してくれ、狙撃してきたやつを私がこの手で殺してやる」

「それは困ります。兄のアユブからあなた方を無事パンキシ渓谷に送り届けるように言われています。ここから一刻も早く車で脱出しましょう」

「何を言っているんだ。仇《かたき》を取りたくないのか！」

大佐はボリスに食ってかかった。

「落ち着くんだ、大佐。敵は山の斜面から〝ＯＳＶ９６〟で銃撃してきたんだぞ。しかもナイトビジョンのスコープを使っている」

浩志は二人に割って入った。

「〝ＯＳＶ９６〟！」

大佐は両眼を見開き、声を上げた。普段の大佐なら武器の種類は分かったはずだが、長年の知人とその家族までなくし、よほど動揺しているのだろう。

「あえて対物用の大口径狙撃銃で狙ったのは、家からあぶり出すためだろう。今動けば敵の思うつぼだ。二キロ先から狙い撃ちにされるだけだぞ」

浩志もアユブの家に入る前に周囲の地形を確認しておいた。狙撃してきたポイントもだいたいの予測はできる。

「なら、どうしろと言うのだ。しっぽを巻いて車で逃げろとでも言うのか」

大佐は腹立たしげに言った。

「倉庫から車を出そうものなら、車ごと銃撃されるだけだ。俺とワットが敵の背後から襲う。とにかくじっとしていてくれ」

浩志とワットはボリスからＡＫ７４を受け取った。使うのは久しぶりだが、傭兵として駆け出しの頃はどこに行ってもＡＫ４７か７４を支給されたものだ。

二人はさっそく銃を調べた。ロシア純正のＡＫ７４に間違いない。使い込んではあるが、ガンオイルを塗《ぬ》って手入れされている。弾丸の込められたマガジンを装塡し、予備のマガジンもポケットに入れた。

「行くぞ」

浩志は倉庫のドアを開けて低い姿勢で隣家の玄関に回り込んだ。ワットもすぐ後から付いて来る。彼も狙撃者がどこにいるか見当をつけているようだ。しゃがんで移動すれば敵の位置から家の前までは見えない。そのまま二軒先の家まで抜けてから道を渡り、次の路地で左に曲がって反対側にある家の裏を走った。かなり大回りするが、やがて森のように木々が植えてあるベークパークに着いた。

二人は公園の闇を利用し、アユブの家の裏山に向かった。

「むっ！」

浩志は立ち止まり、近くの茂みに隠れ、右手で後方のワットにも隠れるように合図を送った。五十メートル先の林に黒いバンが停まっている。民家もない場所だけに怪しい。

二人の男が山の方から降りてきた。暗いのでよく分からないが、短機関銃を持っている。その後ろから銃身がやたら長い銃を担いだ大男が現れた。全長一メートル七十五センチという独特の形状から〝OSV96〟に間違いない。

浩志はワットに攻撃の合図を送り、銃を撃った。

短機関銃を持った二人の男は、浩志らの銃弾を受けてたちまち倒れた。〝OSV96〟

を持った男の腹にも銃弾を当てたが、男は少しよろめいただけで車の陰に隠れた。そしておもむろに銃を脇に抱えた。

「何！」

浩志とワットは同時に声を上げた。

男はナイトビジョンのスコープも取り付け、重量が十三キロ以上もある銃をまるでサブマシンガンのようにやすやすと構えているのだ。

「伏せろ！」

浩志は地面に腹這《はらば》いになった。途端に〝OSV96〟が咆哮を上げた。近くの木に銃弾が当たり、まるで幹が爆発したかのように粉々に砕け散った。

遠くから消防車とパトカーのサイレンが聞こえてきた。

起き上がると、男は撃たれた二人の男を小荷物でも扱うようにバンに積み込んでいるところだった。

「くそっ！」

ワットがＡＫ７４を膝撃ちで大男の背中に当てた。だが、男は前のめりになりながらも運転席に乗り込んだ。

「何をやっている、防弾スーツだぞ。頭を狙え」

浩志は運転席目がけてＡＫ７４を撃ち込んだが、車は急発進して闇に消えた。

「やつが第二の処刑人なんだな」

ワットは悔しげにバンが残していった白い排気ガスを睨みつけた。

「間違いないだろう」

浩志は敵の銃が〝OSV96〟だと分かった時点で予測していた。だが、それをペダノワの前で言うのをあえて避けていたのだ。

〝OSV96〟はロシア陸軍とロシアから購入したインドなどの特殊部隊で使われているが、一般の市場に流通することはなく、闇で横流しされたという噂も聞かない。犯人がロシアの正規軍でないとすれば、〝ヴォールク〟以外考えられない。

アユブの家が屋根の上まで炎に包まれているのが、公園からも見える。敵が早々に退散したのは、消防車やパトカーが駆けつけてくるからだろう。近隣の住民が異変に気付き、通報したに違いない。アユブが家に火を点けたおかげで助かった。

「倉庫に戻るぞ」

浩志はワットの背中を叩いた。

二人は山側の暗闇を抜けて倉庫に向かった。

六

午後十一時になろうとしている。浩志らは倉庫でじっと息を潜めていた。アユブの家の火災で消防車やパトカーが駆けつける騒ぎも三十分ほど前に収まっている。騒ぎに乗じて移動することも考えられたが、今のところ倉庫が一番安全だと言えた。

「それにしても敵に居場所がばれるというのは、一体どういうことなんだ」

大佐は腕組みをして倉庫の天井を仰いだ。

「暗殺のターゲットであるウラジミール・ケルザコフは、ＦＳＢきっての切れ者。何かあるはずよ」

ペダノワは苛立ち気味に言った。

「いくら切れ者だからと言って、俺たちの動きがここまで読まれるとは思えない」

ワットは首を振った。

浩志は傭兵代理店から支給されている衛星携帯を取り出した。小型化され、今では普通の携帯と外見はさほど変わらない。機能は日本の携帯各社のようなサービスまではないが、メールやＧＰＳ機能はある。友恵からは暗号通信を行っているため、外部から位置を特定される心配はないと聞かされていた。だが、常に三人で行動しているためにドイツから電源を切ったまま持ち歩いている。

「ワット、ペダノワ。携帯の電源は入っているか？」

「ＧＰＳで特定される可能性も考えて、電源は消している」

ワットは、ポケットから電源が入っていない携帯を出して見せた。

「私もよ」

ペダノワの携帯も同じだった。

「私も電源は入れてない。ＧＰＳで追跡されているかと考えたが、違っていたか」

大佐も携帯を見せてくれた。

「それじゃ、逆に携帯を使っても大丈夫か」

浩志は日本の傭兵代理店の友恵に電話をかけた。

――どうされましたか？

「敵に位置が特定されているようだ。携帯の電源は全員切っていた。他に何か俺たちを追跡する方法は考えられるか？」

――大きな空港や駅などでは顔認証システムがありますので、変装しても見破られてしまいますが、追跡となると本人に発信器でも取り付けない限り難しいですね。

友恵も答えに困っているようだ。

「発信器はないだろう。車じゃあるまいし」

ってしまう。

浩志は苦笑した。本人の知らぬ間に埋め込まれてと言うのなら、スパイ映画の世界にな

――そうでもありませんよ。体内に注射針で埋め込むタイプはすでに実用化されていま
す。なおさら米国やロシアなどの情報部が特化した国では普通に使っているはずです。

「冗談だろう？」

実用化されていると言われても、にわかに信じがたい。

――メキシコでは金持ちの誘拐事件が多発しています。そこで体内にカプセルに包まれ
たチップを埋め込み、緊急時にGPSで探知できるように電波を発信させるというシステ
ムをメキシコのセキュリティー会社が開発し、富裕層の間で普及しています。

体内にインプラントされたチップとGPS対応の機器を持ち歩き、緊急時に機器のボタ
ンを押すとチップから電波が発せられる。また発信器の電池が切れた場合は、電池を必要
としないパッシブタグも内蔵されているそうだ。身近なところでは、スイカやパスモなど
の非接触型のＩＣカードに使われているが、通信距離は極めて短い。

「そんな技術もあるのか」

――それだけではありません。米国のアプライド・デジタル・ソリューション社は〝べ
リチップ〟と呼ばれるＧＰＳで位置特定ができる極小のＩＤチップを開発し、実用化して
います。もっとも今は迷子になった場合に備えてペットの犬に埋め込んで使われるのが主

流ですが、米軍では兵士の体内に埋め込む計画もあります。

この場合もチップの発する電波が弱いために専用のスキャナーが必要になるらしい。

「ロシアも同等の技術があると思うか？」

——もちろんです。また米国のチップは簡単に手に入ります。どちらにせよ、極小のため本人にもチップの存在に気付かれることはありません。もっとも埋め込み作業は別ですが。

「助かった」

浩志が電話を切ると、全員の目が向けられていた。うっかり日本語で会話をしていたのだ。チームプレーをする場合の鉄則は、たとえ私語であっても共通言語で話すのがルールであった。

「すまない。傭兵代理店の友恵に位置を特定する技術について質問していたんだ」

浩志は友恵から聞き出したことを英語で説明した。

「ベリチップの話は聞いたことがある。兵士に埋め込んで位置情報や健康状態を管理するためにペンタゴンが提案したが、退役軍人会が兵士のプライバシーを侵害すると反対したんだ。現役の軍人は賛否両論だな。戦場で怪我をした場合、すぐに助けてもらえると言う者もいれば、俺たちはペットじゃないと言うやつもいる」

ワットが苦笑いをしながら言った。

「後者はおまえの意見だろう」

「当たり前だ。軍人は犬や猫じゃない。チップを埋め込まれるのはごめんだね」

浩志が聞くと、ワットは親指を下にして答えた。

「いずれにせよ。体内に埋め込まれたら、本人すら気が付かないのか」

大佐は話を聞いて浩志ら三人の顔を見た。

「俺たちに埋め込まれていると疑っているのか？」

浩志は首を振った。

「手術じゃなくても、簡単な医療行為でも可能かもしれないぞ」

大佐は念を押すように尋ねてきた。

「医療行為……？」

四ヶ月前、サンフランシスコでの戦闘で右腿《みぎもも》を銃で撃たれ、米軍で手術を受けていることを思い出した。

「俺は右腿の手術をした。あの時は部分麻酔《ますい》だったが、傷口を縫合《ほうごう》する際にチップを埋め込むことが出来たかもしれない」

浩志は険しい表情になった。

「待って、私は胸部を撃たれて意識がなくなり、米軍の病院で緊急手術を受けている。その後二週間も入院しているわ。埋め込まれるチャンスはいくらでもあった。可能性がゼロとは言い切れない」

ペダノワも眉を寄せて言った。彼女も四ヶ月前の戦闘で大怪我をした際、米軍で治療された。

「戦闘で何度も怪我をして、米軍の病院で治療を受けているが、この半年の間に怪我はしていない。俺は関係ないだろう」

浩志とペダノワに睨まれてワットは両手を振って否定した。

「最近とは限らない。ワット、米軍にとっておまえは宝のような存在だった。密かに管理するために、手術のついでに入れておいてもおかしくないだろう」

大佐が指摘すると、浩志とペダノワが同時に頷いた。

「まさか……」

ワットの顔が強ばった。

「これまで米軍は極秘で兵士に繰り返し人体実験をしてきたことぐらい、おまえなら知っているだろう。それに機密作戦中のおまえの位置を軍は常に監視していたとは思わないか」

放射線、新薬、細菌兵器など一九六〇年代までは主に黒人兵士を対象に人体実験がなされてきた。本人に無断でされたため、さすがに七〇年代になり非人道的であるとして、八〇年代以降、実験はされていないというが当てにならない。

「確かにそういうこともあった。だが、たとえ米軍の病院で埋め込まれたとしても、それをどうして〝ヴォールク〟が利用しているんだ。治療した米軍の医師が〝ヴォールク〟のスパイだというのか？」

「医師は関係ない。埋め込んだチップの情報さえ手に入ればいいんだ。ペンタゴンに〝ヴォールク〟のスパイがいてもおかしくないだろう」

「そっ、それは……」

ワットは言葉を詰まらせた。

「ボリス。知り合いでレントゲンの施設がある外科《げか》を知らないか？」

兄を失って倉庫の片隅で項垂《うなだ》れていたボリスに大佐は尋ねた。

「知っていますが……」

ボリスはわざとらしく時計を見た。

「ロシアがテロリストを送り込んできたんだぞ。アユブの仇は取りたくないのか？　知り合いの医者にもそう言ってやれ」

大佐はチェチェン人だろうとグルジア人だろうと、カスピ海と黒海に挟まれたコーカサスに住む人間なら死ぬほどロシアを憎んでいることを知っていた。

「分かりました。すぐ連絡します」

ボリスの表情が一変した。

猜疑心《さいぎしん》の強いスターリンは、グルジアやチェチェンも含むソ連の周辺国と国内に住む少数民族、合わせて数百万人の財産を没収し中央アジアに強制移住させている。その結果、半数近くが死亡した。その記憶は今も人々の心に残る。

「そろそろここを出るか」

ボリスが電話しているのを横目でちらりと見た大佐は、トランスポーターの後部ドアを開けた。

「外に出て、いきなり……ってことはありませんかね？」

ワットが狙撃する格好をして問いただした。

「やつらは我々にショックを与えるという意味では任務を果たした。すぐには襲っては来ないはずだ。それに今の時点では、どこにいても同じことだろう」

大佐は後部座席の一番奥に収まった。

浩志はワットとペダノワに車へ乗るように合図をした。

パンキシ渓谷《けいこく》

一

トビリシのサブルタロ地区に、〝スポーツ宮殿〟と呼ばれるドーム型の巨大なスポーツ施設がある。市の中心を流れるムトゥクヴァリ川にも近く、〝スポーツ宮殿〟の向かいにはホリデー・インホテルをはじめとした高層ビルが建ち並び、広々とした道路には街路樹が植えられ、石造りの古い建物とも調和がとれている。

〝スポーツ宮殿〟から百メートルほどムトゥクヴァリ川寄りの路地に四階建ての古い建物がある。その一階と二階に〝トビリシ・クリニック〟という医院があった。外科、内科、歯科の三科目があり、外科は父親、内科と歯科は二人の息子、看護師も娘と親戚の女がするというユダヤ系グルジア人ファミリーで構成されていた。

午前零時五十分、〝トビリシ・クリニック〟の一階にある待合室のソファーに、浩志らは座っていた。浩志は右腿を、ペダノワは胸部のレントゲン撮影を終えている。ワットはこれまで米軍の病院で手術や治療を受けた傷痕が何カ所もあるため、時間がかかっていた。

〝トビリシ・クリニック〟は救急病院ではなく、時間外の診療もしていない。だが、ボリス・ブライエフの友人で内科医であるミハイル・キリエンコと、彼の妻でレントゲン技師であるニーナが協力してくれている。

チェチェン人のボリスは子供の頃、グルジアの親戚の下で育てられグルジアの国籍も持っていた。ミハイル・キリエンコとは高校時代に知り合ってからの友人である。グルジアは小さな国だが、多民族国家で人種間の差別意識は強い。民族が違うボリスとミハイルの仲がいいのは、金持ちだが落ちこぼれていたミハイルを貧しかったが成績の良いボリスが、何かと面倒みていたからだ。ユダヤ教徒とイスラム教徒が友人同士というのは若い世代ならともかく、ボリスのような三十代後半の世代では珍しい。

滅多に頼み事をしないボリスが助けを求めたところ、真夜中にも拘らずミハイルは快《こころよ》く承諾してくれた。

「三回も撮影されたぜ」

ワットが奥のレントゲン室から出てきて文句を言った。

しばらくすると、レントゲン室の前にある小部屋からフィルムを抱えたミハイルが出てきた。メガネをかけて口ひげを伸ばし、有能な医師という雰囲気がある。若い頃落ちこぼれだったようには見えない。待っている間にボリスから昔話を聞かされ、ミハイルはボリスが家庭教師のように勉強をみたおかげで大学の試験に受かったそうだ。

「現像が出来ましたので、こちらに来てください」

ミハイルに続き、全員ぞろぞろと外科の診察室に入った。この診療所は五年前にミハイルが医師の免許取得を機にはじめたため、設備はさほど古くはなかった。それまでは外科の父親と歯科医である弟は別の場所で開業していたらしい。

ミハイルは入って右側の奥の壁にあるライトボックスのスイッチを入れ、上部のホルダーにペダノワのレントゲン写真を差し込んだ。

「これはミス・ペダノワの写真です。胸に痛みを訴えておられましたが、骨には異常がないようですね。問題ないでしょう」

ミハイルには話がややこしくなるために、アユブと家族を殺した暴漢に殴《なぐ》られたところをレントゲン撮影して欲しいと頼んである。

目を凝《こ》らして見ないとよく分からないが、左肩の鎖骨の下辺りに米粒ほどの黒い点がある。浩志はルーペを借りて覗いて見た。樹脂製と思われるカプセルの中に、コイルを巻いたような部品と四角い板のような部品の影がはっきりと写っていた。友恵が言っていたG

ＰＳに対応した位置発信器と見て間違いないだろう。

浩志はペダノワに小さく頷いてみせた。途端に彼女の顔が青ざめてきた。

「次はミスター・藤堂の写真ですが、こちらも異常はありません」

「すみません。ちょっと私にも見せてください」

ミハイルが写真をすぐに替えようとしたので、浩志は慌てて傷痕の近くをルーペで覗き込んだ。

「……！」

大佐の指摘した通り、太腿の傷痕にペダノワと同じ形の影が見つかった。

「もういいですか？　父親に黙って借りているので、なるべく早く終わらせたいのです」

なんでもないと思っているレントゲン写真を浩志が執拗《しつよう》に見ているために、ミハイルは腹を立てているようだ。

浩志の写真をライトボックスから抜き取り、ワットの三枚の写真を一列に並べて挟み込んだミハイルは、腕組みをして確認しはじめた。

「……うん？」

端から順番に見ていたミハイルは、三番目の写真を見て首を傾げ、ルーペを使って調べはじめた。

「なんだ、これは……？」

絶句したミハイルは浩志らの顔を代わる代わる見ている。それもそのはずでワットの左腕の付け根には肉眼でもはっきりと分かる直径七ミリほどの丸い形の影が写っており、さらに左肩にも浩志らと同じ型と思われる極小の機器が埋め込まれている。おそらく大きいサイズのものは型が古い位置発信器で、かなり以前に埋め込まれて今は機能していないに違いない。

浩志ら三人に位置発信器が埋め込まれていたのでは、敵から逃げられるはずがない。これまでの作戦がことごとく失敗したのも当然だった。

「ボリス、すまなかった。私が軽率《けいそつ》だったばかりにアユブを死なせてしまった」

大佐はボリスを診察室の隅に連れて行き頭を下げた。

「家に呼んだのは兄です。大佐を恨んではいません。それにあなた方は大きな使命を帯《お》びて行動しているのです。私たちが協力するのは当然じゃないですか」

ボリスは自分に言い聞かせるように答えると、ミハイルの側に歩み寄った。

「兄の家族が殺されたことは電話で話した通りだ。むろんこの人たちが私の兄の友人であることに嘘はない。だが、彼らがロシアのスパイに命を狙われていることは信じてもらえないかもしれないと思い、話さなかった。レントゲンに写った小さな影は位置発信器で、それを使ってテロリストが追っているらしい」

「位置発信器だって、本当か。……だがロシアならやりかねんな」

　ロシアと聞いてミハイルはすぐ納得したようだ。

「なんとか君が摘出手術をしてくれないか」

「父なら出来るかもしれないが、私は内科医だぞ。メスは学生時代のカリキュラムで使ったことはあるが、とてもじゃないが無理だ」

　ミハイルは両目を見開いて首を振った。

「お父さんに頼むことはできないかね」

　大佐は直接ミハイルに尋ねた。

「とんでもない。自分の親を悪く言うのはいやだけど、父は危険に関わることは絶対避ける。異教徒ならなおさらだ。頼んだら警察に通報されかねない」

　ミハイルが首を竦めて答えると、ボリスも頷いて見せた。

「それじゃ、この三人の中で一番取り出しやすいのはどれですか？」

　大佐はライトボックスに位置発信器が写り込んでいる三人の写真を並べて尋ねた。

「強《し》いて言うのなら、ミスター・藤堂のでしょう。表皮に近い場所にありますし、動脈から離れていますから」

「それなら、彼のだけ取り出してもらえませんか。それからアルミホイルを貸してください」

「アルミホイル？」

ミハイルは首を捻った。

「その手があったな」

浩志は手をぽんと叩いた。発信器の電波の攪乱《かくらん》と遮断は家庭用のアルミホイルでもできる。浩志も知っていたが、すっかり忘れていた。ワットとペダノワも気付いたらしく、顔を見合わせてにこりと笑った。

二

内科医のミハイル・キリエンコは彼が言っていた通り、簡単な手術をする技術も度胸もなかった。代わりにワットがメスを執った。

ワットはデルタフォース時代に怪我の処置をする訓練を受けている。そのため、傷口の処理や縫合は心得ていた。極小位置発信器は浩志の右太腿にある傷痕の深さ六ミリほどから摘出された。レントゲンで位置は確認していたので、二センチほど切開するだけですんだ。縫合もワットは、ごつい手をしている割には器用にこなした。見ていたミハイルは舌を巻いたが、決してうまいとは言えない。皮膚が突っ張っているのは愛嬌《あいきょう》というものだ。

ワットとペダノワはアルミホイルをそれぞれ位置発信器が埋め込まれた場所に巻き付けた。これで三人はＧＰＳで位置を特定される心配はなくなった。だが、これはあくまでも振り出しに戻ったというだけで、防弾スーツを着用した敵に対抗する手段を考えなければならない。

チェチェンと接するグルジアの北東部に、かつてはチェチェンゲリラの巣窟《そうくつ》と言われたパンキシ渓谷がある。近辺はトゥシェティ国立公園がある風光明媚《めいび》な土地であり、道路状況は極めて悪く四駆でなければ行くことはできない。

朝になりミハイルの医院を出た浩志らはトビリシのダウンタウンにあるレンタカーショップ〝エービス〟でトヨタの四駆を借りてパンキシ渓谷を目指した。〝エービス〟にはその他にもヒュンダイやベンツもあったが、トヨタのバリエーションが多く、唯一の四駆は二〇〇九年型のランドクルーザー・プラドだった。

一九九九年にはじまる第二次チェチェン戦争（日本では紛争と呼ばれている）で、ロシア軍の空爆と戦車による掃討《そうとう》により故郷を奪われた人々は、隣接するグルジアに逃れた。そのためグルジアの北部にあるパンキシ渓谷には難民が溢れ、同時にゲリラの根城となった。

モスクワ近郊でＦＳＢの工作で起こした爆弾テロを、チェチェンゲリラの仕業と決めつけて戦争をはじめたプーチンは、パンキシ渓谷への越境攻撃をグルジアに迫った。だがエドゥアルド・シェワルナゼ大統領は自国で対処するとして無視した。チェチェン人に同情する国内の空気もあったからだ。

だが、二〇〇一年米国同時多発テロをイラクのフセイン大統領の討伐と石油を奪う好機として捉えたブッシュ大統領は、国連の承諾《しようだく》も得ずに事件と何の関係もないイラク侵攻に踏み切る。

ブッシュはプーチンにイラク侵攻を認めさせるために、ロシアのチェチェン侵攻は〝対テロ戦争〟という位置付けにした。そのため親米グルジアはパンキシ渓谷に米国の支援を受けて討伐しようと試みた。だが実際はやる気がなかったようだ。

二〇〇九年に第二次チェチェン戦争が終結し、国内が安定に向かうと、パンキシ渓谷のゲリラもなりを潜めた。だが、二〇一二年現在も一万人近いチェチェン人とキスティン人（グルジア系チェチェン人）の難民が居住している。

ボリスの運転でトビリシから北東に百十六キロまでを一時間半ほど走ると、舗装道路はアラザニ川の手前で終わった。パンキシ渓谷は大ボルボロ山からアラザニ川平野までの三十四キロ、幅七キロほどの渓谷であり、ボリスは上流のオマロという村を目指していた。殺されたアユブにロシアへの入国を手伝ってくれるパンキシ渓谷に住むチェチェン人を紹介してもらう予定だった。ボリスは兄の遺志を継いで案内を買ってくれた。

舗装道路の終点には木製の簡単なバリケードが置かれて、その背後には米軍から供与されたものかＭ４を構えた二人の国境警備隊員が立っていた。近くには警備隊のトラックと型の古いベンツが置かれている。

パンキシ渓谷はグルジアだが、チェチェン人の自治区と言っても過言ではない。そのため人の出入りを監視しているのだろう。

ボリスはバリケードの前で車を停めた。するとベンツの後部座席からトレンチコートを着た男が下りてきて、運転席を覗き込んできた。

「私はグルジア情報局のニコライ・メリア大尉です。運転免許証を拝見します。どちらまで行かれますか？」

情報官である大尉は、ボリスに身分証を出して見せた。

「これからオマロの難民収容センターに行きます。支援物資を持って来た日本人と英国人を案内するところです」

ボリスは免許証を見せながら言った。

助手席に座っている浩志は大尉に愛想笑いをして見せた。

「パスポートを提示してください」

大尉は浩志だけでなく後部座席に座るワットらにもパスポートを出すように言った。だが、携帯していることだけ確認すると頷いてみせた。

「お気をつけて」

ボリスに免許証を返した大尉は、警備隊員にバリケードを下げるように命じた。

「ありがとう」

ボリスは礼を言って、車を出した。

「秘密警察と言われる情報局の割には、紳士的な態度だったな」

大佐が感心したように言った。

「彼らはすでに兄のアユブと家族が暗殺されたことを知っているのです。だからわざとあなた方のパスポートの中は調べず、敵意がないことを示したのです。私がパンキシ渓谷に入るのは、身の安全を図るためだと思っているのかもしれませんね。チェチェン人はこの国では微妙な立場です。政府の方針により扱いが変わりますから」

ボリスが口元に笑みを浮かべた。少なくとも国が密かに応援していることが分かり、ほっとしたのだろう。

低木で埋め尽くされた緑の山を切り開いて造られた道は舗装されてはいないが、思ったより走り易い。だが、雨が降ったり雪が積もったりすると、途端に四駆の出番となるようだ。それでもぬかるんだときに出来たと思われるわだちがあり、車が大きく跳ねるように上下した。

「乱気流が発生しております。シートベルトをお付けください」

後部座席のワットが旅客機の機長を気取って笑いを取った。

三

左右から山々が迫る美しい風景を三十分ほど走り、アラザニ川をランドクルーザーで渡ると、ぽつぽつと民家が見えはじめ、積み藁《わら》が草むらに並ぶ盆地のようなところに入った。

村をゆっくりと走らせたボリスは、雑木林の手前に車を停めた。トビリシを午前九時十五分に出発して二時間ほどでオマロに到着した。

かつてはテロの巣窟と言われたが、見る限りではどこにでもあるような平穏《へいおん》な田舎の風景が広がる。冷えきった大気に緊張感はなく、心地よい刺激を肌に与える。浩志らは車を下りて汚れを知らない山の新鮮な空気を吸った。

遠くの丘の上に建つ少し大きめの家の前に、四駆が三台停められている。最近ではジープを連ねてパンキシ渓谷の自然を観賞するツアーもあり、オマロにはレストランや民宿のようなホテルもあるようだ。

「ボリス！　ボリス・ブライエフ」

右足の不自由な老人が大声を上げながら、目の前の雑木林の小道から現れた。

「シャルハン！」

ボリスは老人に走り寄り、抱き合って互いの背中を叩いた。

「アユブが殺されたと聞いて心配していた。よく生きていたな」

「敵はロシアの情報部のようです」

「なんということだ！　何年も前に引退した人間を家族ごと抹殺《まっさつ》するとは、血も涙もない連中だ」

シャルハンは両手の拳を握りしめ、怒りをあらわにした。

「今日はアユブの古い友人を連れてきました。マジェール・佐藤とお仲間です」

「マジェール・佐藤？　……ひょっとしてアユブの部隊を訓練したという大佐のことか」

シャルハンは癖《くせ》のある英語を使い、大佐に右手を差し出した。

「私を覚えていてくれたのですか」

大佐も笑顔で握手に応じた。

「あなたには本当は、もっと沢山の部隊を指導してほしかった」

シャルハンは残念そうな顔をした。

ソビエト連邦が崩壊し、石油パイプラインの重要な経由地であるチェチェンが独立することに危機感を持ったロシアは、一九九四年にチェチェンに侵攻した。民間人を巻き込む非道な攻撃に多数の〝ムジュヒディーン（義勇兵）〟がチェチェンに集結する。その中にはイスラム原理主義者たちも大勢いた。またそれを口実にプーチンは侵略を対テロという言葉にすり替えた。

チェチェン民族会議の幹部だったシャルハンは他の幹部と計らい、義勇兵に頼らないチェチェン人だけの部隊をつくるために当時傭兵の策士として名が通っていた大佐に白羽の矢を立てた。

依頼を受けた大佐は一ヶ月の猛特訓でアユブ率いる部隊を一流の特殊部隊に仕立て上げた。だが、戦況は急速に悪化し、時間をかけて戦士を育てている暇などなく、大佐は止むなくチェチェンを去った。

シャルハンが右手を挙げた。すると雑木林の中からＡＫ７４を携えた男たちが四人現れた。いずれも銃を背中に隠すように持ち替えて、シャルハンの後ろに並んだ。敵意がないことを示したというより、観光という新しい一面を見せはじめた村にゲリラは似合わないからだろう。彼らが木陰で銃を構えていたのを浩志は早くから気が付いていた。

「私のせがれのルスランです」

シャルハンが中央に立つ背の高い男を紹介した。身長は一八五センチほど、あご髭を伸ばし逞《たくま》しい体をしている。ルスランは厳しい視線を浩志らに向けた。

「ここに来られたのは何か訳があるようですね。私の家でお話を伺いましょう」

シャルハンは雑木林の道へ向かおうとした。

「ちょっと待ってくれ。その女はどうみてもロシア人だ。ロシアのメスブタが、チェチェン人の村に来るなんてどういうことだ。ここから先には入れさせないぞ」

ペダノワに銃を向けたルスランがロシア語で罵倒《ばとう》した。チェチェン人はチェチェン語だけでなくロシア語も話せる。ペダノワの反応を見るためにわざとロシア語を使ったのだろう。だが、彼女は顔色を変えることなく、ルスランに冷たい視線を返しただけだ。

「何て失礼なことを。おまえはボリスの顔に泥《どろ》を塗るつもりか！」

シャルハンが顔を真っ赤にして怒鳴った。

「この人たちはロシアのFSBの軍事防諜部のトップを暗殺するために、命をかけているんだぞ。口を慎《つつし》め！」

ボリスも黙っていなかった。

「軍事防諜部のトップを暗殺だって？　自爆テロでもするつもりか。外部の人間にできるのなら、俺たちがとっくにやっている。笑わせるな。親父、こいつらは嘘つきだ」

ルスランが鼻で笑うと、彼の仲間も腹を抱えて笑い出した。常識で考えれば彼らの言っていることは間違っていない。

「信じられないのも無理はなかろう。それじゃ、おまえさんたちの中で、この男に一人でも敵《かな》う者がいるのか」

大佐は浩志の背中を押して、ルスランを挑発した。浩志は仕方がないと一歩前に出て苦笑を漏らした。

「なんだと、俺に喧嘩を売ろうというのか？」

ルスランは浩志をじろりと見た。浩志は身長一七六センチ、年齢も四十後半だが、学生時代に剣道の段を取り、警視庁の刑事時代には柔道で三段を取った。フランスの外人部隊では、マーシャルアーツを習得し、三年前から明石妙仁《あかしみようじん》から古武道の合気道や居合を習い武道でも達人の域に達している。まして、誰よりも沢山闘ったという実戦経験があった。

「大佐はああ言っているが、怪我をするから止めておけ」

浩志はロシア語を使い、わざと鼻で笑ってみせた。

「ふざけるな。俺はチェチェンゲリラの中でも勇猛で知られた男だ。死にたくなかったら、今のうちに謝るんだな」

眉間に皺を寄せてルスランは怒った。

「それならいつでもかかって来い。なんなら四人一度にかかってきてもいいんだぞ」

浩志は右手で手招きしてみせた。

「生意気な！」

真っ赤な顔になったルスランは、自分の銃を仲間に投げ渡してボクシングスタイルに構えた。自慢するだけあって、隙がなく腕も立つようだ。ルスランの仲間がチェチェン語ではやし立てている。

「遠慮するな」

浩志は右の掌を振ってみせた。

「ふざけるな！」

誘いに乗ってルスランは右ストレートを放ってきた。浩志は懐《ふところ》に踏み込んで右肘打ちを鳩尾《みぞおち》に決め、体勢を崩したルスランの左顎に右裏拳を叩き込んだ。連続技で裏拳を顔面に当てる方が簡単だったのだが、それでは鼻の骨を折ってしまうため、あえてワンテンポ攻撃を遅らせた。

傍《はた》で見ていると、ルスランと浩志が交差したようにしか見えない。だが、浩志が一陣の風のように舞った瞬間、すれ違ったルスランは白目を剝いて倒れた。怪我をさせないように手加減したが、気絶させるには充分だった。

「他に腕自慢したいやつは、前に出ろ」

浩志は気負うことなく静かに言った。だがたった二秒でルスランを撃沈させられ、顔色をなくした男たちは首を横に振った。

「正直言って、私も息子が簡単にあなたを叩き伏せられると思っていました。彼にはいい経験になったでしょう。みなさん、どうぞこちらへ」

シャルハンは部下たちに息子を介抱するように指示し、大佐らに軽く頭を下げた。

四

三日後、小雪がちらつく中、浩志らは二台の車に分乗してグルジアの〝軍用道路〟を北上していた。

〝軍用道路〟は、帝政ロシアが南下政策を推し進めるにあたり、一七九九年から軍事目的で整備したことに由来する。グルジアの首都トビリシと、ロシア連邦の北オセチア共和国の首都である〝ウラジカフカス〟間を南北に繋ぐ二百十キロの幹線道路だ。

〝ウラジ〟はロシア語で征服を意味し、〝ウラジカフカス〟はカフカスを征服せよとなる。同じように〝ウラジオストック〟は東方を征服せよという意味だ。ロシアの強欲な領地拡大と南下政策の執念《しゅうねん》が地名に刻まれている。

〝軍用道路〟はトビリシから景勝のコーカサス山脈を縦断し、グルジア随一の観光地と言われるカズベキを通る。そのため降雪で通行止めにならない限り、観光客や現地の住民を乗せた〝マルシュルートカ〟と呼ばれる小型の乗り合いバスがトビリシとカズベキ間を頻繁《ひんぱん》に往復する。

先頭車の後部座席には浩志と大佐が座り、運転はルスラン・サドゥラーエフ、助手席には彼の仲間のダビドが乗っていた。二台目の車にも運転席はアリと助手席にはハッサンというルスランの仲間が同乗し、ワットとペダノワは後部座席に収まっている。ボリスは偽造パスポートを持っていないので、パンキシ渓谷で別れた。

二台の車はどちらも日本の中古車で一台は〝自家用〟と書かれたホンダの八七年型〝シビックシャトル〟の四駆、もう一台は〝日の出電気工業〟と書かれた九九年型のパジェロだ。〝シビックシャトル〟はハッチバック型の小型乗用車で現在は生産されていない。車体の文字を消さないのは、転売する際日本車であることが分かり、高く売れるからだという。

浩志らは最後まで温存していたロシアの国籍のパスポートを使って北オセチア共和国からロシアに潜入するのである。日本の傭兵代理店で作られた偽物で、数年前にロシアの国境で出国した本物のスタンプが複写されていた。ロシアもバイオメトリックパスポートを二〇一一年末から採用しているが、むろん旧来のタイプである。そのため、米軍機でトルコを経由してグルジアに入国した際に使ったパスポートは破棄していた。

ベルリンの傭兵代理店でドイツの入出国の偽造スタンプを押してもらい。トルコの入出国とグルジアの入国記録は、前の偽造パスポートに押されたスタンプから特殊な溶剤が使われたシールで写し取ってあるため、本物と区別がつかないようになっていた。

北オセチア共和国はチェチェンと同じく紛争が絶えない国で、ロシア人以外の入出国は禁止（二〇一二年現在）されている。それだけに敵の目を欺《あざむ》くのに都合がいい。また車で国境を越える際の便の良さがあった。自分たちも付いて行くと言い出した。本人の意志もあるようだが、ルスランは計画を聞かされると、彼の父でチェチェンゲリラの幹部と思しきシャルハン・サドゥラーエフが浩志らの護衛を命じたようだ。ルスランらもロシア籍の偽造パスポートと身分証明書を持ち、しかも国境を越える手段があるという。大佐の彼らに道案内させるという思惑通りにことは運んだ。

当初ルスランは浩志らに不遜《ふそん》な態度を示したが、それはロシアを憎む気持ちと警戒心が強いためだったらしい。浩志に敗れるとあっさりと負けを認め、格闘技を教えるようにせがんできた。チェチェン人は勇猛な民族として知られ、強い男には敬意を表する。真剣な眼差しにほだされた浩志は、武器を調達する二日間みっちりと、ルスランと彼の仲間に武道をレクチャーした。

〝軍用道路〟で標高二千三百九十五メートルともっとも高い十字架峠《じゅうじかとうげ》を越えて、コーカサス山脈の峰に囲まれた集落を抜けた。峠では本格的な雪が降り出したが、通行止めの前に通ることができた。

パンキシ渓谷のオマロを朝の九時に出発し、百七十キロを二時間半かけた。時間は早いが国境を越える前にカズベキ村に寄って、早めの昼飯を食べることにする。村の広場に車を入れると、住民と思われる中年の女が大勢たむろしていた。彼女らは民宿のオーナーで観光客が来ると客引きをするそうだ。

ルスランは広場を抜け、テルゲという川の手前にあるロッジのような建物の前に車を停めた。老夫婦が営《いとな》む小さなレストランで、安上がりでうまいとルスランは言う。注文を彼に任せると、〝ムツヴァディ〟というグルジア独特の串焼き料理と〝ハッチャブリ〟という焼きたてのチーズパンが出てきた。〝ムツヴァディ〟は香り付けのぶどうの枝から作られた串に刺して焼く。香辛料の利いたソースがかけてあり、肉は羊だったが臭みもなくうまかった。

「こんな山奥でうまい肉料理が食べられるとは思わなかったな」

二人分食べたワットは満足げな顔をしている。だが、ペダノワの食は細く、顔色も優れなかった。ここからロシア領である北オセチアの国境までは僅か十二キロ、緊張するのも無理はない。

再び二台の車に分乗した浩志らは〝軍用道路〟を北上した。数分後道路は山麓《さんろく》を貫くトンネルを抜け、国境のゲートに到着した。ゲートの手前にはロシアナンバーのトラックが四台停まっていた。北オセチアのグルジア側の国境では外国人の入国を禁止しているが、ロシア人の通行は自由でトラックなどの商用車は頻繁に出入りする。

浩志らは出国手続きをするため、うっすらと雪が積もった検問所の中に入った。

「久しぶりにロシアへ帰られるのですね」

グルジアの審査官は大佐のパスポートを見てロシア語で尋ねた。

「……ああ、寒くなったな」

大佐は耳に手を当てながら話した。大佐のパスポートも日本の傭兵代理店で用意されたもので、七十九歳と高い年齢が設定してあり、髪も白く染めて変装していた。

「父は耳が遠いんですよ」

浩志は審査官に笑ってみせた。浩志と大佐は、ロシアの東南部にあるブリヤート共和国出身の親子という設定になっている。ブリヤート人はロシア、中国、モンゴルに居住し、日本人と外見は変わらない者も多い。またミトコンドリアのDNAから縄文人のDNAと一致することもあり、近年では日本人のルーツとして注目されている。

「お気をつけて」

審査官は苦笑を漏らすと、大佐と浩志のパスポートにスタンプを押した。二人に続いてワットとペダノワが審査を受けた。彼らは浩志らと同じ旅行代理店の企画で旅行していることになっている。ペダノワは生粋《きっすい》のロシア人のため疑う余地もなく、夫という設定のワットも問題なく出国できた。残りのルスランらは、運転手とガイドという設定だが、何度か北オセチアに入出国をしているために怪しまれることはなかった。

百メートルほど車を進め、北オセチアの国境のゲート前駐車場で車を停めて一行は検問所に向かった。さきほどの四台のトラックは車を降りることもなく、窓口でパスポートと身分証明書を見せている。商業車の手続きは簡単である。

検問所に入ったルスランは顔見知りらしいロシアの審査官と気軽に挨拶をし、小部屋に入って行った。その間、他の者は部屋の隅にある椅子に座って待った。検問所の外には防弾ベストにＡＫ７４Ｍを構えた国境警備兵が二人立っているが、緊張感はない。室内には他にも二人の警備兵がいるが、浩志らに見向きもしないで雑談をしていた。外国人の入国を拒否するということは、鎖国も同然で彼らの仕事量はたかが知れている。検問所には弛《し》緩《かん》した空気が漂っていた。

待つこともなく出てきたルスランは浩志らにウインクして見せた。二番手は浩志と決めてあったので小部屋に向かおうとすると、ルスランがパスポートを回収しはじめた。

「面倒臭いから、まとめてスタンプを押してもらうんだ。もっともこんなサービスをするのはこの検問所でも一人しかいないけどね」

そう言って集めたパスポートを持ってルスランは小部屋に入り、待つこともなく戻ってきた。返されたパスポートを見ると、確かに入国スタンプが押してあった。

「ロシアで鼻薬はどこでも効くんだ。もっとも信頼関係によって効き目は変わるし、相手が秘密警察かどうかの見極めも必要だけどね」

ルスランはそう言って首を竦めてみせた。賄《わい》賂《ろ》を使ったのだ。

あっけない入国に浩志らは呆れてしまったが、大佐はにこりと笑ってみせた。彼はここまで予測していたようだ。

五

グルジアとの国境を難なく越えた浩志らは〝軍用道路〟を北上し、北オセチア共和国の首都である〝ウラジカフカス〟で連邦高速道路M29号に出るため急いでいた。

この二、三年北コーカサスは落ち着いてはいるが、ロシアでもっとも危険な紛争地帯の一つであることに変わりはない。〝ヴォールク〟の目を逃れるために選んだルートではあるが、地域の争いやテロに巻き込まれる可能性は充分ある。次の作戦に移るためにも一刻も早くこの国を脱したかった。

〝軍用道路〟を三十分ほど走ると視界が開け、周囲に住宅が見えはじめた。〝ウラジカフカス〟の郊外に到着したのだ。このまま市内に向けて走れば、M29号に繋がる。

車線が片側二車線に増えた。

「今、M29号に入りました。中心街を抜けますので、束の間の観光を楽しんでください」

ハンドルを握るルスランは、問題なく来られたので上機嫌だ。

市内を南北に流れるテレク川の大橋を渡ると車の数は増え、数十メートル進んだところで渋滞に巻き込まれた。

「少し大回りしてM29号にまた入りましょう」

ルスランは緊張した面持ちで言った。

「どうした？」

大佐がすかさず尋ねた。

「〝ウラジカフカス〟で昼時に渋滞することはまずありません。事故か事件があったのでしょう。事件の場合、検問を受ける可能性があります。早めに迂回《うかい》した方がいいんですよ」

何度もロシアに潜入しているために、ルスランは事情をよく知っていた。

イスラム教のチェチェン人と違いオセチアのオセット人は正教会信者が多い。信仰上、親ロシア的であるためにソ連が崩壊した際に、北オセチア共和国はロシアに編入された。だが、東に隣接するイングーシ共和国の国民の大半はイスラム教を信仰し、反ロシア的である。またロシアが国境を定めた際に領地が重なったために紛争になり、ロシア政府が肩入れするオセチアではイスラム過激派によるテロが後を絶たない。

M29号を左折し、ルスランは住宅街を抜けて川沿いの細い道に出た。同じようにトラックや乗用車が数台、前後して迂回している。抜け道のようだ。

前方のトラックがいきなり停車した。雑木林から突然現れた兵士に停められたのだ。

「こんなところで検問をしているとは」

舌打ちをしたルスランはブレーキを踏んで後方を見たが、すぐ後ろに付いているワットらの車が背後のトラックに道を阻《はば》まれていた。

「仕方がない」

ルスランは肩を竦めると、車をゆっくりと進めた。

検問はＡＫ７４で武装した兵士が二人掛かりで身分証明書をチェックし、二人をバックアップする兵士が四人道端に立っている。

兵士は二台前のトラックの運転席を覗き込んだだけで通したが、一台前の乗用車には銃を向けて車から下りるように命じた。

車から中年の男女と若い女が二人下りてきた。家族のようだ。兵士は四人のパスポートを調べると、中年の男女を車に戻し、姉妹と思われる二人の女を近くの雑木林に停めてある軍用トラックに無理矢理連行して行った。

「可哀想《かわいそう》に。あの家族は、イングーシ人なんだ」

ルスランは首を振って溜息をついた。

「どういうことだ？」

浩志はわけを聞いた。

「検問をしているのは、オセチアではなく駐留ロシア兵です。彼女たちはもう二度と家族の下には帰れないでしょう」

ロシア兵はイングーシ人の女を誘拐することがあると、ルスランは言う。北オセチアではイングーシ人は謂《いわ》れなき迫害を受け、親族が警察に訴えても相手にされない。それどころか、治安当局による拉致、拷問、殺害は密かに行われている。

「くそっ！」

彼女たちの末路が想像できるだけに、浩志は苦々しい表情で軍用トラックを見た。

浩志たちの番になったが、車を覗き込み男しかいないことが分かると、早く車を出せと兵士は怒鳴った。

「停めてくれ」

検問から少し離れた場所で浩志は車を停めさせた。もし、ペダノワが捕われるようなことがあれば、彼女を奪回するために動かなくてはならないからだ。

案の定ワットらは車から全員下ろされて、身分証明書を調べられている。だが、兵士はペダノワの身分証明書を見ると、つまらなそうな顔をして全員を車に戻るように命じた。彼女の身分証明書はロシア国籍になっているからだ。彼らからしてみれば、チェチェン人やイングーシ人に暴行しても罪にはならないが、ロシア人にすれば犯罪になるからだ。

ワットらの車が近付いてきたので、ルスランも車を出した。だが、百メートルと走らないうちに後ろの車が警笛《けいてき》を鳴らしてきた。

車を停めると、険しい顔つきをしたペダノワと困惑した表情のワットが下りてきた。

「浩志、大佐、相談があるの」

ペダノワに従い、川沿いの雑木林に浩志らは付いて行った。

「モスクワに行く前に、一仕事させて」

眉間に皺を寄せたペダノワは、強い口調で言った。

「検問で捕まった二人の女を助けたいらしい」

ワットが呆れ気味に言った。

「それもある。だが、私はあの部隊を皆殺しにしたい」

ペダノワは荒々しい口調になった。

「落ち着け。彼女らを助けたいのは山々だ。だが、ここでことを起こせば、〝ヴォールク〟に察知される可能性があるんだぞ」

浩志は彼女の目を見た。ペダノワの目には激しい憎悪の炎が燃えていた。

「違う！　やつらは、三年前、チェチェンの国境近くにある基地に駐屯していた部隊の兵士なの。私と部下は罠をかけられて……犯された」

最後の言葉を発したペダノワは目を吊り上げ、肩を震わせていた。

「いいだろう。少し早いが次の作戦を実行しよう」

三人のやり取りを静観していた大佐が、頷きながら言った。

六

二〇〇二年のモスクワ劇場占拠事件ではチェチェンの武装勢力側にロシアの情報員の存在があった。特殊部隊は武装勢力が人質解放に合意した直後、犯人に扮していた情報員の合図で突入し、神経ガスを使って犯人と人質百二十九人すべてを殺害している。

二〇〇四年九月一日、北オセチア共和国のベスラン市にあるベスラン第一中学校を、イスラム原理主義過激派の武装勢力が占拠《せんきょ》した。彼らはチェチェンの独立をはじめとした様々な要求をロシア政府に突きつけて立て籠《こも》った。

三日間の籠城《ろうじょう》後、発砲してきた犯人と治安部隊との間で激しい銃撃戦が行われ、四百人近い死者と七百人以上の負傷者を出すという前代未聞《みもん》の大惨事となった。ニュースは瞬く間に世界を駆け巡り、チェチェン人はテロリストのレッテルを貼られた。

武装集団は子供の区別なく人質に水すら与えず、抗議した二人の仲間を粛清するという凶悪さだった。だが、三日目の攻撃の発端は報道とは違い、犯人ではなく治安部隊からだった。犯人は人質を閉じ込めておいた体育館に仕掛けた地雷を爆破させ、治安部隊の激しい無差別な銃撃で多くの人質が死亡した。

どちらの事件もテロの被害を拡大する工作がなされ、プーチンのチェチェン侵攻の材料にされた。裏工作はすべて亡命したＦＳＢの元中佐だったアレクサンドル・リトヴィネンコによって暴露されている。

検問で二人のイングーシ人の女を拉致《らち》したのは、北カフカス軍管区の第五八軍に所属する部隊であった。第五八軍は〝ウラジカフカス〟に軍本部を置き、兵員七万人の規模を持つ。最前線に投入される精鋭部隊として知られる一方、チェチェン人に対する残虐行為で悪名を轟かせた部隊としても有名だ。だが、軍内部の腐敗は酷く、将校が兵士を奴隷《どれい》のように公私にわたって酷使し、武器の横流しもされていると問題視されている。

二〇一二年からロシアにも諸外国のような兵士を取り締まる憲兵隊が、創設される。また軍の犯罪は安すぎる給料にあったと言われており、二〇一二年一月にこれまでの三倍に上げられた。だが、所詮ロシアにはびこる賄賂文化を解消しない限り、賄賂の相場を上げるだけで軍内部の犯罪や汚職をなくす決め手にはならないだろう。

浩志らは拉致された女を乗せた軍用トラックを追った。彼らは市内で起きた自爆テロ事件に駆り出されていたようだが、日が暮れると早々に検問を打ち切った。しかも駐屯地とは違う、〝ウラジカフカス〟からイングーシ寄りのチェルメンという小さな街の外れにある巨大な倉庫に到着した。

イングーシに通じる一般道Ｐ２９６号から一本西に入った未舗装の道路に、倉庫はあった。入口は東側にあり、反対の西側は川が流れ、敷地は鬱蒼《うっそう》とした雑木林に囲まれている。北側にあるチェルメンの住宅街まで二百メートル以上離れており、静かな場所にあった。

建物は南北に長く幅四十メートル、奥行き十六メートルと、古びてはいるがコンクリート製の立派なものだ。南の端に大きなシャッターがあり、東側に駐車場があるにも拘らず、軍用トラックは倉庫の中に入って行った。悪事を働くには都合のいい場所を見つけたものだ。

午後九時四十八分、車をP296号に近い空き地に停め、浩志とワットとペダノワは倉庫の南側にある雑木林の暗闇に身を潜めていた。西側には大佐を指揮官としてルスランと彼の仲間三名を付け、待機させている。浩志らはすでに一時間以上監視しているが、敵の人数が軍用トラックに乗っていた八人の小隊であることを掴んでいるだけだ。

倉庫の出入口は正面のシャッターとその横にあるドアしかない。ドアには鍵がかけられているがシリンダー鍵なので、壊さなくても浩志なら解除できる。問題は高窓に灯《あか》りが点《とも》っていることだ。住宅地が近いということもあり、できるだけ隠密に行動したい。寝静まってからの攻撃がベストだが、誘拐されたイングーシ人を思えば決行は急がれる。

モスクワに軍人に変装して潜入するため、兵士の軍服を血で汚さないように銃やナイフは使わずに攻撃することになっている。もともとロシアに潜入した際に、小さな補給基地に潜入して盗み出す予定だったが、前倒しになった。

パンキシ渓谷のオマロで浩志らはＡＫ７４と弾薬などの武器を調達していたが、各自最低限のナイフとハンドガンだけ携行《けいこう》している。

「それにしても、素手での攻撃は訓練以来だな」

ワットは苦笑して見せた。

「いつまで待てばいいの」

苛立ち気味に両手を擦《す》り合わせて、ペダノワが言った。彼女は敵を倒すことよりも、連れ去られた女のことを考えて焦っているようだ。

「落ち着け、ペダノワ」

浩志は押し殺した声で言った。

「どうして落ち着いていられるの。救出が遅れるほど、彼女たちの身も心もずたずたになるのよ」

ペダノワの脳裏《のうり》には、忌まわしい過去が蘇《よみがえ》っているのだろう。

「へたに突入して銃撃戦になれば、一番先に死ぬのは彼女たちだ。生きたまま助けたいのなら、耐えるしかない。俺たちはロシアの特殊部隊じゃないんだぞ」

最後の言葉にペダノワは唇を噛んだ。彼女の気持ちは痛いほど分かるが、捕われた女たちを死なせては何にもならない。

午後十時三十分になったが、倉庫の高窓の灯りは消えない。この時間から兵舎に帰るとも思えないので、内部は寒さを凌《しの》いで宿泊できるようになっているようだ。外気は氷点下近くまで下がっている。暖をとってない浩志たちはそろそろ限界に近づいていた。

シャッター横の出入口からAK74をだらしなく持った男たちが二人出てきた。見回りかもしれない。二人は銃を足下に置き、煙草を吸いはじめた。

闇にまぎれた浩志は雑木林から出て、倉庫の壁を伝って男たちに近付いた。すぐ後ろをワットとペダノワが付いて来る。

男たちは煙草を吸い終わると、ポケットからハンドライトを取り出した。瞬間、浩志とワットは二人の背後から襲い、男たちを羽交《はが》い締めにした。

「倉庫に何名いる？」

浩志はサバイバルナイフの切っ先を男の喉元に突きつけた。

「……十名だ」

男が答えると、浩志は絞《し》め落とし、ワットは首を捻って気絶させた。すぐに街で購入したロープで男たちを縛り上げ、近くの茂みに隠した。

浩志は右手を挙げて大佐のチームに合図を送り、ワットとペダノワを伴って倉庫に潜入した。大佐はアリとハッサンを倉庫の入口に見張りとして残し、後に続いた。

高窓に近い場所にあるライトが点っているが、内部は薄暗い。

シャッターのすぐ裏側に昼間見た軍用トラックが置いてあり、その後ろにはロシアの軍用四駆である〝UAZ31512〟が三台も停めてあった。ボディーの上部は極寒地を想定して密封性の高い幌《ほろ》で覆われ、シンプルな構造で壊れ難く、メンテナンスも楽だとかつての東側諸国では人気があった。

その他にもロシア製の武器が梱包《こんぽう》された木箱がうずたかく積まれている。軍が基地でもないところに武器庫を作るはずもなく、これらはすべて横流しされた盗品だということは一目瞭然《りょうぜん》だ。

木箱の通路を抜けて行くと、西側の壁際にプレハブの小屋が二つ建っていた。おそらく兵士の宿泊する部屋として使っているのだろう。

突入するために浩志とワットとペダノワは、左のプレハブに、大佐はルスランとダビドの三人で右側のドアの前に立った。

浩志と大佐が顔を見合わせて頷き、ドアを同時に開けて内部になだれ込んだ。

室内は十六畳ほどの広さがあり、二段ベッドが三つあった。下のベッドで全裸の女が縛られて上半身裸の四人の男にいたぶられていた。

男たちはドアが開いて冷気が入ったために振り向いたが、彼らが反撃する余裕も与えず浩志らは瞬く間に叩きのめした。

「ペダノワ、殺すな！」

あまりにも激しいペダノワの攻撃にワットが止めに入ったが、彼女が投げ飛ばした男は首の骨を折られていた。

浩志はすぐさま隣のプレハブを見に行った。すでに敵は倒されていたが、女はいない。

「こっちは三人だ。カードゲームをしていた」

大佐がすぐに報告した。

「まだ三人残っているのか。手分けして探すんだ」

舌打ちをした浩志は、すぐにメンバーを動かした。

倉庫の中は木箱がうずたかく積まれているため、見通しが悪い。浩志は大佐と組んで倉庫の中央から、ワットとペダノワは倉庫の右手から、ルスランとダビドは左手から北側の奥へと進んだ。

まるで迷路のように積み上げられた木箱を抜けて行くと、突き当たりに別のプレハブ小屋が建っていた。入口に近い二棟の小屋よりも一回り大きくて頑丈《がんじょう》に出来ている。入口に兵士が煙草を吸いながら見張りに立っていた。

浩志は小屋の裏側から回り込んで兵士の背後から襲い、首を絞め落とした。兵士を小屋の脇に寝かせ、入口のドアノブに手をかけた。

「……？」

浩志は咄嗟《とっさ》に後ろに下がった。同時にドアが開いた。中からズボンのベルトを締めながら兵士がドアから出てきた。

「侵入者だ！」

男は浩志に気付き、肩から下げていたＡＫ７４で銃撃してきた。

浩志が木箱の陰に隠れると、小屋の陰から大佐が男の後頭部にナイフを命中させた。

「撃つな！」

小屋の中から男の叫び声がしてきた。

浩志と大佐が小屋の前に立つと、遅れて倉庫の左側からルスランとダビドがナイフを構えて現れた。

「撃つな！　損はさせない。取引しよう」

中から下着姿の女に銃を突きつけた軍服姿の男が出てきた。四十前半で部隊の指揮官のようだ。上着を慌てて着たらしく、前ボタンも留めずに素肌がのぞいている。浩志らはすかさず銃を抜き、男に狙いを定めた。

「おまえらは、チェチェンマフィアだな」

男はルスランやダビドの顔を見て、舌打ちして見せた。横流しの武器を奪いにきたと思っているのかもしれない。

「我々はマフィアではない。女を解放しろ」

大佐がロシア語で答えた。

「変だな。チェチェン人にもイングーシ人にも見えない」

今度は大佐や浩志の顔を見て、男は戸惑っているようだ。

「女を解放して、武器の横流しと〝ヴォールク〟のことを白状したら、我々は退散する」

大佐は銃を仕舞い、落ち着いた声で言った。交渉は大佐の得意とするところだ。浩志は相手を刺激しないように銃を構えたまま後ろに下がった。

「〝ヴォールク〟？　聞いたこともない」

男は首を捻った。演技ではなさそうである。

「三年以上前の話になるが、おまえの部隊は〝ヴァーザ〟という女性ばかりの特殊部隊を基地に引き込んで、陵辱したはずだ。誰の命令でしたのだ。答えろ」

「〝ヴァーザ〟？　三年前？　……思い出した。女だけの小隊のことか。我々は上層部から慰問部隊を送ったから好きにしろと言われ、一週間遊ばせてもらっただけだ」

男は悪びれる様子もなく答えた。〝ヴォールク〟は組織とは関係ない不良小隊を利用したに過ぎなかったのかもしれない。

「……！」

浩志は小屋の屋根の上に何かが動いたことを察知し、グロックを構えた。浩志の動作に合わせて男が銃を向けてきた。次の瞬間、屋根から黒い影が飛来した。

「ぐぇー！」

銃を持った手首をサバイバルナイフで切り付けられ、男は悲鳴を上げて銃を落とした。

ペダノワだった。男を前蹴りで倒し、ペダノワは馬乗りになってナイフを振り上げた。

「落ち着くんだ。これからの作戦を考えろ。こいつを今殺せば情報が得られなくなる」

浩志はペダノワの右腕を摑んで制した。

「くそっ！」

ペダノワは、大声で叫んだ。

小屋の裏側からワットが現れた。

浩志は「任せる」とワットに目で合図を送った。

「ペダノワ、よくやった」

ワットはペダノワの肩を叩き、優しくナイフを取り上げて立たせた。

トラップ

一

ロシアでは武器の横流しが後を絶たず、たまに武器庫の爆発事故というニュースが流れるが、多くの場合盗難がばれるのを隠蔽《いんぺい》するために犯人が爆弾を仕掛けるのが原因である。闇に流れた武器はチェチェンや中東の武装集団に渡り、紛争を激化させている。

三年前にペダノワが指揮する特殊部隊を陵辱した小隊は、武器の横流しを生業《なりわい》としていた。札《ふだ》付きの悪だったようだが、〝ヴォールク〟とは関わりがなかった。

倉庫を調べると、ＡＫ７４や対戦車ロケット弾発射器であるＲＰＧ７などの通常兵器から、最新の携帯式地対空ミサイル〝イグラ３３８〟まであった。また武器ばかりかレーションＩ（戦闘糧食）や医薬品まで揃っている。

「呆れたな。一度に集めたわけではないのだろうが、ロシアがいかにどんぶり勘定で軍を運営しているのかがよく分かる」

　大佐は倉庫の荷物をすべて確認していた。

「ペダノワが倒したスヴャトポルクという少佐の部隊が、組織的に関与していたようだ。ここにいるのは一部の兵士で、横流しに関わっているのはまだ十八人いるらしい。驚いたことに第五八軍に所属していない中央から派遣された補給小隊だったことだ」

　浩志は捕虜にした男たちから、部隊が〝ヴォールク〟と関係していないか確認するために尋問していた。彼らは〝01補給小隊〟と呼ばれ、どこの軍区にも属していない特別な部隊だった。残りの十八人は武器をモスクワから運搬するために三日間不在らしい。偶然手薄なときに襲撃できたようだ。

「そうすると小隊がまるごと横流しに関わっていたのか。しかも中央から派遣されていたため、管轄《かんかつ》の軍では彼らの行動が把握できなかったのだな」

　大佐は肩を竦めてみせた。

「物資は補給小隊を通じて軍から支給されていたそうだ。彼らが帳簿を握っているため、横流しは絶対ばれないようになっていた。小隊の兵士は、誰しも首謀者は少佐だと言っているが、軍の幹部から命令されていたんじゃないかと疑っている者もいる」

　ほとんどの兵士は尋問するだけでべらべらとしゃべったが、スヴャトポルクは黙秘を続けている。逆に言えば、兵士らは重要な機密を持っていなかった。

「中央政府に近い幹部が、私腹を肥やすために地方の軍に小隊を送り込んでいたとしても不思議はないな」

大佐の推測は当たっているだろう。

「小隊を操っている人物が、〝ヴォールク〟と関わりを持っていると考えれば納得できる。この倉庫にある武器を集めることもそうだが、これを売りさばくには大きな組織がいるはずだからな」

浩志は積み上げられた武器の梱包を指差して言った。

モスクワまでは浩志とワット、それにルスランと彼の仲間のダビドとアリが軍人になりすまし、二台の〝UAZ3152〟に分乗することになっている。また大佐とペダノワ、それにハッサンがこれまで乗ってきた二台の車で行動する予定だ。

浩志と大佐は、倉庫で調達した武器と食料を車に積み込む作業をしていた。

「〝ヴォールク〟の闇を追及するなら、この小隊を動かしていた人物も調べる必要があるようだな。あの男を拷問《ごうもん》するしかないか」

渋い表情で大佐は頷いた。

「スヴャトポルクはいずれ吐かせるが、今は時間がない。とりあえず傭兵代理店の友恵に連絡をしてある。武器の流れを解明できれば、首謀者が浮かび上がって来るはずだ」

浩志はスヴャトポルクの携帯に登録されていた電話番号をはじめとした様々なデータを

友恵に送っていた。

「あの娘が動けば心強い」

大佐は友恵の能力を充分知っている。大きく頷いて笑ってみせた。

「さて、着替えるか」

作業を終えた浩志は、服を脱いで折り畳んであった軍服に着替えはじめた。襲った小隊の中で浩志と体格が合う者を選んだ。軍服を脱がせて下着姿にさせた十人の兵士は入口近くのプレハブ小屋に手足を縛って閉じ込めてある。

助け出した二人のイングーシ人の女は、ウラジカフカスで解放するとまた拉致される可能性があるため、北オセチア共和国を出るまで一緒に行動するように言い聞かせてあった。浩志らが反政府ゲリラと思っているらしく、警戒心もなく大人しく従っている。彼女らにとって、北オセチア共和国とロシア政府の軍や警官こそ、テロリストなのだ。

「今のところ、異常なしだ」

ＡＫ７４を肩に軍服姿になったワットが現れた。荷物の積み込みを浩志らに任せ、ワットは見張りに出ていたのだ。

ワットはサイズが合う男の軍服を着て、スヴャトポルク少佐の軍服から階級章を外して付けている。外見もさることながらロシア語が堪能なため、指揮官に扮するには適任といえた。

「もう午前二時半か」

浩志は腕時計で時間を確認した。ワットと見張りを交代することになっていた。外の見張りにはルスランと彼の仲間が交代でしているが、巨大な倉庫を見張るには二人では足りないのだ。

夜が明ける前の午前四時に、ウラジカフカスから六百八十八キロ北西に位置する地方都市、〝ロストフナ・ドヌ〟に向けて出発することになっている。モスクワまでは千七百四十キロ。三日かけて行くつもりだ。

「どうでもいいが、そのカツラはスラブ系のロシア軍人らしくないぞ」

ワットは明るめの栗色のカツラをしていた。スラブ系のロシア人といっても髪の色も様々だが、軍人となると髪の色は濃い方がそれらしく感じる。

「いけない。忘れていた。身分証に合わせないとな」

浩志に指摘されたワットは、苦笑がてらカツラを剝ぎ取り、いつものスキンヘッドになった。

「やっぱり、その頭が一番似合うな」

浩志は見慣れたワットの姿を見て頷いた。

「ところで俺たちの身分証はあるが、ルスランらの分はどうするんだ」

浩志とワットは、偽造パスポートの他に軍人の偽造身分証もあらかじめ数種類用意していた。

「ここにはパソコンはあるが高解像度のプリンターがない。途中の街で出力するしかないな」

浩志はロシアに入国する前にルスランらの偽造身分証を作るように友恵に頼んであった。偽造と言っても軍のサーバーに入り込んでデータを書き込むために照合されても通用するものだ。衛星携帯を使ってデータはダウンロードしてあるが、スヴャトポルクの部屋にあったプリンターは解像度が低いため、使えなかった。パソコンコーナーを持っているようなホテルか街のネットカフェに行かなければならない。

「途中で検問がないことを祈るしかないか」

ワットは不安げな表情で言った。

「民間人ならともかく軍人なら検問を恐れる必要はない。モスクワに行くための命令書も作ってある。心配は無用だ」

大佐は胸を叩いてみせた。命令書はドイツの傭兵代理店に大佐が作らせたものだ。

浩志らは、チェチェン人のゲリラを護送するＦＳＢの防諜局（ＳＫＲ）の軍事防諜部の兵士という設定になっていた。ゲリラ役は私服に着替えさせたスヴャトポルクを縛り上げた上に猿ぐつわをして連れて行く。

「悪いが少し休ませてもらう」

大佐は大きな欠伸をすると、空いているプレハブ小屋に入って行った。ペダノワとイングーシ人の姉妹は、スヴャトポルクが使っていた小屋で休んでいる。

「俺も休ませてもらう」

ワットも欠伸をして見せた。

「そうしてくれ」

浩志はおもむろにＡＫ７４を担いだ。出発後は先にワットに車の運転を任せて、車の中で休むつもりだ。

「何かあったら連絡してくれ」

ワットは、右手の無線機を掲げてみせた。

倉庫には特殊部隊が使うハンズフリーの無線機があったので、全員に持たせている。ルスランらは使うのははじめてだったが、浩志らにとっては必需品ともいえた。

浩志も胸のポケットに入れてある無線機の本体を叩いてみせ、シャッター脇の出入口から外に出た。

二

雪は降っていないが、外気は氷点下になっている。とはいえ風はなく曇り空のせいか、さほど寒いとは感じない。体が寒さに慣れてきたせいもあるのだろう。入口がある倉庫の南側で見張りをしているのは、ルスランの仲間であるアリとハッサンだ。二人はチェチェン生まれで、氷点下の夜空の下にいても平気らしい。手袋もせず平気な顔をしている。浩志は手が冷えないようにタクティカルグローブをしていた。

「ブドウ・マスター。わざわざ来てくれたのですか」

シャッターのすぐ近くにある藪の中で見張りをしているアリが、嬉しそうな顔をした。ハッサンは十メートルほど離れたところにいる。彼らは格闘技を教えてもらったので浩志をブドウ・マスターと呼んでいるのだ。最初は抵抗があったが、今では慣れてしまった。

アリはルスランの仲間では最年少の十九歳と若い。六歳の頃親兄弟をロシア兵に殺されて、ルスランの父であるシャルハン・サドゥラーエフに引き取られ育てられた。九歳からゲリラとして訓練を受け、十五歳から活動しているという。

ダビドは二十四歳、ハッサンは二十一歳といずれも若く、親族を殺されて天涯孤独《てんがい》というのも同じだった。チェチェン戦争でロシア軍は二十万人以上のチェチェンの一般市民を殺害している。四人は子供の頃から兄弟のように育てられているため、強い絆《きずな》で結ばれていた。

兄貴分のルスランや他の仲間もＡＫ７４やＲＰＧ７などの武器は扱い慣れているが、格闘技は自己流だった。そのため浩志の訓練は新鮮だったようだ。

「ブドウ・マスターは、チェチェンに行かれたことはありますか？」

「まだない。いずれ機会を見つけて行ってみる」

浩志はロシア語の勉強にもなるため、若者たちとは積極的に話すようにしてきた。

「政府はともかく、街はきれいになってきました。国民を置き去りにして、国は発展して行きます。反政府勢力の出番もなくなりそうです」

アリは寂しそうに言った。

チェチェンではロシアからの独立をしようとした大統領は、すべてロシア軍によって殺害されている。また、プーチンが大統領に仕立てたアフマド・カディロフは、二〇〇四年に独立派に殺された。だが、二〇〇七年にプーチンはアフマドの息子であるラムザン・カディロフに〝ロシア連邦英雄〟の称号を与えて大統領にし、チェチェンをロシアの傀儡《かいらい》政権にすることに成功した。

「テロでは何も変えることはできない。それは歴史が証明するところだ。だが、権利と身の安全を守るために武器を取ることは許される」

浩志は自らに言い聞かせるように言った。

チェチェンの現大統領（二〇一二年現在）であるラムザン・カディロフは父親と同じように恐怖政治によって国を治めている。国家統制を目的に〝カディロフ派〟と呼ばれる親衛隊のような組織を使って殺人、強盗、誘拐、拷問を行って反体制派の粛清をし、犯行をすべて反政府勢力の仕業《しわざ》にみせるという噂は絶えない。

「ラムザンがいくら犯罪を反政府組織のせいにしても、真実を見抜く力を国民の大半はまだ持っています。しかし今やチェチェン人はあいつを恐れて無力になってしまいました」

アリは深い溜息をついた。

「時を待つことだ。ラムザンは最悪の政治家だが、それはロシアというより、プーチンの後ろ楯《だて》で成り立っているに過ぎない。プーチンもいずれ失脚する。そのときこそ立ち上がれるように、今は生き抜くことが大事なんだ」

これまでにはなかったことだが、ロシアでもプーチン政権に対するデモが行われるようになってきている。圧力や粛清も覚悟の上でのデモだけに、ロシア国民がいかにプーチンを嫌っているのかがよく分かる。

「俺たちにまたブドウを教えてくれますか?」

「いいだろう。今回の作戦を終えたら、パンキシ渓谷に寄ってみる」

「ありがとうございます」

アリは目を輝かせて言った。

「うん?」

浩志は倉庫の北側で微《かす》かに物音がした気がした。積もった雪が高い場所から落ちたのかもしれないが、自然の発する音とは思えなかった。

「付いて来い」

浩志はアリとハッサンを連れて、西側の雑木林を抜けて倉庫の北側に向かった。

倉庫の裏になる北側の壁際にＡＫ７４を手にした八人の兵士がいた。装備からすれば特殊部隊ではない。倉庫の北の端にも高窓がある。そこから侵入するつもりなのだろう。

「こちらリベンジャー。ピッカリ、応答せよ」

――ピッカリだ。どうした？

浩志はすぐさまワットに連絡を取った。

「敵が現れた。八人確認した。北側の高窓から侵入するようだ。脱出できるように準備をしてくれ」

――了解。すぐにとりかかる。

通信を終えると、浩志はアリらを連れて倉庫の前の道が見える西側まで移動した。

未舗装の道には二台の軍用トラックが停まっており、防弾ベストや銃の準備をしている兵士が数名いた。

浩志は雑木林の闇を進み、一番離れた場所で準備をしている兵士を襲って暗闇に引きずり込んだ。

「所属を言え。死にたいのか」

抵抗をみせたので、男の喉元にサバイバルナイフを突き立てて尋ねた。

「言うから止めろ！　〝01補給小隊〟だ」

男たちはスヴャトポルクの部下のようだ。捕虜にした男たちから残りの十八人の兵士はモスクワに行っていると、聞いていた。

「倉庫を包囲しているのは、何人だ？」

浩志はナイフで兵士の喉を軽く刺した。

「……十八人だ」

人数も合致した。まさかこんなに早く戻って来るとは思っていなかった。尋問を続けると、連絡が取れないために急遽《きゆうきよ》引き返して来たらしい。

浩志は後頭部をストックで殴りつけて気絶させると、男の携帯している二発のロシア製手榴弾である〝RGD5〟を奪った。

ダッ、ダッ、ダッ！

倉庫の北側で銃声がした。

――ピッカリだ。リベンジャー、アリとハッサンを連れて空き地に停めた車で先に脱出してくれ。すぐに追いかける。

車はいつでも出せるように鍵を付けたままにしてあった。

無線からも銃撃音が聞こえた。ワットも反撃しているようだ。

「援護はいらないか?」

――シャッターを吹き飛ばして、全速で脱出する。事前に敵の数が減れば助かる。

「了解!」

浩志はアリとハッサンを連れて未舗装の道に出た。すぐ目の前に二台のトラック、その前方に倉庫の南側に向かう複数の武装兵が走って行くのが見える。

トラックの燃料タンクの上に安全ピンを抜いた〝RGD5〟を置き、その場を離れた。

数秒後に後方で爆発がしたが、浩志らは振り返ることなく走り、倉庫の前面が見える雑木林に駆け込んだ。

敵は倉庫の南側にある茂みに隠れて銃を構える者もいれば、トラックの様子を見ようと戻る者もいる。浮き足立っているのだ。

浩志はアリとハッサンに指示し、敵に照準を合わせた。

「三発撃って、すぐに脱出する。撃て!」

同時に銃撃して六人の敵を倒した。すぐにその場から離れ、車が置いてある空き地に向かって全力で走った。

爆発音がした。ワットがRPG7でシャッターを吹き飛ばしたのだろう。

「そっちの車に乗れ!」

浩志はアリとハッサンに〝シビックシャトル〟に乗るように指示をし、自分はパジェロの運転席に飛び乗った。

エンジンをかけると、背後でとてつもない爆発音がした。

「何！　爆弾に引火したのか」

思わず振り返ると倉庫に火柱が立っていた。

――置いて行くぞ！

無線にワットの笑い声が響き、二台の〝UAZ31512〟が通り過ぎて行った。

「了解。出発！」

苦笑を浮かべた浩志は、アクセルを踏んだ。

三

〝ウラジカフカス〟の倉庫を脱出した浩志らは予定通り、〝UAZ31512〟二台とパジェロを連ねて走っていた。

〝シビックシャトル〟は、北オセチア共和国の北に隣接するカバルダ・バルカル共和国で、助け出した二人のイングーシ人の姉妹に気前良く進呈《しんてい》した。もともと、移動には台数が多いとかえって身動きが取れなくなるために乗り捨てるつもりだった。二人とも免許は持っていなかったが、両親が迎えに来てくれるので二台で帰れると喜んでいた。

倉庫の爆発は横流しの武器類が闇に流れないようにと、大佐が時限爆弾をセットして爆破させたのが原因だ。もっとも爆発の混乱に乗じて逃げ出すことも考慮に入れての上だ。また捕虜にしてあった兵士らは事前に解放したが、敵の残存兵に銃撃されていたので、生死は分からない。

午前九時五十分、〝ウラジカフカス〟から五百二十キロ北西に位置するクラスノダール地方の〝チホレツク〟という小さな村のレストランに到着した。高速道路M29号に面したガソリンスタンドがあり、日本のサービスエリアに相当するレストランだ。

大佐とペダノワのパジェロが先に給油をすませた後、浩志らの乗った二台の〝UAZ31512〟が五分後にわざと時間を置いてガソリンスタンドに入った。

ペダノワはガソリンスタンドの奥にある駐車場に車を停めて、大佐とレストランに入った。真夜中に倉庫を脱出してから何も口にしていない。兵士に化けている浩志らは、倉庫から盗み出したレーションを車内で食べることになっていた。

レストランの建物は比較的新しく、四人掛けのテーブルが十席あり、レジの近くはコンビニのように飲み物やちょっとした日用雑貨のコーナーがあった。

開店は十時からと書いてある。少し時間は早いが入口のドアは開いていた。中に入ると、照明が半分ほどしか点けられていない室内に従業員の姿はない。

「大佐は待っていて」

ペダノワはレジのすぐ横にあるドアをノックして開けた。八畳ほどの部屋でくわえ煙草の中年の男が、スチール机に設置されたパソコンで作業をしている。机の隣には比較的新しいプリンターも置かれていた。

「こんにちは」

ペダノワは咳払いをして言った。

「店は十時からだ」

男は見向きもしないで、そっけなく答えた。

「外は寒いのよ。あら、この部屋暑いわね」

ペダノワはダウンジャケットのファスナーを下ろし、胸の谷間が見えるセーターの襟《えり》ぐりをわざと広げ下着をちらりと見せた。彼女はいつでも肌が露出させられるようにコーディネートしている。女の色仕掛けというのは古典的ではあるが、もっとも効果的な武器であることに間違いはない。

入口に立っているのがいい女だと気付いた男の目が、彼女の胸元に釘付けになり、口をあんぐりと開けた。

「親戚《しんせき》のおじいちゃんと朝ご飯を食べに来たんだけど、お腹が空いちゃって何か作ってくださる?」

ペダノワは変装用のメガネを外して甘えた声を出した。

「もちろんです。私はこの店のオーナーだが、料理は得意なんだ」

男は気取って答えた。

「すてき。楽しみだわ。それからお願いがあるの。インターネットで調べたいことがあるんだけど、パソコンを使わせてもらえないかしら？　お礼はもちろんするわ」

「おっ、お礼ですか？」

男は目尻《めじり》を下げて聞き返してきた。

「何がいいかしら？」

ペダノワはわざと首を傾げてみせた。

「どうぞ。私が料理を作っている間、パソコンは自由に使ってください。お金はいりません。その代わりお礼は後でたんまりと貰いますから」

いやらしい目付きになった男は、いそいそと部屋を出て行った。

ペダノワは急いでハンドバッグから小型のＵＳＢメモリーを出し、パソコンに差し込んだ。友恵が作製したルスランらの軍人としての身分証をプリントアウトするのだ。専用の用紙ももちろん用意している。

プリントアウトを待つ間、ペダノワはニュースを見ようとロシアの検索エンジンを開けてみた。

トップページの素《そ》っ気《け》ない文字列の上部に、アラート表示がされている。クリックすると政府のサイトにジャンプした。

「えっ！」

小さな悲鳴を上げたペダノワは、慌てて他の検索エンジンも調べてみた。浩志とワットとペダノワの三人が、顔写真付きで国際テロリストとして指名手配されていたのだ。他のロシアの検索エンジンも同様に指名手配のページへのリンクがされている。

写真はグアムで盗撮された新しいものだ。とはいえ、ワットとペダノワに関しては現在の変装した姿とは大きく異なる。浩志も髭さえ剃《そ》れば問題ないはずだ。ショックなのは、ロシア全土ばかりか、インターネットを見られる環境なら世界中どこからでも閲覧《えつらん》できることだ。

作業を終えたペダノワは大佐の隣の席に座り、指名手配のプリントアウトをさりげなく見せた。

「ペダノワは美人に写っているじゃないか。これはいい。ファンレターが来そうだな。別人にしか見えないのが残念だ」

大佐は笑ってみせた。

「冗談じゃないわ。私は国際テロリストにされてしまったのよ」

「ロシアに都合の悪い人間を犯罪者だと思うのは、世界では少数派だ。心配するな」

大佐はおもむろに携帯で浩志を呼び出し、理由を説明してすぐに髭を剃るように指示をした。

「こんな子供騙しの手を使うのは、〝ヴォールク〟が、おまえたち三人を完全に見失って焦っている証拠だ。指名手配で驚きはしないが、少しガス抜きをしないと、モスクワの警備が厳しくなるばかりだな」

大佐は腕組みをして天井を見上げた。

四

午前二時、モスクワから七百二十キロ南に位置するヴォロネジ州〝ボグチャル〟の三階建てのホテルに、浩志らは宿泊していた。

途中で給油をした〝チホレック〟からは四百九十キロ北に位置し、〝ウラジカフカス〟からは途中で休憩を入れたものの、千キロの道のりを十六時間かけて移動した。当初モスクワまで三日かける予定だったが、指名手配されたこともあり、一日早める強行軍にしたのだ。途中で雪にも見舞われたが、三台とも四駆のためスピードは落とさずに走った。

地方都市〝ボグチャル〟は、ヴォロネジ州の北部にある州都ヴォロネジ市から二百二十キロ南にある。田園地帯に囲まれたこぢんまりとした街ながら、家電や金属加工業などの工場が建ち並び、武器の整備と保管が主たる業務のモスクワ軍管轄区の第２６２保管基地もあった。そのためモスクワに向かう高速道路M４号沿いの小さなホテルに軍服を着た浩志らが宿泊することは不思議ではなかった。

ホテルの三階にある特別室をルスランと三人の仲間が借りていた。特別室はこのホテルで一番広く二つの寝室とリビングルームを備えた政府の要人や軍の幹部専用の部屋であるが、フロントに賄賂を払って借りていた。二十八平米のリビングの正面奥にある主寝室の丸テーブルを囲み、ルスランらはポーカーに興じていた。

リビングの右手は洗面所とバスとトイレがあり、左手はサブベッドルームがある。捕虜となったスヴャトポルク少佐は、この部屋のベッドに縛り付けられていた。

チェックインして六時間経つ。スヴャトポルクは、手首のロープをベッドの角に擦り合わせて切断するのに夢中だった。

「やったぞ」

数時間かけてやっと手首が自由になったスヴャトポルクは、足首のロープを外してベッドからゆっくりと下りた。ドアを開けてリビングを覗いたが、照明は点いておらず、主寝室からルスランらの笑い声が聞こえるだけである。

スヴャトポルクは非常階段を使ってホテルの裏口から外に出た。裏口はうっすらと雪が積もった駐車場に繋がっていた。彼は一台一台車のドアを調べ、鍵が掛けてなかったハッチバック式の白い〝ラーダ２１０９〟に乗り込んだ。

ロシアのアフトヴァーズ社の〝ラーダシリーズ〟は、ドイツのNSUや日本のマツダにライセンス料を支払わず、二〇〇二年型の〝ラーダ2109〟までロータリーエンジンを搭載《とうさい》していた。その後前触れもなく通常エンジンに変えたのは、やはり後ろめたかったのだろう。

しばらくするとスヴャトポルクはハンドル下の配線をショートさせてエンジンをかけ、車を高速道路M4号に出して北に向かった。

ホテルの反対側からライトを消したパジェロが、静かにその後を追った。

「まったく、たかが手首のロープを切るのに六時間もかけやがって」

パジェロの助手席に座っているワットが文句を言った。

「判断力を鈍《にぶ》らせるために昼飯と晩飯を与えてない。体力不足だったのだろう」

ハンドルを握る浩志は、車間距離を空けてライトを点灯させた。M4号はモスクワに通じる高速道路だが、全線に街灯が設置されているわけではない。ライトを点けなければ、この辺りは真の闇に包まれてしまう。

「それにしても、大佐の読み通りだったな。俺はスヴャトポルクがフロントに助けを求めるんじゃないかとひやひやしていたが」

ワットは唸るように言った。

「〝ウラジカフカス〟の倉庫が爆破され、武器の横流しが露呈《ろてい》した。やつ自身犯罪者として軍や警察から追われている可能性がある。今は事実関係を確認するまでは他人を頼ることはしないはずだ。だからこそ、大佐はスヴャトポルクが車を盗んで信頼できる人間の下に直接行くと睨んでいるんだ」

浩志は大佐の立てた計画をよく理解し、助言もしていた。

スヴャトポルクが乗っている車は、盗難防止装置がつけられていない古い型の車を選び、ドアロックは浩志が解除しておいたのだ。浩志とワットは駐車場と反対側のM４号沿いにパジェロを停め、スヴャトポルクが動き出すのを待っていた。

スヴャトポルクには全員がホテルに宿泊したと思わせ、浩志らは抜け出していた。ルスランらも今頃チェックアウトし、〝ＵＡＺ３１５１２〟に乗り込んでいるはずだ。

「来たな」

浩志はバックミラーに映ったライトを見てにやりとした。大佐とペダノワが乗り込んでいるもう一台の〝ＵＡＺ３１５１２〟である。ホテル近くの空き地に停めて待機していたのだ。

ヴォロネジ州は七十パーセントを開墾《かいこん》され、森林は河川に沿って僅かに残っているに過ぎない。そのため州の南北を通る高速道路M４号の周囲は見渡す限り大小の麦畑が広がっている。

「嫌な道だな。遮る物がない」

浩志は車のスピードを落とし、スヴァトポルクとの車間距離をさらに三百メートルまで広げた。〝ラーダ２１０９〟に位置発信器は取り付けてないが、友恵に連絡をして米軍の軍事衛星で追尾させているために見失う心配はなかった。

「うん？」

百キロほど走ったところで、浩志は正面の北の方角に移動する星を発見した。小さな光はやがて爆音を伴い、ずんぐりとしたヘリコプターと認識できるシルエットになった。

「〝Ｍｉ１７〟か」

フロントガラスに顔を近づけ、機影を確かめた助手席のワットが呟いた。

ロシアの中型多目的ヘリである〝Ｍｉ１７（ミル１７）〟が上空を通過して行った。夜間飛行のため航空灯を点灯させていた。もし、作戦行動や訓練をしているのなら、航空灯も消すだろう。

四十分ほどすると、高速道路の両脇の景色が麦畑から森林に変わった。とはいえ道路から森までは十五メートルから二十メートルほどの距離があるために圧迫感はない。しかも街灯があった。地方の高速道路には街や橋、あるいはジャンクションなど道路のキーポイントに街灯が設置されている。

緩い坂になり橋を渡った。川ではなく橋の下には鉄道が通っていた。五百メートル先に一般道の導入路となるジャンクションがある。三百メートル先の〝ラーダ２１０９〟がジヤンクションの手前の森林が開けた場所にさしかかった。

突然、〝ラーダ２１０９〟が爆発音とともに火を噴いて空中を舞った。

「なっ！」

浩志は、ブレーキを踏んで森林の切れる手前で車を停めた。

五

ヴォロネジ市の八十キロ手前の高速で、スヴャトポルクが運転する〝ラーダ２１０９〟のエンジンルームが突然爆発した。車は火花を散らしながら路面を転がり、中央分離帯の街灯に激突した。

百五十メートル手前に車を停めた浩志は、ＡＫ７４を手にワットとともにガードレールを乗り越え、十五メートル先の森林に飛び込んだ。森の中は光を拒絶する深い闇に支配されていた。

荒れ地にひっそりと佇む迷彩柄の〝Ｍｉ１７〟が、木々の隙間から見える。

四十分前に上空を通り過ぎて行った〝Ｍｉ１７〟が旋回《せんかい》して先回りし、スナイパーを降ろしたに違いない。走っている車のエンジンルームが直撃され爆発したということは、正確な着弾を期待できないＲＰＧ７ではなく、対物狙撃銃を使ったはずだ。

「味方に銃撃されるとは、スヴャトポルクも哀《あわ》れなやつだな」

エンジンルームに火が燃え移り、炎に包まれた車を見てワットは首を振った。

敵は浩志の体内から取り出した極小位置発信器の電波を捉えて位置を割り出し、狙撃してきたのだ。実は、手術で取り出してからアルミホイルに包んで保管していた発信器を、スヴャトポルクの服に忍ばせておいていた。

スヴャトポルクがモスクワにいると思われる武器横領の主犯に会いに行くことは分かっていた。だがそれを突き止めるというのは二次的な要素で、彼を囮にして〝ヴォールク〟を誘き出すのが一番の目的だった。前方を走るスヴャトポルクの運転する車と車間距離を空けたのは、尾行に気付かれないためではなく巻き添えを食らわないようにするためであった。

〝Ｍｉ１７〟は全長十八・四二メートル、メインローターは直径二十一・三メートルもあり、小回りが利くようなヘリではない。そのため高速道路から二百メートル近く離れた広い野原に着陸していた。うっすらと雪が積もっているため、ヘリが闇夜に浮かび上がっている。

浩志らは森を抜け、低い姿勢で枯れ草と雪を踏み越えて〝Ｍｉ１７〟に近付いた。

「見ろ、あいつだ」

浩志は二人の兵士を従えた大男が対物大口径狙撃銃である〝ＯＳＶ９６〟を軽々と担い

で、ヘリに向かって歩いて来る姿を発見した。グルジアのアユブの家を襲撃してきた男である。狙い通り処刑人が現れたのだ。男は北の方角からやって来る。高速道路がよく見えるジャンクションの高い位置から狙撃したに違いない。

〝Ｍｉ１７〟のメインローターが回転しはじめた。パイロットが任務を終えた三人を確認したのだろう。

二人はＡＫ７４を構えた。

「くそっ！　ヘリが邪魔で狙えない」

浩志らは森の近くにあるひと際背が高い雑草に囲まれた場所に潜んでいた。処刑人はヘリを中心に浩志らと対角線上に近付いて来る。

浩志はワットの肩を叩き、ヘリの東側に回り込んだ。

大男の後ろを歩いていた兵士の一人が突然前に出て来て、ＡＫ７４を構えた。

「気付かれた。暗視ゴーグルをしているぞ」

浩志はすかさず銃を向けて来た兵士を撃った。

「やばい！」

ワットが浩志を突き飛ばして来た。

ドコンッ！

凄まじい銃声がした。

〝ＯＳＶ９６〟を持った男が膝撃ちで反撃してきたのだ。十二・七×百八ミリ弾を喰らえば一発で人間は肉片にされてしまう。

ダッ、ダッ、ダッ！

ヘリの西側から銃声がした。

ペダノワと大佐が攻撃に加わって来たのだ。

浩志は体勢を立て直して、兵士を銃撃した。

〝ＯＳＶ９６〟を持った男が、脇に銃を抱えて走り出した。あまりのスピードに銃撃が付いて行けない。

「なんてやつだ」

浩志とワットは必死に追ったが、男は地上から浮かびはじめたヘリに飛び乗った。〝Ｍｉ１７〟はＡＫ７４の五・四五ミリ弾をことごとく跳ね返した。

「ワット、弾丸を替えるんだ」

浩志はポケットに入れておいた別のマガジンを装塡した。

「ちくしょう！」

ワットが怒鳴りながらマガジンを替えた。

〝Ｍｉ１７〟が十五メートルほど飛び上がっていた。

浩志はＡＫ７４を再び構え、〝Ｍｉ１７〟を撃った。弾丸は次々とヘリの機体を突き破った。新たに装塡したマガジンには徹甲弾が入れられていた。貴重な弾丸のため、取っておいたのだ。

浩志らがパンキシ渓谷で三日も滞在したのは、徹甲弾を手に入れるためだった。

「すげえ！」

ワットも銃撃をはじめて声を上げた。だが、口径が小さいため、いくら装甲を突き破っても人間かヘリの機械類にダメージを与えなければ意味がない。

〝Ｍｉ１７〟はすでに四十メートル以上浮上している。

「操縦席を狙え！」

「任せろ！」

ヘリの前部に弾丸を集中させた。だが、〝Ｍｉ１７〟はどんどん高度を上げて行き、二人はマガジンの三十発の弾丸をすべて撃ち尽くした。

「だめか……」

浩志が銃を下ろすと、ワットも銃を下げて大きな溜息をついた。

「うん？」

浩志は夜空に溶け込もうとしていた〝Ｍｉ１７〟を見て首を捻った。少しぶれた気がしたからだ。

「気のせいじゃないぞ」

ワットも気が付いたようだ。

〝Ｍｉ１７〟は螺旋《らせん》状に下降しはじめた。パイロットを負傷させたのか、あるいは操縦系統に弾丸が命中したに違いない。いずれにせよ、コントロール不能に陥っていることは確かだ。

見る見るうちに高度を下げた〝Ｍｉ１７〟は百メートル南の森林に墜落した。

「やったぜ」

浩志とワットは、互いの拳を合わせた。

六

ＡＫ７４の五・四五ミリ弾の芯は、貫通力が高いスチールコア（鉄芯）である。だが、それだけでは体を突き抜けるだけで殺傷能力は低い。そこでマンストッピング（行動不能率）を高めるためにスチールコアの上に鉛と空洞を設けて体内を貫通する際に横倒しになるように工夫され、殺傷能力を高めている。

もともと装甲車などの鉄板を貫通するほどの威力はない。そのため、対物には〝ＯＳＶ９６〟のように口径が広く、徹甲弾を使う専用の射撃銃が必要になる。近年ＡＫ４７、あるいはＡＫ７４に鉛と空洞がない芯がすべて焼き入れの硬い鉄にした手製の安価な徹甲弾が流通をはじめた。まだあまり知られていないが、この徹甲弾をゲリラやテロリストが使い出したら、戦争のあり方もまた変わる可能性がある。

浩志とワットはシャルハン・サドゥラーエフを介して手に入れた特殊な徹甲弾を使い、ロシアの軍用ヘリ〝Mi17〟を撃墜することに成功した。

ヘリは浩志らがいた荒れ地から百メートル南にある森林に墜落した。すぐさま浩志はワットとペダノワと大佐の四人で敵の生存を確認するために森に足を踏み入れた。

――こちらルスランです。近くに来ました。どうしたらいいですか？

遅れて到着したルスランから無線連絡が入った。彼らは無線を使い慣れないため、コードネームも使っていない。

「こちらリベンジャーだ。そちらから見て右手方向にある森に敵のヘリが墜落した。現在、残存兵の確認をするために向かっている。同士討ちを避けるために車で待機せよ」

――了解しました。

墜落した機体を確認する作業のため人手はいらない。それに森の中は真の闇に埋もれている。違う方向から味方同士が遭遇することは事故に繋がるために避けねばならない。

浩志はＡＫ７４を油断なく構え、ハンドライトの光がなるべく漏れないように足下だけ照らして先頭を歩いた。

「あったぞ」

すぐ後ろを歩いていたワットが二十メートル先にライトを当てた。

〝Mi17〟が横倒しになり、車輪のある下部をこちらに向けていた。墜落した際にメインローターが周囲の木々をなぎ倒したらしく、幹の途中ですっぱりと切られている。機体の損傷は激しく、生存者はいないだろう。

ヘリが身震いするように機体が揺れた。

「何！」

中央にあるハッチが跳《は》ねるように開いた。同時に中から黒い塊が飛び出し、浩志らの数メートル先の藪の中に消えた。

「手榴弾だ。伏せろ！」

浩志は皆を下がらせて地面に伏せた。途端に前方の藪が土煙を上げて爆発した。

ヘリから男が這い上がってきた。浩志はすかさず銃弾を浴びせ、男はヘリの向こう側に落ちた。

「やったか？」

後方にいた大佐が尋ねてきた。

胸に数発当てて手応えは感じたが、一瞬のことなので分からない。それに暗闇で血飛沫《ちしぶき》が飛んだかまで見えるはずもなかった。

「分からない。だが、油断は禁物だ」

男は防弾スーツを着ていたはずだ。徹甲弾は撃ち尽くしていたので今は通常弾を入れたマガジンを装塡している。だが、いくら弾丸が貫通しなくても集中的に当てられれば肋骨《ろっこつ》は折れるはずだ。

浩志はワットと右回りに、大佐とペダノワを左回りにヘリを迂回した。身軽に動けるように浩志とペダノワはAK７４を肩に掛けた。グロック１９を右手に、小型のハンドライトと銃のグリップを左手に握って暗闇を照らしながら進んだ。ワットと大佐はAK７４を構えながら浩志らを援護する形で歩いた。

左右から回り込んだ浩志とペダノワが、ヘリのメインローターヘッドと呼ばれるローターの中心部で鉢合わせになった。

「いないわ！」

ペダノワは周辺をハンドライトで照らしたが、男の姿はなかった。

「近くにいるはずだ」

浩志はハンドライトで近くの藪を照らした。

背中に殺気を感じた。

振り返った。藪から飛び出して来た男がワットの背後を襲った。

「馬鹿な！」

ワットは体を軽々と持ち上げられた。AK７４を発砲したが逆らうこともできない。しかも数メートル投げ飛ばされて、銃を奪われた。

「驚きだ。藤堂、生きていたとはな。一杯喰わせられたようだな」

片手でＡＫ７４を構えた男は銃口を浩志に向けた。身長は一八五、六センチ、タフな男のようだが、頭と口から血を流している。

「おまえも忌まわしきコードネームの処刑人か？」

浩志はグロックを構えたまま尋ねた。

「私は〝シャイターン〟、誇り高き処刑人だ」

男は右の拳で胸を叩いて答えた。

〝シャイターン〟とはイスラム教では悪魔を意味し、サターンと語源は同じである。

「おまえを殺せば、残りはあと一人ということか」

浩志は不敵に笑った。

「笑わせるな。死ぬのはおまえたちだ」

〝シャイターン〟はＡＫ７４のトリガーを引いた。

銃は発砲しない。ペダノワや大佐の失笑が聞こえる。

「何！　いつの間に」

ＡＫ７４のマガジンは抜かれていた。

「探しているのはこれか。こんなことに気が付かないようじゃ、そうとう焼きが回ったな」

　数メートル先の藪まで投げられたワットが後頭部をさすりながら、マガジンを右手で掲げてみせた。〟シャイターン〟に襲われた直後にマガジンを抜き取り、もがく振りをしながら銃を撃ち銃身に残る弾丸も放出していた。男の迂闊さを笑うより、ワットの機転を褒めるべきだろう。

「くそっ！」

〟シャイターン〟はＡＫ７４を投げ捨てて、浩志に襲い掛かって来た。

浩志は〟シャイターン〟の頭部をグロックで銃撃した。だが、男は両腕で頭を弾丸から守り、浩志の銃を払いのけた。同士討ちを避けるために他の者は銃撃できない。

「むっ！」

〟シャイターン〟の右手が浩志の首を絞めていた。しかも強靭《きょうじん》な力で体ごと持ち上げようとしている。

　骨がみしみしと悲鳴を上げる。浩志は逆らわずに体を宙に躍らせた。

「うっ！」

〟シャイターン〟は短い呻き声を上げて跪《ひざまず》いた。喉にはサバイバルナイフが深々と突き刺さっている。浩志は銃が払われると、すぐにサバイバルナイフを抜いて〟シャイターン〟の喉元に当てていた。そうとも知らずに浩志を勢いよく持ち上げ、自ら喉を貫いたのだ。

浩志が額に浮いた汗を拭うと、〝シャイターン〟はゆっくりと前のめりに倒れた。

「これで、アユブと彼の家族の仇は取れた。よくやった」

大佐が浩志の肩を叩き、神妙な表情で頷いた。

接触

一

〝パワードスーツ〟という言葉が近年よく聞かれるようになった。モーターや人工筋肉を用いて、人間の何倍もの力を発揮するという外骨格型の装置のことだ。フィクションの世界ではなくてはならない装備であり、ＳＦ映画ではおなじみと言える。

だが、現実の世界も実用段階に入っており、ロボット工学が発達している日本では医療福祉機器として製品化されている。

もっとも先進国の間では〝パワードスーツ〟はＳＦ映画と同じく戦闘用として開発が進められている。お隣の韓国では軍事産業にも力を入れる〝サムスン〟が二〇一一年十月にフルフェイスヘルメットを着用した、まるでアニメのヒーローのようなボディーアーマー型〝パワードスーツ〟を発表し、話題となった。

米軍では、韓国のような外観がロボットのような対戦ボディーアーマー型から、重い荷物を持ち長時間の行軍に耐えうる支援型まで民間数社が研究を続けている。なお二〇〇八年に米軍は支援型を採用しており、すでに実戦配備されていると見ていいだろう。

第二の処刑人である〝シャイターン〟を調べたところ、全身型防弾〝パワードスーツ〟を着用していた。また墜落した〝Ｍｉ17〟を調べたところ、〝パワードスーツ〟に装着するフルフェイスのヘルメットもあったが、墜落の衝撃で歪んでいた。もし、〝シャイターン〟がヘルメットも装着できたら、浩志らは逆に殺されていたかもしれない。

午前十時四十分、浩志らはモスクワから南南西三百六十キロに位置する〝オリョール〟という街の郊外で朝食と昼食を兼ねてレーションを食べていた。

〝シャイターン〟が襲撃して来たヴォロニジ市郊外から四百六十キロを六時間かけて移動している。それまで走っていた高速道路Ｍ29号を北進してモスクワに行けば敵に察知される可能性もあるため、ヴォロニジ市から一般道で西に移動し、〝クルスク〟という工業都市近郊を経由して欧州自動車道Ｅ95号線を北上していた。

二台の軍用四駆である〝ＵＡＺ３１５１２〟とパジェロが同じ場所に駐車することをこれまで避けてきたが、森に囲まれた廃屋の荒れ地に三台とも停めることができた。何年も使われていないらしく、木々で周囲から完全に遮断されているため、休憩するには都合がよかった。

電気はもちろん通じていないが、窓の外の鎧戸《よろいど》を開ければ充分な採光ができた。寒ささえ我慢すれば窮屈《きゅうくつ》な車内で食べるより快適である。

レーションは主食缶詰、クラッカー、ジャム、粉ミルク、粉コーヒー、砂糖、複合ビタミン剤などの食料の他に、缶切りやストーブセットと呼ばれるレーションを温める道具や防水マッチなど、一食で兵士の栄養バランスが考えられている。倉庫から盗み出す際に、車に積むだけでなく、装備として各自タクティカルバックパックにも入れていた。

「なかなかいけるな、これは」

ワットは朝食用レーションを口にして舌鼓を打っている。メインは塩茹《しおゆ》での牛肉でまずくはないが、味は単調だ。ルスランら四人のチェチェン人にも受けがいいようだ。

浩志とペダノワは淡々と食べているが、大佐は「朝から肉か、ロシア人らしい」と皮肉を言って渋い表情をしている。軍人経験が一番長く、誰よりもレーションを食べて来ただけに飽きてしまっているのかもしれない。もっとも年寄りには脂っこい上に量が多過ぎる。一食あたり三〇〇〇カロリー以上あるだけに無理もない。

「みんな食事が終わったらしいな。仕事の話でもするか」

半分以上残した大佐が、妙なゲップをしながら言った。胸焼けをしているのだろう。

「とりあえず、ワットから報告してくれ」

「俺としては正直言ってどちらでもよかったのだが、二時間後にエージェントと〝オリョール〃のホテルで落ち合うことになったことは、すでにみんなに話した通りだ」

ワットは気乗りしない表情で話しはじめた。

今回の作戦で米軍から多大な協力を得ていた。グアムからドイツ、ドイツからトルコまでの移動、それに各種装備もそうだが、作戦を終わらせた後、最寄りの米軍基地からの帰還も約束されている。ただし条件としてロシアの軍事情報を手に入れた場合は、報告することになっていた。そこで〃シャイターン〃の〃パワードスーツ〃のことをワットは、衛星携帯を使って米軍に報告したところ、可能なら回収して欲しいと要請されてしまった。

帰りの足も考えるのなら米軍の要求を無下《むげ》に断ることもできなかった。〃シャイターン〃から〃パワードスーツ〃を脱着し、〃Mi17〃内部にあった専用コンテナに格納して持って来たのだ。専用というだけあって、幅八十センチ高さ奥行きとも六十センチというコンパクトなものだ。重量は四十キロ以上あったが、車に載せる分には問題なかった。

軍ではモスクワの駐在武官を動かすことができないため、CIAのエージェントと接触するように指示された。CIA嫌いというワットの口調が重いのも当然である。

「エージェントには俺一人で会いに行く。ホテルの駐車場で会って渡すだけだ。人数はいらない。それにもしもの場合を考えれば、被害は最小限に留めたい」

「反対だわ。〃ヴォールク〃のトップの暗殺という私たちの作戦そのものが、米国や日本をはじめとした先進諸国の利益に繋がっているはず。これ以上サービスする必要は何もない。〝パワードスーツ〟なんて、その辺に捨ててしまえばいいのよ」

ペダノワが目くじらを立てて反論した。

「浩志はどう思う？」

彼女の剣幕《けんまく》にうんざりした様子のワットが、話を振ってきた。

浩志は腕組みして考えていた。ペダノワの言うことも一理ある。だが、〝パワードスーツ〟を渡せば、米軍に大きな貸しになることは事実だった。今の借りを作った状態のままでは、今後何を要求されるか分からない。それは浩志だけでなく、ワットや大佐の共通の認識でもある。

「モスクワを目の前にして余計なことはしたくない。今の俺たちは情報不足だ。指名手配されていることも、知らなかった。俺もＣＩＡとできれば関わりたくないが、彼らから最新の情報を得て、作戦を見直す必要があると思う。それから、ワットは俺がサポートする」

浩志は指名手配になっていることをすぐに友恵に連絡した。すぐさま彼女はロシア政府のサーバーをウイルスで攻撃し、サイトから浩志らの写真データを消去している。だが、ロシアの首都であるモスクワにこのまま行くのは無謀だと思っていた。

ワットと会うＣＩＡのエージェントはモスクワ駐在らしい。彼から様々な情報を得て今後の作戦に役立てたいというのも嘘ではない。日本の傭兵代理店に連絡を取って、モスクワの情報を得ていたが、多方面からの情報を得たかったのだ。

「しかし、もし、ワットに何かあったらどうするの！」

ペダノワは声を上げた。

「うれしいね。俺のことを本気で心配してくれるのかい。ベイビー」

ワットはにやけた表情で言った。

「馬鹿！　勝手に行って死んでくれれば」

ペダノワはテーブルを両手で叩いて部屋を出て行った。

「本気で怒っていたぞ。わけが分からん」

ワットが肩を竦めてみせた。

「おまえは人を怒らせるのが得意だからな」

浩志は笑って言った。

二

〝オリョール〟は市の中心をオカ川とオルリク川が流れ、古くからロシアの大穀倉《だいこくそう》地帯の中心都市として機能してきた。文豪ツルゲーネフの生まれ故郷であり、緑に溢れヨーロッパ風の建物が並んでいるが、古い建物が少ないせいか面白みに欠ける街だ。

ＣＩＡのエージェントはブレーク・エルバートという四十一歳のベテランらしい。待ち合わせには、〝オリョール〟の南西の外れにある〝グリンホテル〟が指定された。

浩志はワットが運転するパジェロの助手席に座り、バックミラーやサイドミラーを見ながら周囲に気を配っていた。二人とも軍服から私服に着替え、ロシア人の身分証を持っている。

大佐とルスランらはペダノワの護衛も兼ねて、市の北東にある廃屋に残してきた。浩志らが戻るまでは〝ＵＡＺ３１５１２〟に乗り、いつでも脱出できるように待機している。

オカ川と並行して市を南北に抜ける道は、鉄橋を潜ってクロムスコエ通りになった。

「なんだ？」

ワットが二百メートル先のホテルと思われるビルを指差したが、その向こうに郊外型ショッピングセンターがあるらしく大きな看板が立っている。街はずれと聞いていただけに静かな場所をイメージしていたが、あてが外れた。

「人が集まる所なら逆に怪しまれないということなんだろう」

市内の閑散とした場所はかえって人目につきやすいことは確かだ。しかも昨夜降った雪で一面雪景色になっている。いやが上でも目立った。

午後一時十分、約束よりも二十分早く到着した。ワットはホテル前の駐車場を通り過ぎてショッピングセンターの周りを用心深く一周した。ホテルの裏側に警察や軍隊が隠れていたら、洒落《しゃれ》にもならないからだ。

浩志はサングラスをかけショッピングセンターの裏側で下りて、徒歩でホテルに向かった。車から見ただけでは分からないため、周囲を歩いて確かめるつもりだ。

——こちらピッカリ、応答せよ。

ワットから無線連絡が入った。

浩志は無線機をジャケットのポケットに忍ばせ、音声はイヤホンで受けてマイクは襟に留めてある。

「リベンジャーだ」

——ホテルの駐車場に着いた。特に怪しい人物や車両はないようだな。ホテルのラウンジでコーヒーでも飲みながら待っていてくれ。物を渡したら、俺もそっちに行く。

ワットはエルバートとホテルの駐車場で落ち合う。〝パワードスーツ〟のコンテナを渡し、モスクワの情報をその場で貰うか、再度会って聞き出すかを決めることになっている。

「了解」

悠長にコーヒーを飲んで待っているつもりはない。ホテルの駐車場が見える場所から監視するつもりだ。むろんワットが冗談で言ったことは分かっている。

浩志はショッピングセンターを抜け、〝グリンホテル〟の裏口から中に入った。

「ほお」

内部は広々としており、廊下は二階までの吹き抜けになっている。ラウンジは廊下に沿って窓際にテーブル席がずらりと並び、大理石の床や天井の大きなシャンデリアが優雅な空間を演出している。外観がオーソドックスなデザインだっただけに、そのギャップに驚かされた。

「シッ」

廊下をホテルの玄関に向かっていると、すぐ近くで小さく息を漏らす音が聞こえた。欧米人が気を引くときに使う音だ。さりげなく左の方を見ると、白人の男がすれ違い様に何かを手渡してきた。浩志は何事もなかったようにその場を去り、近くのトイレに入って渡された物を確認した。三センチほどのマイク付きのブルートゥースヘッドホンだ。さっそくスイッチを入れて耳にかけた。

——ミスター・藤堂ですね。

低い男の声で、英語を使っている。

「何者だ?」

ブルートゥースということを考えれば、相手は十メートルと離れていないはずだ。浩志は、とりあえずトイレを出た。

——ブレーク・エルバートです。とりあえず、ラウンジでコーヒーを飲みませんか。適当に座っていただければ、私は少し離れた席に着きます。

浩志はフロントに近い窓側の席に座り、ボーイにコーヒーを頼んで携帯を出した。

さきほどヘッドホンを渡して来た男が三つ離れたテーブル席に座り、コーヒーを注文すると顔を隠すように新聞を広げた。

——ロシアであなたのような有名人に会えるとは、思っていませんでした。

「どうでもいい、そんなことは。こんなところで油を売っていて、いいのか？」

携帯で話す振りをして会話した。

——実は、今日の接触は取りやめにしたいと思っているんです。

「理由は？」

——本部から、接触するように指示を受けてモスクワを出たのですが、いきなり尾行されてしまいました。おそらくロシアの情報員だと思われます。もちろんまいてきましたが、こんなことはモスクワに赴任《ふにん》して七年になりますが、はじめてです。そもそもロシア全体が一週間ほど前から緊迫した状態になっています。国境なんて戦時態勢なみに軍と警備隊が出動していると、他のエージェントから報告がありました。

苦労したがグルジア経由で入国したのは正解だったようだ。

「俺たちの行動が問題になっているのか？」

——そうとしか考えられません。どうやって手に入れたかまでは知りませんが、あなた方が持っている物はロシアでも最高機密に属します。見つかったら、その場で殺されてしまいますよ。〃Mi17〃を墜落させて、手に入れたことをエルバートが知ったらさぞかし仰天することだろう。

「危ない橋を渡りたくないということか」

――当然でしょう。東西の冷戦も終わって久しい。我々が活発に動く時代でもないんですよ。

「分かった。物はどこかに埋めておこう。俺たちもこんなことで命をかけるほど米国に義理はないからな。それよりもモスクワの情報が欲しい」

廃屋の近くにでも埋めて、後で場所を彼らに教えれば充分だろう。

――あなた方は米軍の協力を得ているようですが、我々としてはこんな状況の中で協力するわけにはいかないのです。

「それなら、どうしてわざわざ出てきた?」

――それは、あなた方に敬意を表してのことです。

「断るのなら、俺じゃなくてワットに言うのが筋だろう」

――彼に会ったのに断ったなんて間抜けな報告はできませんよ。すみませんが、これで私は失礼します。

視界の隅に、エルバートが席を立ったのが見える。浩志は時計を見た。午後一時二十九分。断ってきたものの、時間に遅れないようにエルバートは行動していたようだ。

浩志は携帯を仕舞うと、ラウンジを出た。

三

CIAのエージェントであるブレーク・エルバートは、待ち合わせの〝グリンホテル〟まで来たものの、接触を断ってきた。何者かに尾行されたために怖《お》じ気づいたようだ。待ち合わせの場所まで現れて浩志に声を掛けてきたのは、職務を果たそうと努力したという証拠を残すためだろう。

浩志は急いでホテルの裏口から出て、ショッピングセンターの駐車場に置いてある大きなバンの陰に隠れた。駐車場には二百台前後の車が停めてある。

一分後、ホテルの建物の脇にある小道から出てきたエルバートが、ショッピングセンターの駐車場に現れた。

「友恵、出てきたぞ」

浩志は移動しながら、友恵に連絡し、軍事衛星の追尾が出来るように準備させていた。ワットとの接触を避けたエルバートは、ホテルではなくショッピングセンターの駐車場に車を停めたはずだと浩志は予測し、先回りをしてきたのだ。

エルバートはさりげなく周囲を見渡すと、ホテルに一番近い列に停められていた二〇一〇年型ステーションワゴンの〝ボルボＶ６０〟に乗り込んだ。

「思った通りだ。シルバーの〝ボルボＶ６０〟をロックオンしろ」

――了解しました。

これでエルバートの乗ったボルボの行方《ゆくえ》は分かる。

「うん？」

〝ボルボＶ６０〟が駐車場から走り去ると、少し離れた場所からアフトヴァーズ社の〝ラーダグランタ〟もクロムスコエ通りに出て行った。沢山の車が駐車されているが、〝ラーダグランタ〟の発進するタイミングと運転の仕方が、元刑事の勘に障《さわ》ったのだ。

「こちら、リベンジャー。ピッカリ、応答せよ」

浩志は駐車場からショッピングセンターに入り、ワットに連絡を取った。

――こちらピッカリ。まだやつは来ない。

「接触は失敗だ。ショッピングセンターの裏にある搬入口に二分後に来てくれ。おそらくマークされているはずだ。ここから脱出するぞ」

――そういうことか。了解。

ワットの声は落ち着いていた。

浩志はアーケードになっているショーウインドーを覗いてはゆっくりと歩いた。黒い革ジャンとグレーのダウンジャケットを着た二人の男がさりげない素振りで付いて来る。エルバートは尾行をまいたと言っていたが、しっかりとマークされていたようだ。

アーケードはショッピングセンターの中央を通っており、人通りも多い。

浩志はいきなり走り出し、人ごみの中を縫うように通り抜けた。後方にいた二人の男たちも慌てて付いて来る。

スタッフオンリーと書かれたドアからバックヤードに入った。段ボール箱が積み上げられている中で、黄色い作業服を着た男たちが忙しそうに働いている。浩志はフォークリフトに掛けてあった黄色のジャンパーを着て段ボール箱の山を縫うように歩いた。

作業服姿の太ったロシア人と鉢合《はちあ》わせになり、男は荷物を床にぶちまけた。

「俺に喧嘩を売るのか！」

男は真っ赤な顔をして怒鳴った。

「すみません」

浩志は笑顔を浮かべて先を急いだ。

「むっ！」

搬出口のすぐ手前の段ボール箱の陰から革ジャンの男が飛び出して来た。ロシア人に大声で喚《わめ》かれたために気付かれたようだ。

舌打ちをして振り返ると、ダウンジャケットを着た男が背後に現れた。二人とも一八〇センチ近くある。鋭い眼光を持ち、一般人とは明らかに違っていた。

「怪しいやつだ。一緒に来てもらおうか」

革ジャンの男は懐に手を入れた。

浩志は両手を挙げて抵抗しないと見せかけ、男が革ジャンから銃を取り出した瞬間、男の右腕を掴んで投げ飛ばし、背後にいた男の鳩尾に強烈な膝蹴りを喰らわせた。崩れる男のポケットから革製の身分証を抜き取り、投げ飛ばした男が起き上がろうとするところを踵落としで気絶させて搬入口に出た。

二台の大型トラックが後ろ向きに停められ、荷物を積み下ろしている作業員の脇から外に出た。タイミングよく滑り込んで来たパジェロの助手席のドアを開けて乗り込むと、ワットはすぐに発進させた。

「エルバートは尾行されていた」

浩志はダウンジャケットの男から抜き取った身分証を見ながら言った。

「金魚の糞《ふん》みたいに連れて来たのか。ＣＩＡのくせに間抜けな野郎だ」

ワットは舌打ちをした。

「尾行が何重にもされていたのだろう。ただし、俺が誰かは分かっていなかったようだ」

浩志は身分証をワットに見せた。

「GRUの第五局か。FSBじゃなかったんだ。とりあえず、〝ヴォールク〟は俺たちの位置は掴んではいないことは分かったな」

ワットはほっとした表情で溜息を漏らした。

GRUとはロシア連邦軍参謀本部情報部の略である。軍の情報部である第五局は国内の作戦やテロ対策を担当している。昨夜〝Mi17〟を浩志らが墜落させたために出動したのかもしれない。

「安心はできないがな」

浩志は厳しい表情で相槌を打った。

四

浩志とワットは大佐やペダノワが待つ廃屋には戻らず、夜が来るまであえて人が多い〝オリョール〟の街中で過ごした。人ごみに紛れることでかえって脱出が容易になる。しかも身の安全も確保することができるからだ。また時間をかけて尾行の有無を確認する必要もあった。

街の中心部にある博物館やカフェで時間を潰し、粘った末に夕食を食べた後、映画館に行った。一時はハリウッド映画や日本のアニメに押され、酷いものは一日だけ興行してすぐにＤＶＤ化するという低迷期が続いたロシア映画だが、ここ数年復調を見せている。にも拘らず観客は浩志とワット以外は若い男女が二人というありさまで、彼らは映画には興味がないらしく、後ろの席でいちゃついていた。

「こんなことならバーでも探すんだったな」

二十分ほどでワットが音を上げた。

映画は訳の分からないＳＦもので、観覧席は狭い上に硬い。若い男女は浩志らに気遣うそぶりもなく、女はあげくの果てに嬌声《きょうせい》まで上げはじめた。もはや拷問以外の何ものでもなかった。

時刻は午後八時二十分になっている。午後十時になったら街を出ようと思っていた。今からどこかホテルのバーに行って軽く飲んだ方がましだ。

二人は観覧席を離れた。客数が少ないせいか、あるいはラスト興行のためなのか廊下の照明はほとんど消してあった。しかも表の入口は閉まっている。

「ロシアを弁護するわけじゃないが、モスクワではこんなことはないぜ」

ワットは肩を竦め、苦笑いをしてみせた。

仕方なく二人は裏に回った。裏口の外は幅が二メートルほどの狭い通路になっており、表の広い遊歩道に通じている。建物の陰になっている通路は真っ暗で、表の街灯から僅かばかりの光を借りているに過ぎない。

「むっ！」

通路に置かれていたゴミ箱の裏から若い二人の男が、いきなり出てきた。年齢は二十歳前後、一人は一七〇センチほど、もう一人は一八五、六センチと高い。どちらも目がくぼんで怪しい光を放っている。

「なんか用か？」

浩志はドスの利いた声を出した。

数えきれないほど人の死を見届けた浩志の鋭い目付き、そして、すぐ後ろにはスキンヘッドに胸板が牛のようにぶ厚いワットが睨みつけている。

男たちは慌てて浩志らから視線を外すと、道を譲った。

「あいつら、薬中だ」

浩志は男たちに聞こえるようにワットに言った。

「暗いのによく分かったな」

ワットが感心して答えた。

浩志は紛争地で麻薬中毒者を幾度《いくど》となく見てきた。戦場から現実逃避をする兵士や恐怖におののく住民の間で、必ずと言っていいほど麻薬がはびこる。麻薬患者は程度にもよるが、顔つきや言動、あるいは手足に注射痕が残るため、一目で分かる場合が多い。

「匂いだ。背の高いやつは末期の麻薬患者だ。手か足が壊疽《えそ》を起こしているんだろう。微かに死臭にも似た独特の匂いが、やつの体からした」

浩志は舌打ちをして答えた。

「やつの匂いだったのか。俺も分かっていたが、ゴミ箱の匂いだと思っていた」

ワットも眉間に皺を寄せて言った。

ロシアでは若者の間に〝クロコダイル〟というヘロインに似た強依存性の合成麻薬が流行っている。薬局で売っている咳止めにガソリンやヨードなどを混ぜて造るのだ。化学の知識がなくても、製法が記されたサイトがロシアではインターネットで流れている。しかも極端に安くできるためにあっという間に広まった。だが、注射針の使い回しやガソリンに含まれる重金属などの不純物のせいで体はぼろぼろになり、免疫力《めんえきりょく》を失った中毒患者は一年で死ぬと言われている。

政府は製法が記されたサイトを閉鎖し、薬を処方箋《しょほうせん》制にするなどの処置をとったが、もともとロシアは麻薬患者が推計（二〇一二年現在）で二百五十万人を超える麻薬消費大国のため、抜け道はいくらでもある。そもそもこの国では政府機関が腐敗しているために、制度を作っても役に立たないことが多い。

ロシアは地下資源大国として経済が潤っているが、その繁栄が享受《きょうじゅ》されるのは一部の人間であって、地方の一般民衆はおしなべて貧しい。極端な格差社会で貧しさゆえに人々は酒や麻薬に溺《おぼ》れ、アルコールや麻薬中毒となった親の虐待を受けた子供はストリートチルドレンと化して、下水道で暮らしている。それがロシアの現実なのだ。

「あいつら、映画館から出て来る客を狙っているんだ」

浩志は立ち止まって振り返った。

「とすると、映画館でラブラブだったあいつらが襲われるということか」

ワットも腕組みをして男たちを見た。

「二人だと相手を刺激する。待っていてくれ」

浩志はワットを表の通りに行かせて、通路を戻った。

「ここで何をしている？」

「関係ないだろう。それともおまえら警官か？」

背の高い男が挑戦的な口調で答えた。もう一人の男は黙って浩志から目を背けている。

怯えているようだ。

「悪さをするな。それに麻薬は止めておけ、すぐに死ぬぞ」

「何だと。何で、俺たちが麻薬をやっていると分かった？」

背の高い男の目付きが一変し、浩志を睨みつけてきた。だが、その瞳は命が感じられないただの穴だった。男は麻薬が切れかかっており、危険な状態なのだ。

「おまえの体から、死臭がする。俺にはおまえに死神が取り憑いているのが見える。右肩が重いだろう。死神が手をかけているんだ」

浩志はわざと男の背後の空間に目をやった。

「止めてくれ！　俺は死にたくない。死にたくないんだ」

男は大声で喚き、右肩を払って踞《うずくま》ってしまった。中毒患者は暗示にかかり易いのだ。

「おまえ、この男を病院に連れて行ってやれ」

浩志は仲間を呆然と見つめている男に言った。自分の未来を見せられたことでショックを受けているのだろう。

「こいつはもうすぐ死ぬ。だが、おまえはまだ止められる。おまえも医者に診《み》てもらえ」

ポケットから千ルーブル紙幣《しへい》を三枚出し、もう一人の男に握らせた。

「…………」

男は驚きながらも金を受け取った。

モスクワの平均給与が月約三万九千ルーブル（二〇一一年現在）、三千ルーブルも渡せば病院の初診料は賄《まかな》えるだろう。

「生きていれば、必ず何かできるんだ」

男ははじめて浩志の目を見返し、頷いてみせた。

「分かったなら、行け」

「……ありがとう」

男は蚊《か》の鳴くような声で礼を言うと、背の高い男の腕を引っ張って表の通りに出た。

「さすが元刑事だな」

ワットは二人の男たちを目で追いながら言った。

「あの金で薬を買うか、立ち直るかは分からないがな」

浩志は溜息を漏らした。

五

雪が舞う中、二台の軍用四駆〝UAZ３１５１２〟が、モスクワに向かう深夜のM２幹線道路を疾走していた。先頭車のハンドルをワットが握り、助手席に浩志、後部座席にペダノワが座っている。三人とも軍服に身を包んでいた。

二台目の〝UAZ３１５１２〟には、ルスランら四人のチェチェン人が軍服姿で乗っている。さらに百メートル後方を大佐が運転するパジェロが走っていた。

尾行がないことを確認した浩志とワットは〝オリョール〟市内から大佐とペダノワらが待機する廃屋に午後十時過ぎに戻った。その足でモスクワから百キロ南、〝オリョール〟からは二百五十キロ北に位置する〝セルプホフ〟に向かっていたのだ。

〝セルプホフ〟には、ペダノワの協力者であるミハイル・シロコフの研究所と自宅があるらしい。

脊髄を損傷した美香の治療で米国に来ていた浩志を協力させようと、ペダノワは仲間とスタンフォード大学の幹細胞研究所に押し入って、美香の皮膚細胞や実験資材を盗みだしていた。その際、協力していたのが、科学者のシロコフである。彼は最新の医療技術を学ぶために米国に来ていたのだが、殺されたペダノワの部下でナタリア・マカロワの恋人でもあったのだ。

午前一時十一分、浩志らはM2幹線道路のインターチェンジを降りて〝セルプホフ〟に向かうボリソフスコエ通りに入った。

「この街はまだ検問はないようだな」

ワットが普段と変わらない鼻歌混じりに言った。

モスクワの中心から半径十八キロに〝ヴネシュニャヤ・スタラナ〟と呼ばれる環状高速道路がある。この道路を境に郊外の道路では検問が行われていると、日本の傭兵代理店から報告を受けていた。

こうした情報はモスクワの駐在武官や防衛省の情報本部に所属する情報員からもたらされるようだ。だが、ロシアは政府による情報管制がなされているだけにすべての情報が得られることはなく、まして秘密組織である〝ヴォールク〟の動きなど摑めない。

一キロほど進み、鉄道の上を通る高架橋のすぐ手前で左折し、建設中の工場の敷地内に車を停めた。

「ここから二百メートル先にシロコフの〝バイオ研究所〟がある。彼の自宅も研究所の隣にあるわ」

ペダノワは雪が降る南の暗闇を指差して言った。モスクワに潜入するにあたってシロコフの協力が得られると彼女は期待していた。

「俺とルスランで斥候《せっこう》に出よう」

浩志は車を下りてルスランを呼び、特殊部隊が使う難燃性のバラクラバ（目出し帽）を被った。直接ペダノワと関係していなくても、敵は彼女が立ち寄りそうな場所にあらかじめ人員を配備するか、監視カメラを設置する可能性は考えられた。また雪が降るような夜の斥候には保温の役に立つ。

浩志とルスランはＡＫ７４を携帯して雪道を走った。郊外の工場地帯らしく、道の脇にはプレハブの建物が並び、輸送コンテナが無造作に積み上げてある。百二十メートルほど進み、道が大きくカーブしたところで止まり、様子を窺った。〝バイオ研究所〟は白い二階建てで、シロコフの自宅はその南側にある青い色の屋根の平屋らしい。研究所の手前に大きなプレハブの倉庫があった。

浩志はルスランに合図を出し、フェンスを飛び越して倉庫の敷地内に潜入した。無人であることは辺りにまったく照明がないことで分かる。寒い上に視界が悪い。せめてもの救いは雪が小降りになったことぐらいか。

「むっ」

敷地を奥の方に進んで行くと鼻を突く異臭がした。倉庫と思っていたが、どうやら化学工場らしく、建物を回り込んだ所に小さなプラントがあった。プラントの二十メートル先に敷地の境界がある。

二人はフェンスを乗り越えて〝バイオ研究所〟の裏側に出た。風向きのせいか今度は焦《こ》げ臭い臭いがした。研究所の敷地は特にフェンスや壁はなく、周囲は植栽で囲まれている。緑の壁を抜けて、建物に近付いた。

「これは……」

シロコフの自宅と思われる建物は火災にあったらしく、壁が黒こげで異臭を放っていたのだ。裏口と思われる場所が燃え落ちているので中に入った。ハンドライトで照らすと、内部も激しく燃えたらしく何も残っていなかった。

次に研究所の建物を調べてみた。周囲に人気はなく、また監視カメラの類《たぐ》いもない。シロコフは個人の研究室を持つほどロシアでは有名な科学者らしく、製薬会社などから依頼を受けて研究をしていたようだ。

玄関の鍵が壊されていた。多人数で襲撃したに違いない。浩志は玄関を通り越して再び裏側に回り、窓をこじ開けて中に入った。予想通り、中は荒らされている。

「こちら、リベンジャー」

——ピッカリだ。どうした？

ワットは待ちかねていたらしくすぐに返事をした。

「襲撃されたようだ。無駄足だったようだな」

——こちら、ガラ。確かめたいことがあるので、そちらに行きます。

ペダノワから割り込むように無線が入った。

ガラは彼女が自分で付けたコードネームで、サルバドール・ダリの妻であるガラ・エリュアール・ダリから付けた。彼女はソビエト連邦のタタールスタン共和国生まれで、非常に情熱的な女性だったらしい。ペダノワの生まれ故郷だそうだ。

「了解。内部の安全確認をする」

浩志とルスランはハンドライトを点けて研究所の一階から、順番に部屋を調べて行き、一番奥の部屋のドアを開けた。

「………」

浩志は思わず、しかめっ面になった。

ルスランが中に飛び込んで浩志はサポートの態勢で中に入った。

三十平米ほどの広さの部屋にデスクが並び、パソコンや実験器具が壁際に並んでいる。床は書類がぶちまけられて、部屋の真中に白衣を着た男が銃に撃たれて死んでいた。この男がシロコフかもしれない。

ドアの隙間から生臭い血の匂いがしたので、おおよその状況は摑んでいた。死体を調べてみると、死後硬直が完全に解けていない。暖房が効いているのか室温は十五、六度ある。死後二日前後というところか。

「死体を触って、何か分かるんですか？」

ルスランが不思議そうに尋ねてきた。

「死後硬直を調べていたんだ」

浩志は立ち上がり、ハンドライトで死体の状況を再度確認した。

「死後硬直？」

「いつ死んだか、死体を調べればだいたい分かる。体温を調べればもっと詳しく分かるが、ここが襲われたのは二、三日前だ」

「本当ですか。驚いたな。だけどチェチェンには必要のない技術ですよ。殺されてから何日経っていようが、死人が生き返るわけじゃありませんから」

ルスランは首を振って言った。彼が言いたいのは殺されても、訴えるところがないという意味だろう。

「確かにな。二階も調べるか」

浩志が苦笑いをして部屋を出た。

六

シロコフの研究所の二階は、仮眠室と倉庫だったために確認に手間はかからなかった。

浩志とルスランが一階に降りて来ると、バラクラバを被ったワットとペダノワが壊された玄関から入って来た。ルスランの仲間は大佐の指示で外を見張っているようだ。浩志はルスランにいつでも車が出せるように指示を出して、仲間の下に行かせた。

「建物はすべてチェックした。襲撃犯は数名、荒らされてはいるが金品が目的じゃなかったのだろう。奥の部屋に男の死体がある」

浩志は淡々と説明した。

ペダノワは青ざめた顔で頷き、奥の部屋に入って行った。

「この男がシロコフか？」

浩志は表情もなく尋ねた。

「違う。名前は知らないが、シロコフの部下よ」

ペダノワは首を振って答えると、壁を叩きはじめた。

「隠し金庫でもあるのか？」

ワットが肩を竦めて尋ねた。

「シロコフから、パニックルームがあると聞いていたの。一緒に探して」

「そういうことか」

浩志とワットは、手分けをして探しはじめた。

「特に空洞らしきものはないな。別の部屋じゃないのか？」

ワットはグロックを金槌《かなづち》代わりにして壁を叩きながら尋ねた。

「一階の一番奥の研究室にあると聞いたの」

ペダノワは大きな溜息をついてみせた。

浩志は念のために死体をずらして、血が固まった床を調べてみた。

死体があった場所の床の音が微妙に違う。近くに直径十センチほどの円形の蓋がある。

「うん？」

真鍮《しんちゅう》製の薄い蓋を開けると、二口の埋め込み型コンセントがあった。

「これか」

コンセントを右に回転させると、鍵が外れるような音がして床に隙間ができた。床板を持ち上げると六十センチ四方の穴が開き、鉄製の階段が現れた。

「来るな！」

男の叫び声と同時に中から銃声がし、浩志の頭のすぐ上を弾丸が飛んで行った。

「シロコフ！　私よ。ペダノワ、助けに来たの。撃たないで」

ペダノワが慌てて、地下の穴に向かって呼びかけた。

「ペダノワ？　信じられない。本当か」

「今顔を見せるから、絶対撃たないで」

ペダノワがバラクラバを剝ぎ取って穴を覗き込むと、地下からライトで照らされた。

――こちら、アオショウビン。応答せよ。

大佐からの連絡だ。

アオショウビンはコバルトブルーの美しいカワセミ科の小鳥で、大佐のコードネームの一つだ。彼の自宅である水上ハウスから見えるジャングルによく遊びに来る。

「リベンジャーだ。どうした？」

――軍用トラックがやって来る。すぐに脱出しろ。

「了解。敵が来るぞ。すぐに脱出だ」

浩志はワットとペダノワにシロコフを助け出すように指示し、表玄関に向かった。交戦は避けたい。モスクワに近い街だけに敵に警戒心を強めるような行為はしたくないのだ。何よりも本来の敵とは違う、無駄な戦闘である。

ドアの隙間から外の様子を窺った。トラックのヘッドライトが百五十メートル先に迫ってきた。

「早くしろ！」

「パニックルームに二人も隠れていた。助けだすのに時間がかかる」

ワットが大声で答えてきた。

浩志は急いで近くの部屋から机や椅子を担ぎ出し、ドアの前に積み上げた。

――まだかリベンジャー。できれば戦闘は避けたい。

大佐が焦って連絡をしてきた。

「シロコフ以外にも人がいた。助け出すのに時間がかかっている」

――了解。ルスランとダビドを研究所の裏に行かせる。

「頼む」

振り返って廊下を数歩走った。

途端に後方でドアが吹き飛び、浩志も爆風でなぎ倒された。ロケット弾が撃ち込まれたのだ。続けて激しい銃撃。敵はへたに踏み込んで怪我をしないように銃弾の嵐《あらし》を降らせるつもりらしい。同士討ちの危険もある夜間の攻撃として間違ってはいない。

「くっ！」

爆風で吹き飛ばされた浩志はなんとか起き上がり、匍匐《ほふく》前進をするように頭上を掠めて行く銃弾を避けて進んだ。

「大丈夫か」

奥の部屋に入ると、ワットが駆け寄ってきた。

「なんとかな」

浩志は立ち上がったが、背中に痛みが走った。

シロコフと思われる三十代後半の男は、ノートブック型のパソコンを脇に抱えて座っているが、二十代の若い男はぐったりとして床に寝かされていた。

「裏から逃げるぞ。こっちだ」

浩志は侵入した窓まで、若い男を担いで行った。

窓を開けた際に、窓枠の内側に黒い突起物が手に当たった。

「しまった」

浩志は思わず舌打ちをした。突起物は赤外線センサーだった。照明を点けたわけではないので気が付かなかったが、研究所の至る所に設置してあったに違いない。〝セルプホフ〟には陸軍の駐屯地がある。センサーが異常を示せば、出動するように命令を受けていたのだろう。

「ブドウ・マスター、その人を預かります」

窓の外からルスランが顔を覗かせた。

「頼む」

浩志はルスランに若い男を窓越しに担がせた。

「私にも手伝わせてください」

ダビドも姿を現した。ワットは肩を貸していたシロコフをダビドに引き渡した。

「こちらリベンジャー。アオショウビン、聞こえるか？」

浩志は建物から出ると、大佐に連絡をした。

――こちらアオショウビン。

「研究所を脱出した」

――研究所から南に向かえ。百六十メートル先にある鉄道コンテナの集積場に、車を停めてある。おまえたちはそれですぐに逃げろ。

浩志らは研究所の裏にある雑木林を南に進んだ。銃撃はまだ続いている。兵士らは突撃のリスクを減らすために徹底した掃討をしているのだろう。

「アオショウビンはどうするんだ？」

――私は見張りをするためにまだ工場の建設現場にいる。近くに軍用車両があるためにここから出られない。

「徒歩でこっちまで来るんだ。連中は近辺も捜索するはずだ。見つかってしまうぞ」

――年寄りに無茶なことを言うな。とにかく車に乗り込んだら、連絡をしろ。

「頑固者め」

浩志は舌打ちをして通信を終えた。

雑木林を抜けると鉄道コンテナが積み重ねてある広い場所に出た。敷地の隅に二台の

〝ＵＡＺ３１５１２〟が停めてあり、アリとハッサンが運転席に座っていた。

浩志は車の後ろに積んであるＲＰＧ７を取り出した。

「どうするんだ？」

ワットが怪訝な表情で尋ねてきた。

「トラックを破壊する。敵の足を奪えば追って来られない。それに大佐も逃がすことができる」

大佐がわざと逃げないようにしていることは、分かっていた。浩志らが車に乗ったら、反対方向に車を走らせて兵士らを惹き付けるつもりなのだろう。長年の付き合いだ。彼の考えていることは分かる。だが、それは自殺行為だ。

「俺にも手伝わせろ」

ワットは別のＲＰＧ７を担いで笑った。

「お二人ともその役は我々に任せてください。ＲＰＧ７を扱わせたら、チェチェン人の右に出る者はいませんから」

ルスランとダビドが背後に立っていた。

「分かった。トラックだけ狙うんだ。サポートは俺たちでする。撃ち込んだら、すぐ車に乗れ。深追いはするな」

浩志とワットはルスランらにＲＰＧ７を渡し、表の通りに出た。敵は包囲を広げて銃撃をしているが、南側から近付いた浩志らに気が付いていない。トラックとの距離は七十メートルと、もう一台はその十メートル後方だ。

「撃て！」

浩志の号令でルスランとダビドがＲＰＧ７の引き金を引いた。二発のロケット弾は轟音を上げ、円弧を描いて前後に停まっているトラックに見事に命中した。

「退《ひ》け！」

ルスランらの肩を叩いて、退却を命じた浩志は、後ろ向きにＡＫ７４を構えてしんがりになった。

ＲＰＧ７のバックファイヤーに気が付いた敵が、一斉に銃撃してきた。

ダビドとルスランが浩志と同じ位置で銃を構えていた。

「何をしている。早く退却しろ！」

彼らは退却時のサポートの仕方を知らないのか、浩志を守ろうとしているのだろう。だが、それは敵の思うつぼだ。

「うっ！」

ダビドが前のめりに倒れた。

「大丈夫か！」

浩志は駆け寄ってダビドを起こしたが、腹を撃たれていた。

「大丈夫です。手を離してください」

ダビドは立ち上がると、なぜかルスランに頷いてみせた。

次の瞬間、ダビドはＡＫ７４を撃ちながら、敵に向かって走り出した。

「馬鹿野郎！」

浩志が追いかけようとすると、ルスランが腕を摑んで引き止めた。

「腹を撃たれていました。助かりません。誇り高き戦士として、天国に行かせてやってください」

ルスランは険しい表情で言った。

「くそっ！」

浩志はＡＫ７４を撃ちまくった。

敵は建物やトラックの残骸《ざんがい》に隠れながら近付いて来る。

二十メートル近く走ったダビドが、足を撃たれ転んだ。

「ダビド！」

ルスランが悲痛な叫び声を上げた。

祈るように両手を挙げたダビドは、全身に銃弾を受け動かなくなった。

「退却！」

浩志は声を振り絞って叫んだ。

敵地潜入

一

　十三世紀から十六世紀、ロシア帝国が隆盛《りゅうせい》を誇る以前の小国が群雄割拠《ぐんゆうかっきょ》していた時代、〝セルプホフ〟は軍事的に重要拠点であった。だが、ロシア帝国の前身であるロシア・ツァーリ国が南下を進め、国境線が南に広がると、〝セルプホフ〟は軍事的な意味はなくなり商業中心の街へと変わった。

　歴史を反映し、市の南端にある陸軍の小さな駐屯地と、北東部にある空軍の高射ミサイル兵器補給・保管基地は、どちらも軍事的な要所でもなく、規模も小さい。

　保管基地の幅一・二キロ、奥《お》行き一キロの敷地は、上空から目隠しするために緑に覆われ、半地下の兵器庫も木々が生い茂り周囲の森に溶け込んでいる。もっともモスクワが攻撃を受けるようなことになれば、この基地に輸送トラックが殺到することだろう。だが演習でミサイルの搬出を行うとき以外は使われることはない。

施設の西と南にゲートはあるが、西のゲートは常にロックされているので、南のゲートだけ警備兵が立っている。またゲートに隣接する平屋の建物が唯一、施設を管理する職員と警備兵が詰めている建物で、ゲートを挟んで向かい側にあるレンガの建物が兵舎になっていた。駐屯する兵と職員は十数名という名ばかりの基地である。

シロコフを救った浩志らは大佐と合流し、〝セルプホフ〟を脱出するのではなく、彼の指示で高射ミサイル兵器補給・保管基地にやって来た。というのもシロコフは空軍からバイオ化学兵器の研究の依頼を受けていたため、軍の施設に入るための特別許可書を持っていたからだ。とはいえ、その許可書が今も使えるかどうか疑問である。浩志らは銃の安全装置を外し、銃撃に備えた。

午前三時という時間に二台の軍の四駆が護衛として付いて来たために、警備兵は緊急事態と思ったらしく、慌てて南ゲートを開けた。浩志らは疑われることなく、ゲートから二百メートル北側にある緊急時用の兵舎に入ることができた。

到着してすぐに浩志は、シロコフに背中の傷を診てもらった。生物科学者だけに医学的知識もあるというのだ。怪我は大したことはないと思っていたが、何カ所か金属片がめり込んでいることが分かった。〝バイオ研究所〟にＲＰＧ７が撃ち込まれた際に破片が刺さったらしい。

「うっ！」

兵舎の救護室で浩志は診察台に腹這いになり、金属片を取り出す手術をシロコフから受けた。解剖《かいぼう》する要領で簡単な外科手術ならできるらしい。

「それにしても、陸軍はおまえの研究所を破壊したのに、どうして空軍では問題ないと分かったんだ」

全身に脂汗をかきながら浩志は激痛に耐えた。兵舎の救護室には手術に必要な道具はすべてあったのだが、麻酔はなかったのだ。もっとも今はアドレナリンが大量に放出されているので、痛みは半減している。時間が経てば、激痛にさいなまれることは経験上、分かっていた。

「もうすぐ終わりますから、静かにしてください。筋肉が動いて破片が取り出し難くなりますから」

最後の破片をピンセットで摘《つま》み出したシロコフは大きな息を吐いて、額の汗を拭った。

シロコフに代わり、傷口の消毒をペダノワがはじめた。彼女も軍で救急治療の訓練を受けているらしい。

「くっ！」

鈍器《どんき》で頭を殴られたような激痛に、食いしばった歯から声が漏れた。

「直径五ミリほどの破片が全部で四個ありました。角度からして全部跳弾《ちょうだん》でしょう。もっとも破片と言えど、直撃していたら死んでいましたよ、幸運でしたね」

他人事《ひとごと》だと思って、シロコフは笑ってみせた。

「さっきの質問に答えてくれ」

浩志は起き上がって、ペダノワに包帯を巻いてもらうために軽く両腕を上げた。

「私はあなた方がドイツに入国してからの軍の動きに注意していました。もちろん〝ヴォールク〟のことはわかりませんが、国境警備隊や陸軍、それからＧＲＵも動きをみせたことは確認しています。しかし、空軍、海軍には一切の動きも命令も出されていないのです」

シロコフは軍と関係が深いために軍のサーバーにログインできるそうだ。それだけに研究所と自宅が襲撃されたことに怒りを覚えているらしい。

「つまり、俺たちを抹殺しようとしている〝ヴォールク〟の関係者は、同時にそれらの軍や情報機関に命令ができるということだな」

「そうです。つまりロシア連邦軍参謀本部でもかなり位の高い者ということになります」

シロコフは頷いてみせた。

「特定できたのか？」

「おそらく参謀副総長であるイゴール・エブセエフかと思われます」

シロコフは真剣な表情で頷いた。

「理由は？　参謀本部には軍の要人が他にもいるはずだ」

「エブセエフは、ＧＲＵに直接命令を出していました。彼は陸軍大将ですが、政治に口を出すということで海軍と空軍からは嫌われています。ペダノワが二人の最強の助っ人を連れて来たので、焦っているのでしょう」

シロコフはペダノワの顔を見て笑ってみせた。

「俺たちを追い詰めているようで、自分の正体を暴く結果になったか。ロシアに乗り込んで来て正解だったな」

浩志は体に巻かれた包帯の具合を調べながら頷いた。

「俺たちに女神が微笑んでくれたようだな。ターゲットにしていたＦＳＢのウラジミール・ケルザコフだけ追うよりも、エブセエフをもターゲットに加えることにより、我々は攻め易くなったぞ」

浩志の治療を見守っていたワットが拳を握りしめた。

「研究所での戦闘だが、本来なら敵は我々の仕業と思ったはずだ。だが、チェチェンゲリラであるダビドの死体を見て、彼らは誰と闘っていたのか分からなくなったはずだ。しかも、我々が彼らの懐でのうのうと休んでいることなど知る由もない。作戦次第では二頭を追って、三頭しとめることが可能になった」

診察室の椅子に座って会話を聞いていた大佐が、自信のある表情を見せた。

「三頭？」

浩志はすかさず質問した。

「イゴール・エブセエフを辿れば、ブラックナイトに関わる政治家が洗い出せるだろう。芋《いも》づる式に暴くこともできるに違いない」

大佐はすでに作戦を思い描いているに違いない。〝ヴォールク〟も傭兵一の策士が乗り込んでいることを知ったら、さぞ驚くことだろう。

「いつからはじめるんだ？」

浩志は診察台から立ち上がろうとして、しかめっ面になった。

「慌てるな。どのみちその体じゃ、今日明日は動けまい」

「これが戦場なら、かすり傷だ。気にするな」

銃で撃たれたことを思えば、大した傷ではない。もっともこんな傷でも細菌に感染して死ぬことはいくらでもある。そのため、職業柄抗生物質は常に携帯していた。

「シロコフ。ここはインターネットが通じるのか？」

大佐はシロコフが、ノートブック型パソコンを持ち出したことを知っている。

「もちろんです。そのために持ってきたんです」

シロコフはさっそく荷物からパソコンを出してみせた。

「それは上出来。まずは情報収集からだ。浩志の活躍はそれから見せてもらおうか」

大佐は立ち上がって浩志に近寄り、わざと肩を叩いてきた。

「……分かった」

浩志は高圧電流が流れたような痛みに思わず背中を逸《そ》らした。

二

ロシアには田舎の邸宅を意味する〝ダーチャ〟と呼ばれる別荘がある。

ソビエト連邦時代、政府主導の間違った農法で農場は大打撃を受け、深刻な食糧難に陥った。そこで政府は農地を持たない都市部の市民に六百平米の土地を貸し与え、自給自足を奨励《しょうれい》した。市民は小屋を建て、共同で水や電気を引き、土地を耕《たがや》して穀物を育て生活の糧《かて》にした。〝ダーチャ〟は市民にとって生きていく上での最終手段となった。

ソ連崩壊後、食糧難は解消され、〝ダーチャ〟は市民に有償で譲渡された。現代ではソビエト時代の名残りとも言える掘建《ほった》て小屋から、諸外国に引けを取らない高級邸宅まで様々な〝ダーチャ〟が存在する。

モスクワの中心部から西に五十キロの地点に〝マリイノ〟という〝ダーチャ〟が集まった村がある。すぐ側にモスクワ川が流れ、森に囲まれた静かな場所であり、都市部に近いという立地条件としては理想と言える。

〝マリイノ〟の北側にある森の中に二階建ての石造りの邸宅があった。周囲の森の一部も含んで二千平米の敷地に建坪が二百六十坪の建物は、〝ダーチャ〟の一般的な枠組みから逸脱《いつだつ》した豪邸である。

午後十時二十分、浩志らは豪邸の玄関が見える森の東側に車を停めた。

〝セルプホフ〟にある高射ミサイル兵器補給・保管基地でまる一日過ごし、日が暮れてから出発した。基地からは検問がある高速は避け、地道を選んで三時間かけてやって来た。途中でシロコフと一緒に助け出した若い男は、口止めした上で彼の実家まで送った。軍もシロコフ以外の人間には興味がないはずだ。当分大人しくしていれば、命を狙われる心配はまずないだろう。

横殴りの雪が降っている。バラクラバを被っていても叩き付ける雪で、顔面が痛いほど寒い。浩志はワットとルスランを斥候に出し、他の者を森の中の木々に隠れるように指示した。ワットらはＡＫ７４などの武器以外に保管基地の兵器庫から失敬してきたゴーグルタイプのナイトビジョンを携帯している。豪邸だけに赤外線センサーや監視カメラなどのセキュリティーシステムがある可能性が高いからだ。

――こちらピッカリ。リベンジャー応答願います。

斥候に出て五分とかからず、ワットから連絡が入った。

「リベンジャーだ」

——セキュリティーシステムを解除した。旧式で、助かったぜ。

さすがにワットは仕事が早い。もっともモスクワから五十キロとはいえ、警察や警備会社が近くにあるわけではない。セキュリティーシステムは形ばかりのものなのだろう。

「ピッカリは裏口から潜入せよ」

——了解。

浩志はペダノワとアリとハッサンを従えて屋敷の玄関まで走り寄った。近辺に車は置いていない。屋敷は無人のはずだが、細心の注意を払った。

玄関の鍵も旧式なものだ。二重にロックがかかっているが、どちらも浩志はすぐに解除できた。

二階までの吹き抜けになっている玄関正面には、立派な階段があった。一階はワットらに任せ、浩志らは二階に向かった。長い廊下の両側にドアが並んでいる。外に光が漏れる心配はないので、ハンドライトを点けた。

ハンドシグナルでペダノワにハッサンを付けて廊下の右側を調べさせ、浩志はアリと組んで左側を調べることにした。ドアは左右どちらも十ずつある。どの部屋もゲストルームなのかベッドがあった。一番奥の部屋に辿り着いた。主寝室らしく中は四十平米ある豪華なベッドルームになっている。ペダノワらが調べた向かいの部屋も対称的に作ってあるらしく、突き当たりの部屋が一番豪華な造りになっていた。

二階の安全を確認して一階に降りてみると、百五十平米はありそうな客間にワットとルスラン、それに車に待機していた大佐までいた。

「恐ろしく豪華な造りだな。米国の資産家と変わらない。ロシアの軍人はいったいどうなっているんだ」

ワットが天井からぶら下がるシャンデリアを見て絶句した。

「この部屋は舞踏会を開くための客間だ。どこの国でも地位のある者は、無駄に金持ちというのは常識だろう」

大佐は部屋の暖房器具を調べながら皮肉を言った。外気は氷点下まで下がっている。室内も息が白くなるほど寒かった。客間の奥には大きな暖炉があるが、火を熾《おこ》せば煙突から煙が出てしまうので、使うことはできない。

別荘の持ち主は、ロシア連邦軍参謀本部の参謀副総長であるイゴール・エブセエフである。シロコフが軍のサーバーから個人情報を調べ上げて突き止めた。さすがに基地に長居はできないと、拠点にする場所に選んだのだ。

「ここからモスクワの中心部まで一時間で行くことができる。それにもしエブセエフが来るようなことがあれば、好都合だ。もっとも、それにはいろいろ仕掛けをしないといけないがな」

暖房器具が作動しないことが分かると、大佐は溜息をついた。どこかにボイラー室があるはずだ。まずはそれを作動させなければ、スイッチを捻《ひね》ったところで動くものではない。日頃常夏の国に住んでいるだけに知らないのかもしれない。

浩志はＡＫ７４を下ろし、壁際の革のソファーに座った。一日腹這いになって寝たので背中の傷の痛みはだいぶ和らいだ。朝方熱が出たが、今は下がっている。だが、体が気怠《けだる》く、立っているのも辛かった。

ポケットの携帯が振動した。

「俺だ。どうした？」

友恵からの電話だということは、携帯の表示画面で分かっていた。

——友恵です。例の二〇一〇年型ステーションワゴンの〝ボルボＶ６０〟の動きを追うように指示を受けていましたが、その後ご連絡がないので電話をかけてみました。

彼女には、ＣＩＡのエージェントであるブレーク・エルバートの乗った車の行方を探らせていた。

「すまない。連絡をしていなかったな。車はどこに行った？」

——モスクワの商業地区、デグチャルニ通り沿いのマンションの前です。ついでに所有者も調べておきました。アーロン・ジャンセンという米国人で〝マラヤ・マンション〟の三〇一号室に住んでいます。

友恵は淡々と報告してきた。ジャンセンというのはエルバートの偽名だろう。

「どうして、名前や部屋番号まで分かったんだ?」

ナンバープレートは、さすがに軍事衛星でも見ることはできないはずだ。

――ロシアにも陸運局はあります。サーバーに侵入して、〝ボルボV60〟の所有者でデグチャルニ通り沿いの住人を探しました。ロシア語はよく分からないので少し苦労しましたが。

「なるほど」

彼女はいつも一頼めば、十の答えを出してくる。性格は乱暴だが、仕事に関しては完璧主義者なのだ。

「殺されたスヴャトポルク少佐の関係者は分かったか?」

武器の横流しをしていたスヴャトポルクは、第二の処刑人である〝シャイターン〟に殺されてしまった。

――不確かな情報のため、報告はしませんでしたが、ロシアの武器の横流しは軍の上層部が関わっているという噂があります。というのも、以前からロシアには死の商人が政府のプロジェクトで動いていると思われ、正規のルートを通さない武器をあえて死の商人を通して第三国に売っているというのです。

友恵は調査不足のため、報告を躊躇っていたようだ。

元ソ連空軍士官のビクトル・ボウトはソ連崩壊後、冷戦中に溜め込まれていた軍の武器在庫を世界中の紛争地で米国に敵対する組織に売りさばいていた。二〇〇八年三月に米麻薬取締局の捜査で滞在先のタイで逮捕された。

その後、米国へ移送され二〇一二年四月に武器密輸などの罪で禁錮《きんこ》二十五年の判決を言い渡された。逮捕から一貫してロシアは米国の偏重《へんちょう》、および陰謀だと主張し、ボウトの身柄引き渡しを求めている。

「死の商人はロシアの情報員なんだろう。ビクトル・ボウトの例もある。充分考えられるな。だぶついている武器の在庫を組織的に横流し、それを売りさばくのは武器の商人にしているんだ。発覚しても国家は一切関係ないと言い張れると思っているんだろう」

浩志にはうっすらとだが、ロシアの闇の全体像が見えてきた。

〝ヴォールク〟は戦闘部隊を中心にした闇組織であり、彼らに命令を下していた上部組織は、ロシアの軍部トップクラスに巣食っている。同時に彼らは武器の横流しや、売買を生業とするブラックナイトの幹部なのだろう。機密性を保つため、内部の人間でも組織の全体像が見えないようにしているに違いない。

「我々はロシア連邦軍参謀本部の参謀副総長であるイゴール・エブセエフが、怪しいと睨んで捜査を進めている。この男もついでに調べてくれ」

――捜査、ですね。了解しました。

友恵に念を押されてしまった。

「頼んだぞ」

警視庁を辞めて二十年近く経つのに、未だに刑事のような言葉遣いをしてしまうことがある。浩志は苦笑いをして、電話を切った。

三

〝マリイノ〟からモスクワ川を隔てて二キロ北西に〝ズヴェニゴロド〟という小さな地方都市がある。ロシア正教の聖地である〝サーヴィノ・ストロジェフスキー修道院〟などこぢんまりとした史跡はあるが、観光客が大勢で押し寄せるような街ではない。

緑が豊かなために、周囲には〝マリイノ〟をはじめとした別荘地が数多くある。街の名前を冠《かん》した〝ズヴェニゴロド駅〟は〝マリイノ〟から五百メートル西南にあり、街の中心からは離れた所にぽつんと建っているため、利用客はあまり見かけない。

午前九時二十分、昨夜の雪は収まり、空は青く澄《す》んでいた。周囲が雪原と化した〝ズヴェニゴロド駅〟前にパジェロが停まった。

「おじいちゃん、足下に気をつけてね」

助手席から下りて来た黒髪の女が、後部座席の腰の曲がった年寄りに気を遣っている。

地味なワンピースに厚手のコートを着ているので、年齢は分からない。

「分かっておる。年寄りだと馬鹿にするな」

耳当てがある毛皮の〝ロシア帽〟を被った老人が、女の手を振り払って車から下りた。

大佐とペダノワが扮しているのだが、人気のない駅前にも拘らず演技をしている。二人は前日基地から抜け出し、〝セルプホフ〟でいかにも田舎風という衣服やバッグを購入していた。演技もさることながら、衣装やデジカメなどの小道具を持ち、お上りさんという風《ふ》情《ぜい》を醸《かも》し出している。

コンクリート造りの今にも朽《く》ち果てそうな駅舎に二人が入ると、作業服のような上着を着た三人の労働者風の男が改札の前にいた。ワットと、アリとハッサンである。彼らは大佐とペダノワの護衛も兼ねて行動している。だが、浩志とルスランの姿はここにはない。

二人は〝ヴォールク〟から追われる身となったシロコフが、外出できないために護衛として残った。もっとも浩志は、怪我のせいでまた熱が高くなったため休養も兼ねている。抗生物質を飲んでいるので細菌感染の恐れはないが、疲れが出ているのだろう。

三十分ほど駅舎で待っていると、ひび割れて穴だらけのホームに六両編成の緑色の列車が入って来た。

ワットら三人はさっそく列車に乗り込んだ。大佐は杖をつきながらゆっくりと歩き、ペダノワは大佐の左腕を取って優しくサポートしながら列車に乗った。どこから見ても仲のいい祖父と孫娘にしか見えない。一行の目的は、モスクワの警備状況を調べるためと、ペダノワの知り合いに会いに行くことだ。

発車ベルが鳴ったが、大佐ら五人以外に乗客はいない。ワットらは一両目の後部座席、大佐らは二両目の前よりに座り他人の振りをしている。

一時間ほどして列車は、モスクワの環状高速道路である〝ヴネシュニャヤ・スタラナ〟を眼下に見る鉄橋を越えて市内に入った。

「ここまでは何事もなかったな」

大佐は車窓を見ながらのんびりとした口調で言った。ペダノワはモスクワに入ったことで、緊張した様子で顔も幾分青ざめている。

十分後フィリ駅で全員下車した。

「おお、ホットドッグか。腹が減った。イリーナ、おいで」

大佐は駅の近くの歩道に移動式ホットドッグの屋台を見つけると、ペダノワの腕を引っ張って屋台を覗いた。イリーナは彼女の偽名だ。

「小さいのを二つくれ」

すかさず大佐はSサイズのホットドッグを二つ買って、ペダノワに一つ渡した。

よく焼けたソーセージにケチャップとマスタードがかけられ、その上に薄切りのピクルスにフライドオニオンが添えられていた。ロシアでもホットドッグは手軽な軽食として人気がある。

「こいつはうまい」

「久しぶり。私、大好きなの」

大佐が頬張ると、すぐにペダノワも口にし、笑顔になった。過敏《かびん》になっている彼女を懐柔《かいじゅう》しようとする大佐の作戦は、成功したようだ。

「仕様がないやつらだ」

屋台から少し離れた場所で食べていた大佐は、苦笑を漏らした。ワットらも屋台でホットドッグを買いはじめたのだ。しかも三人とも大きいサイズのホットドッグを二本ずつ注文している。

「天気がいいから、タクシーには乗らずに歩いて行こう」

大佐は再び杖を突きながら歩きはじめた。

モスクワは〝ズヴェニゴロド〟よりも暖かいらしく、路面に雪は残っていなかった。ゲネララ・エルモロヴァ通りに沿って十分ほど歩き、地下鉄4号線のバルク・ポビュディ駅に着いた。二人は階段を下りて、券売機の前に到着した。

「イリーナや、アレクサンドロフスキー・サド駅まで切符を買ってくれ」

大佐は大きな声で言った。

「おじいちゃん、大きな声を出さないで」

ペダノワが大佐の耳元で注意した。

「分かっている。ばあさんには、ちゃんと土産《みやげ》を買うから心配するな」

大佐は耳に手を当て答えた。その様子を券売機の近くで二人の男たちが笑いながら見ていた。革のコートを着た二人は、身長一八〇センチを超える体格で、小型の無線機を携帯している。一般人でないことはすぐに分かった。

男たちは少し遅れてやってきたワットらを見ると、厳しい表情になった。

「おい、おまえら、身分証を出せ」

年配の太り気味の男が、横柄《おうへい》な口調で言ってきた。

ワットらは肩を竦めながらも、身分証を提示した。

ロシアでは官憲に拘らず役人は横柄な者が多い。身分証の提示がなくても、誰でも政府関係者だと分かるのであえて逆らうようなことはしない。また、警官に職務質問されたら、賄賂の請求だと思ってほぼ間違いないだろう。

「どこに行くんだ？」

男は三人から身分証を取り上げ、しげしげと見ながら言った。

「今日は仕事が休みなんだ。暇だから赤の広場にでも行って、カップルでもからかいにいくんだ。冷やかしは罪になるのかい？」

ワットは冗談を交えながら答え、身分証を返すように右手を出した。赤の広場はデートコースとして有名なのだ。

「おまえたちも一緒か？」

ワットを無視した男は、アリとハッサンに咎めるような口調で尋ねた。

「そっ、そうです」

男の剣幕にアリは口ごもった。

「怪しいぞ、おまえら、職場はどこだ？」

「貴様！　労働者にその態度はなんだ！」

切符を買って様子を窺っていた大佐は、太った男の前に出て怒鳴った。

「なんだよ、じいさんには関係ないだろう」

男はうんざりとした表情で言った。

「私は労働者としても軍人としても、いくつも勲章をもっとるぞ。偉そうに言うな。それともおまえたちはスターリン時代の秘密警察なのか。父親がいつも言っていた。レーニンの頃はよかったと。誰しも貧しかったが、助け合いながら働いた。今は豊かになったが、みんな他人の振りをする。嘆かわしい世の中になったものだ。そうは思わんか」

大佐は演説するかのように大声で話しはじめた。

「おじいちゃん、止めて、お願いだから」

ペダノワも大佐の耳元で声を上げた。周囲に人が集まりはじめた。

「スターリンは私も嫌いだ。テロの警戒でこの人たちに質問しただけなんだ。なんでもない。じいさん。頼むから地下鉄に乗ってくれ」

男はワットらに身分証を返し、早く行けと首を振った。

ワットらは受け取ると、すぐさま切符を買って改札を抜けた。

「おじいちゃん。行くわよ」

ペダノワは無理矢理大佐の腕を引っ張って改札を通り抜けた。

「私は、おまえたちが生まれるずっと前からこの国で働いていたんだぞ」

改札に入っても、大佐は大声で文句を言った。周りの乗客からは失笑が漏れたが、おかげで男たちは改札から見えない所へ姿を消してしまった。

「おじいちゃん、やり過ぎ。でも格好よかったわよ」

ペダノワが大佐の耳元で冗談ぽく言った。

「やつらはGRUの捜査官だろう。テロ対策として駆り出されているが、本当の目的を知らないに違いない」

額に浮いた汗を拭い、大佐は囁《ささや》くように答えた。

四

大佐らはアレクサンドロフスキー・サド駅ではなく、二つ手前のスモレンスカヤ駅で下車した。ロシアは核戦争を想定し、地下鉄がシェルターの代わりになるように地下十階に相当する大深度に造られている。百メートル近い長いエスカレーターに乗って地上に出ると、すぐ目の前が片側五車線というスモレンスキー通りに出た。

南の方角を見ると、高さが百七十メートルある外務省ビルの尖塔《せんとう》が手前のビルの上に覗いていた。これはポーランドの〃文化科学宮殿〃と同じデザインのスターリン・タワーである。モスクワ市内にはその他にも高さ百九十八メートルの〃ホテル・ウクライナ〃など、スターリンがその威光を示すために造らせた摩天楼は全部で七つ存在する。

外務省ビルの前でスモレンスキー通りとスモレンスカヤ通りは三叉路になっている。交差点の中心は三角の公園になっており、北側に〃ホテル・ベオグラード〃、南側に〃黄金の輪ホテル〃のほぼ同じデザインで高さも同じ高層ビルが起立する。二つともソ連崩壊前まで〃ホテル・ベオグラード〃だった。

大佐とペダノワは通りを二百メートルほど進んで右に曲がり、角にある〃ホテル・ベオグラード〃に入った。大きなホテルの割にはエントランスが狭く、フロントは古めかしい。社会主義時代の匂いを残すフロントの前のラウンジに二人は入り、コーヒーを頼んだ。

ワットらも時間をおいてラウンジにやって来ると、離れた席に着いた。

二十分ほどしてペダノワと背中合わせになる席にスーツ姿のロシア人の女が座った。女はボーイにコーヒーを頼み、くつろいだ様子でバッグからファッション雑誌を出した。

「あなたが生きているとシロコフから連絡をもらったけど、信じられなかった。いいえ、今でも信じられない。本当にあなたはペダノワなの?」

雑誌をまるで読んでいるかのように女は呟いた。

「私の名前は出さないで、ナターリア」

ペダノワは眉間に皺を寄せ、小声で言った。

「その声は本人に間違いないわ。私は座る前に盗聴器をジャミングする機器のスイッチを入れたから、安心して話して。それに隠れる場所もないから、集音マイクも使えない。会話を拾うことはできないの。何度も仕事で使っているから平気よ」

ナターリアと呼ばれた女は雑誌を見ながら、表情も変えずに言った。

「さすが、外務省情報局の腕利き情報員ね。それに私の愛すべき友人」

ペダノワはにこりとしてコーヒーを口にした。

彼女の背後に座った女はナターリア・グラチェワ、三十三歳。女子士官学校を卒業後、情報員を養成する組織に入ってから外務省に勤務している。ペダノワも同じ士官学校を出て、さらに上級の軍人を要請する特殊な組織に取り込まれ、ＦＳＢの防諜局に入った。二人とも士官学校の同級生であり、エリート中のエリートであった。

「私はあなたのこれまでのいきさつをシロコフに聞いていたから、心配で堪らなかった。

よく連絡してくれたわね。ところであなたの前の老人は誰？」

ナターリアはほとんど口を開かずに声を出している。訓練された情報員の証拠だ。

「私の協力者。怪しまれないように私の祖父役でモスクワまで来てもらったの。おかげで市内に入ってからも、尋問されなかったわ」

ペダノワは友人でも大佐の素性を話すことはなかった。もっともロシア帽を手に持ち、白髪の大佐は漫然とホテルの壁を眺《なが》めている。その様子は身分証に記《しる》された七十八歳という年齢と違《たが》わない。

「二人を見たときはアジア系だと思ったわ。みごとな変装ね」

「沢山の協力者のおかげで私はロシアに入国できた。でもさすがにモスクワは壁が厚いわ」

「私もそう思う。よくここまで来られたわね。それより、命の危険を冒《おか》してまで何をしに来たの？」

「私たちのチームを罪に陥れ、闇に葬った人間を抹殺するため。同時にロシアから少しでも暗黒面を取り除きたいの。それにはあなたのような内部に精通した人間の協力が、是非とも必要なの」

ペダノワは祖国を脱出したが、捨てたわけではなかった。

「分かっている。この国は放っておけば、市民が革命を起こす前に腐敗と拝金主義で崩壊してしまう。だけど、政府に異議を唱えれば殺されてしまう。残るは政府と同じ暗殺という手段で、腐った果実を取り除くしかない。私はあなたの行動を否定しないわ」

ロシア軍がチェチェンで行っている残虐行為を報道していたジャーナリストであるアンナ・ポリトコフスカヤや腐敗政治をただそうとした弁護士のセルゲイ・マグニツキー、政府が関与した様々なテロを暴露《ばくろ》したFSBの元中佐だったアレクサンドル・リトヴィネンコなど、政府に暗殺された著名人は枚挙《まいきょ》にいとまがない。共通していることは彼らがみなプーチン政権に不都合な存在だったことだ。

「私の標的はFSBの防諜局軍事防諜部のトップ、ウラジミール・ケルザコフだった。だけどロシアに乗り込んで分かったのは、密かに私を暗殺しようと軍や参謀本部を動かしていた人物がいたの」

「それって、ひょっとして参謀副総長であるイゴール・エブセエフのこと？」

「どうして、それを？」

ペダノワは思わず右眉を上げた。

「プーチン大統領に対するテロを警戒して、諸外国に知られないように国内を厳戒態勢にするようにエブセエフは自分の息のかかった情報機関や国境警備隊、それに陸軍に命令を出した。だけど、参謀本部でもやりすぎだと批判が出ているの。まさか、あなたを暗殺するために、これほど大掛かりなことをしているとは思わなかったけど……」

ナターリアは信じられない様子だ。

「政府が私を国際テロリストだと手配書を出したことを知っている？　もっとも私よりもむしろ同行者である二人の傭兵を危険視しているかもしれないけど」

ペダノワは浩志やワットの名を出すのを躊躇った。

「もちろん知っているわ。でも政府サイトに掲示されて二時間後に、あなたや他の外国人の顔写真が動物の写真に替わっていたの。しかも関連する政府のサーバー上のデータはすべて書き換えられていたそうよ。私も同僚に教えられて見たけど、傑作《けっさく》だったわ。あれじゃ、元データがどういう情報だったのかも分からない。もちろんすぐにサイトは閉じられたわ」

早い段階でペダノワはサイトを発見したようだ。もっとも、友恵の仕事が迅速《じんそく》だったことは言うまでもない。彼女はウイルスでサーバーを混乱させるだけでなく、データそのものも書き換えていたのだ。

「動物？」

ペダノワは首を傾げた。

「あなたは〝フリーク〟と名前が変えられ、意地悪そうなペルシャ猫、他にもソクラテスという名で、シェパード。もう一人はタイタンという名で、タコの写真になっていたわ」

浩志がシェパードで、ワットがタコであることは言うまでもない。友恵らしいブラックユーモアだ。ちなみに〝フリーク〟は変人や異常というだけでなく、スラングであばずれ女の意味もある。

「〝フリーク〟か、ジョークとは思えないわ。それじゃ、一般には顔は知られていない可能性が高いということね」

コーヒーを吹き出しそうになったペダノワは頷いた。

「あなたや傭兵を警戒して国内に非常線を張っていると思うのは、考え過ぎよ。国内では反プーチンの嵐が吹き荒れている。デモやテロを警戒して、エブセエフが命令を下したと考える方が自然だと思うけど……」

ナターリアは首を捻ってみせた。もちろん雑誌のページを捲《めく》りながらなので、彼女とペダノワが会話しているとは誰も思わない。

プーチンは二〇一二年に行われる大統領選挙に出馬する意向を示し、大統領のメドベージェフと首相の座を入れ子にすることで、ロシアに再び君臨しようとしている。そのため、ロシア国内では政治を私物化していると批判が高まり、これまでの強権的な手法に我慢していた国民の反発を呼んでいる。

「私には三人の忌まわしき名の処刑人が送られたの。これまでグアム、ポーランド、グルジアで襲われたわ。国境を越えるのに協力者も殺され、巻き添えで何人もの一般人も犠牲になった。明らかに私たちがロシアに潜入することを恐れているんだわ。それにさっき言った傭兵の一人は浩志・藤堂なの」

友人に信じてもらうため、ペダノワはあえて浩志の名を出した。

「忌まわしき名の処刑人！　それに浩志・藤堂！　まさかあなたが、あんな有名人と行動をともにしているとは思わなかったわ。……それなら頷けるわね」

ナターリアは忌まわしき名より、浩志の名を聞いて、はじめて事態の深刻さが分かったらしい。ロシアの情報機関でもセキュリティーレベルの高い人間なら浩志の名は知っているに違いない。ロシアにもっとも害のあるテロリストだと記録されているのだろう。

「協力してもらえるのなら、イゴール・エブセエフとウラジミール・ケルザコフの情報を教えてほしいの」

「私も彼らは排除すべき人間だと思っている。早速二人の情報を集めてみるわ」

ナターリアは雑誌をバッグに仕舞うと、一度もペダノワの顔を見ることなくラウンジを出て行った。

「できそうな女だな。だが信用できるのか？」

大佐は、ラウンジにかけられている絵画を見ながら尋ねた。

「彼女は私と仲間を米国に亡命させるために働いてくれたの。ロシアで彼女ほど腕が立ち、信頼できる人間はいないわ。それに彼女が裏切っていたら、今頃軍や警察に包囲されているはずよ」

ペダノワは微笑んでみせた。

「確かにな。用心深いおまえさんが言うのなら、間違いはないだろう。それじゃ、少しモスクワ見物をして帰ろうか」

大佐は杖を突きながら立ち上がった。

五

モスクワから五十キロ西に離れた〝マリイノ〟の気温は午後になってから十二度近くまで上がり、路面の雪は緩みはじめた。

イゴール・エブセエフの豪邸は〝ダーチャ〟が集まったエリアから離れ、周囲を森に囲まれているため、深夜のように静まり返っている。もっとも冬場だけに別荘地を訪れる者もいないのだろう。

浩志は、二階の見晴らしがいい部屋から外の様子を窺いながら腕時計を見た。午後三時三十七分、大佐やペダノワらが屋敷を出てから七時間近く経った。ワットからは一時間半前にこれから戻ると連絡が入っている。乗り換えをいれても一時間五十分で帰って来られるように電車に乗ったらしい。モスクワに入るのは難しいが、出ることは簡単なはずだ。心配はしていないが、それでもつい時計を見てしまう。

前日の夜、ペダノワが彼女の友人を頼ってモスクワの市内に潜入すると提案してきた。シロコフがパソコンで軍のサーバーから情報を得ようとがんばってはみたが、限界があったのだ。

当初ワットとペダノワがいつものように夫婦に扮し、二人の護衛を浩志とルスランがするはずだったが、それでは目立ち過ぎると大佐がクレームを入れてきた。大佐が老人に扮して彼女に付き添う方が安全だと言うのだ。結果的にはその方が警備の目をかわすことができたようだ。だが、今から考えると、浩志の具合が悪いことを大佐は見抜いていたに違いない。シロコフの護衛も兼ねて留守番役だった大佐が外出するため、浩志は止むなく交代したのだ。

ルスランは浩志の後ろをうろうろとしている。外を見張るのは一人で充分なので、一時間ごとに交代していた。シロコフは壁際のテーブルでパソコンを使って何か仕事をしている。

「やることがなくて暇ですね」

ルスランが残ったのは身長が一八五センチと目立つため、アリとハッサンをワットに付けることにしたのだ。それに車が三台あるため、居残りはどうしても三人は必要であった。普段なら格闘技の訓練でもしてやるのだが、さすがに背中の怪我が痛むのでできない。それにまだ傷の炎症で微熱が残っていた。

「後二、三十分の辛抱《しんぼう》だ」

浩志は窓ガラスに向き直った。鎧戸から外が見えるように木枠を一つ外してある。窓の隙間から夕暮れ色に染まった〝ダーチャ〟の集落と、幹線に通じる道がかなり遠くまで見渡せた。緯度が高いモスクワ近郊では、冬が近付くにつれ日没は早くなり、午後四時過ぎには日が暮れる。

「うん？」

集落の向こうから軍用四駆〝ＵＡＺ３１５１２〟らしき車が近付いて来る。

「ルスラン、シロコフ、裏口から脱出だ。急げ！」

浩志はそう言うと、足下の自分のタクティカルバックパックを背負い、壁に立てかけておいたＡＫ７４を肩にかけた。

三人は階段を駆け下り、北側の裏口に向かった。いつでも逃げ出せるようにモスクワに出かけたメンバーの荷物は車の中に積んである。

裏口ドアにはひさしが付いているので、僅かだが雪が積もっていない空間があった。足跡が残らないように助走をつけて二メートルほど雪の上を飛び、森の中に駆け込んだ。

三人は屋敷の玄関が見える位置まで森の中を迂回して移動した。シロコフの運動神経は悪くはないが、日頃体を動かすことがないらしく、はやくも息を切らしている。

やがて〝ＵＡＺ３１５１２〟に先導されたベンツの四駆〝Ｇ５５０ロング〟とその後ろ

にはさらに二台の〝ＵＡＺ３１５１２〟を連ねた四台の車が、屋敷の前に停まった。

先頭の車から防弾ベストにロシア製手榴弾〝ＲＧＤ５〟、それに〝ＡＮ９４〟、通称〝アバカン〟と呼ばれるロシアの最新のアサルトライフルを携帯した四人の兵士が降りて来た。〝ＡＮ９４〟は〝ＡＫ７４〟の後継銃であり、特殊部隊の〝スペツナズ〟などには配備されているが、軍全体への供給は遅れている。

四人の兵士は屋敷の前を固めると、三台目と四台目の〝ＵＡＺ３１５１２〟からも別の八人の兵士が飛び出し、屋敷の周辺を見回りはじめた。彼らの行動に隙はない。しかも最新の装備をしていることから〝スペツナズ〟の一個小隊と見て間違いないだろう。こんなフル装備の連中とまともにやりあってはまずい。

しばらくして〝Ｇ５５０ロング〟の助手席から兵士が降りて来て後部ドアを開けた。すると、でっぷりと太った軍服姿の男が下りてきた。

「イゴール・エブセエフです」

背後からシロコフが耳打ちしてきた。

「……！」

浩志は眉を吊り上げた。〝スペツナズ〟の一個小隊を護衛に付けるのはエブセエフ本人に間違いないと思っていたが、探していたターゲットがこんなにも早く目の前に現れるとは想像すらしていなかった。

ハンドシグナルで、ルスランにシロコフを連れて車で待機するように命じた。車は屋敷から三百メートル北の森の中に隠してある。

ルスランはエブセエフをなぜ殺さないのかと銃を構えた後、首を捻ってみせた。

指で敵の数を表してから浩志は首の前で右手を振り、殺されるのはこっちだと示すと、ルスランは不服顔で浩志はどうするのかと指差してきた。

浩志は車の方角を指差し、早く退避するように命じた。民間人であるシロコフも仲間を失ったルスランも失うわけにはいかなかった。そもそも銃の撃ち方も知らないシロコフがいては足手まといになるだけだ。

他にも理由はあった。屋敷にはブービートラップを仕掛けておいた。本来なら、ワットやペダノワらが配置に就いてはじめて機能するものだが、今はそれが裏目に出ることになりかねない。だからこそ、浩志は残って彼らの動きを見極めなければならないのだ。

「しかし……」

ルスランは押し殺してはいるが、不満げに声を漏らした。

「シロコフは民間人だ。民間人を守るのが軍人の務めだ。おまえも軍人なら、あいつを守り通せ。命令は絶対だ。違反すれば俺が撃ち殺す。分かったか！」

浩志はルスランの肩を摑んで耳元で命じた。

ルスランらは、彼の父であるシャルハン・サドゥラーエフから浩志らを守れと命令されている。そのため、一昨日シロコフを救出する際、浩志の後退の命令に従わず、ダビドは殺された。彼らは浩志の部下ではないが、指揮官である浩志の命令に従わなければ、今後も死者は出る。

浩志の気迫にルスランは、目を丸くして頷いてみせた。

「早く行こう」

シロコフは怯えた表情で急き立てた。

ルスランは渋々腰を上げた。

屋敷の周囲を見回っていた兵士がエブセエフの下に戻り、何事か告げるとエブセエフは表情を変えて車の後ろに隠れた。兵士が屋敷の異変に気が付いたようだ。

「屋敷に突入しろ！」

エブセエフが大声で命じた。すぐに立ち去るのかと思ったら、意外に好戦的だ。護衛に就いている兵士の力を信じているというより、屋敷に侵入したのがただの泥棒で、浩志らだとは夢にも思っていないのだろう。

屋敷の前に立っていた二人の兵士が〝ＡＮ９４〟を構えて、玄関のドアを開けた。

ドーンと鈍い爆発音を立てて、二人の兵士はドアごと吹き飛んだ。

浩志は苦笑を漏らした。

六

別荘地の静寂を爆発音がぶち壊した。

浩志は、安全ピンを抜いて起爆クリップを本体にゴムで固定したロシア製手榴弾〝RGD5〟を屋敷の玄関に仕掛けておいた。ドアノブに括《くく》り付けられたワイヤがクリップを引き抜き爆発する、ブービートラップだ。ドアを開けた二人の兵士は吹き飛び、その後ろに援護のために立っていた別の二人の兵士も負傷させた。

敵の数はエブセエフを除いて十四名、そのうちの四名を倒したことになる。

エブセエフは「犯人を捕まえるまで基地に戻って来るな」と檄《げき》を飛ばし、二名の兵士とともに〝G550ロング〟に乗り込むと、怪我人まで残して立ち去った。

「なんてやつだ」

浩志は舌打ちをした。

まともな指揮官なら負傷者を連れて一度退却するだろう。だが、エブセエフは違っていた。残された兵士は比較的ダメージが軽い兵士に重傷者の手当を任せ、四人ずつ東と西の二手に分かれて屋敷の外を捜索しはじめた。というのも、北側はすぐ川になっており、南側は道路になっているからだ。ブービートラップが爆破したことで屋敷は無人だとすばやく判断した彼らは、ゲリラの攻撃法に精通していると見ていいだろう。

東側の四人の兵士たちは森に入って来た。このままではルスランたちは背後を襲われてしまう。大胆にも浩志は森を飛び出し、負傷兵がいる屋敷の前に出た。陸軍の兵士の格好をしている浩志に誰も気が付かない。もっとも負傷兵は判断力が極端に落ちるので無理もない。

浩志は道路の一番端に寝かされていた負傷兵が装備している二発の〝RGD5〟を取り上げた。

「何をしている？」

背後にいた軽傷の兵士が咎めてきた。

浩志は振り向き様に男の鳩尾に拳を入れて気絶させ、ついでに別の軽傷の兵士も殴って昏倒《こんとう》させた。最後に倒した男の防弾ベストを脱がせて、着用した。これで外見的に彼らとは見分けがつかなくなる。

近くには二台の〝UAZ３１５１２〟が停められている。浩志は運転席に安全クリップを外した〝RGD5〟を投げ込み、西の森に向かって走った。

背後で〝UAZ３１５１２〟が次々と爆発した。浩志は森に入ってすぐに木の陰に隠れた。今の爆発で捜索隊は車と負傷者の確認をするため、一旦屋敷の前に集まるはずだ。

ダッ、ダンッ！

浩志のバックパックをかすめ、近くの木に二発の弾丸が炸裂した。彼らはセオリーを無視し、非情に徹している。車はもちろん負傷者などは眼中にないのだ。それなら、こちらも作戦を変える他ない。

浩志はすぐさま反撃し、二十メートル先の兵士の頭を撃ち抜いた。

ダッ、ダンッ！

一発が肩に当たり、衝撃でよろけた。防弾ベストを着用して正解だ。森の中でしかも移動している標的に当てるのは至難の業だ。敵の腕はすこぶるいい。彼らに欠けているのは実戦経験だけだ。浩志は照準を合わせられないように常に動いた。

ダッ、ダンッ！

〝ＡＮ９４〟独特の銃声が森にこだまする。どんな銃でも連射すれば、銃身が跳ね上がるために銃弾は的の上に逸れる。だが、〝ＡＮ９４〟は最初の二発は銃身が跳ね上がる前に高速で発射されるため、命中率が高くなっている。

浩志は留まることなく木から木へと隠れながら、西に移動した。

ダッ、ダンッ！　ダッ、ダンッ！

耳元を銃弾が抜けて行った。浩志は反転し、東側の木陰から撃って来た兵士の首に二発当てた。作戦通り、別のチームも誘き寄せることができた。

ダッ、ダンッ！

銃弾をかわしながらジグザグに走り、西のチームのエリアに入った。銃声が止んだ。下手に動けば撃たれる。彼らは腕がいいだけに味方を恐れているのだ。

浩志は匍匐《ほふく》前進をしながら敵を求めた。彼らと違って圧倒的に有利なのは、自分以外はすべて敵だということだ。兵士を見たら撃てばいい。彼らは自分たちと同じ格好を浩志がしているだけに、撃つ前に敵味方の判断をしなければならない。そのためどうしても攻撃がワンテンポ遅れてしまうのだ。

三メートル先に背を向けた兵士を見つけた。浩志はＡＫ７４をその場に置き、腰からコンバットナイフを抜いた。背後から抱きつき、左手で口を押さえた。

「うっ！」

浩志は左腕を取られて背負い投げをされた。だが、同時に右手のナイフで兵士の防弾ベストの下から下腹部を深々と刺していた。倒れた兵士から〝ＡＮ９４〟と予備のマガジンを奪った。ＡＫ７４は銃撃音が微妙に違うために居場所が知られてしまうためだ。だが、〝ＡＮ９４〟を持って浩志は舌打ちをした。というのも構造が複雑になったせいで三千八百五十グラム重量がある。ＡＫ７４よりも五百グラムも重くなっているからだ。

ダッ、ダンッ！

銃弾が頬をかすめ、思わず首を竦めた。当たらなくてもすぐ側を飛んで行けば、衝撃波を感じるのだ。

浩志は雪を被った茂みに頭から飛び込んだ。だが、動くたびに雪が落ちるので居場所を知らせるようなものだ。

ダッ、ダンッ！　ダッ、ダンッ！　銃弾が執拗《しつよう》に追って来る。

茂みを抜け出して数メートル迂回し、狙撃してきた兵士を撃った。浩志はさらに西に移動した。屋敷からは二百メートル、浩志らの車が置かれている場所からは五百メートル以上離れたはずだ。これでルスランらは二台の車で安全に脱出できる。

「むっ？」

足が膝まで埋まった。しかも地盤が軟弱だ。水が激しく流れる音が聞こえてくる。

〈しまった！〉

川は蛇行《だこう》している。真西に向かい、いつの間にか川辺に出ていたようだ。ぬかるみに雪が積もっているために気が付かなかった。だが、敵を惹き付けただけに後戻りはできない。

「くそっ！」

なんとか川辺を迂回すべく、しゃにむに足を動かして川と並行に西南に向かった。

ダッ、ダンッ！

「くっ！」

左腕を弾丸がかすめた。

浩志は振り返って、〝ＡＮ９４〟で反撃しながら後ずさりした。

「うっ！」

足を取られ、胸まで川に引きずり込まれた。身を切るように冷たい。

ダッ、ダンッ！　ダッ、ダンッ！　ダッ、ダンッ！

三方から銃弾が襲って来た。

浩志は自ら川の濁流《だくりゅう》に身を任せた。

第三の男

一

午後四時七分、日が暮れて間もなく〝ズヴェニゴロド駅〟にモスクワ発の緑色の列車が到着した。

駅のアナウンスもなく列車のドアは気怠そうに開いた。先頭車両から降りたワットとハッサンとアリの三人は慌てた様子で駅の外に出ると、雪道を駆けて行った。

二両目の車両から老人に扮した大佐とペダノワがゆったりとした足取りで出てきた。

「おかしいわ」

ペダノワは携帯電話を耳に当て、厳しい表情になった。

「どうした?」

大佐は駅舎を歩きながら怪訝な表情で尋ねた。

「浩志と連絡が取れない」

ペダノワは電話をかけ直しながら答えた。浩志と一緒にいるルスランはロシアで使える携帯を持っておらず、シロコフは軍に追われているため、携帯の電源を切っていた。

「それで、ワットらは走って行ったのか」

大佐はワットがいやに焦っている様子だったので、気になっていた。

「ペダノワ、急ぐぞ」

大佐はそう言うと、曲げていた腰を伸ばし駅の階段を下りて行った。

一方、先に駅を出たワットは、ハッサンとアリを従え、ぬかるんだ村道をイゴール・エブセエフの屋敷に向けて走っていた。

「うん？」

ワットは急に立ち止まった。前方から車のヘッドライトが近付いて来たのだ。

二台の車がワットらの前で急ブレーキをかけて停まった。一台はルスランが運転する〝UAZ３１５１２〟、後ろの車はパジェロでシロコフが運転していた。

「助かった。屋敷にエブセエフが現れて、ミスター・藤堂が俺たちを逃がすために一人で闘っている。ワット、お願いだ。俺に戻るように命令してくれ」

ルスランは手短に報告した。彼はシロコフを守れという浩志の命令に忠実に従っていたのだ。

「シロコフ、駅に大佐とペダノワを迎えに行け!」

ワットはパジェロの運転席に向かって怒鳴ると、アリやハッサンらに車に乗るように指示をし、自ら助手席に乗り込んだ。

「状況を説明しろ」

ワットは厳しい表情で言った。

「エブセエフが十四人の兵士を連れてやって来た。俺たちはすぐに屋敷を出たんだ。ミスター・藤堂がシロコフを守って逃げろと命じた。だけど俺は離れたところで見ていたんだ。エブセエフの部下が屋敷に入ろうとしたら、ドアが爆発して兵士が四名負傷した」

ルスランはワットが動こうとしないためか、焦って早口でまくしたてた。

「落ち着け。状況を判断してから行動しなければならないんだぞ」

ワットは不服顔のルスランを一喝した。

「すみません。エブセエフは二名の部下を連れて、帰って行きました。残った兵士は四人ずつのチームに分かれて、屋敷の東と西を捜索しはじめました。ミスター・藤堂は屋敷の前に停めてあった敵の二台の車を爆破し、西の森に入って行きました。きっと俺たちを逃がすために行動しているに違いありません」

「敵は八名だな。車を屋敷に戻せ」

ワットは聞き終わるとすぐに命じ、車に積んである武器で各自武装するように命じた。

〝マリイノ〟に着くとワットは、エブセエフの屋敷から近い森の中に車を停めさせた。銃声が散発的に響いてくる。浩志がまだ戦っている証拠だ。

「行くぞ！」

ワットはルスランらを従えて、銃声のする西の森に分け入った。日が暮れたばかりなので薄明かりは残っていたが、森の中はすでに闇に浸《ひた》っている。

銃声は西の方角に移動している。浩志が東に向かったルスランらを逃がすために行動していることは明らかだ。

「むっ！」

散発的だった銃声が一斉射撃に変わった。

ワットは先を急いだ。浩志の場所が特定され、集中攻撃されているに違いないからだ。

銃声が止んだ。

「探せ！」

「そっちだ！」

ロシア兵の声が飛び交っている。彼らは森を抜け出した開けた場所で、ハンドライトを川辺に向けて照らしていた。ライトの数は三本ある。

ワットはハンドシグナルで、ルスランらにそれぞれポジションを指示した上で銃を構えさせた。

「動くな！　おまえたちは包囲されている。銃を捨てろ！」

ルスランらの配置を確認すると、ワットは大声で叫んだ。途端に兵士たちは手に持っていたハンドライトを投げ捨て、ワットに向かって銃を撃ってきた。

「撃て！」

ワットは叫んですぐさま位置を変えて銃撃した。

勝負は一瞬で決した。防弾ベストを着けているという驕《おご》りがあったに違いない。隠れようがない場所に立っていた三人の兵士は四人から一斉射撃を受けて頭や首に被弾し、その場に倒れた。

「言っただろ、包囲していると」

ワットは首を振って兵士の死体に近付き、彼らが落としたハンドライトを拾った。

「油断するな。残存兵に注意して浩志を探すんだ」

ルスランらに命じたワットは、雪の上に残った足跡をライトの光で追った。

「これか」

森から続く藪から足跡が抜け出していた。浩志のものに違いない。だが、そこはすでに川辺だった。雪の下はぬかるんでいるのか、足を抜き出したと思われる雪の上に泥が散っている。四、五歩歩いて深みにはまったようだ。足跡は突然大きな穴に変わっていた。

「……浩志」

　ワットは雪の上をライトで照らして息を飲んだ。大きな穴で足跡は終わっている。周囲に血痕はなく負傷した痕跡はないが、その二メートルほど先はモスクワ川の濁流が渦《うず》巻いていた。浩志が川に飲み込まれたことは間違いない。

「ミスター・ワット……」

　ルスランもハンドライトで足跡を追って来たようだ。

「ミスター・藤堂は、川に落ちたのでしょうか？」

「そのようだな」

　溜息混じりにワットは答えた。

「どうしたらいいのですか？」

　ルスランは大きな体をしているのに、泣きそうな声で尋ねてきた。

「これまでも浩志は何度も死にかけた。そのたびにやつは、生き返った。俺たちに出来ることは、信じることだ。あいつは絶対死なないと」

　ワットは拳を握りしめて言った。

二

　モスクワ川の流域に発展したロシアの首都の名は、川の名前が由来である。モスクワ川はオカ川の支流で、蛇行しながらモスクワを貫き、やがてヴォルガ川と合流してカスピ海に注ぐ。

ルスランとシロコフを逃がすため、エフセエフの身辺警護をする小隊とやむなく闘った浩志はモスクワ川の濁流にのまれた。水温八度と初冬とはいえ身を切るような冷たい川の流れの中で、浩志は溺《おぼ》れまいと抱えていた〝AN94〟を捨て必死に泳いだ。もっとも背負っていたタクティカルバックパックが防水のため、浮力がついて沈むことはなかった。

およそ二キロ流され、中洲にぶつかった浩志は息を整えて十数メートル泳ぎ、岸辺の木の幹に摑まった。すぐには水から抜け出すことができず、何度も気を失いそうになりながらも木をたぐり寄せて岸辺に這い上がった。

寒さに震え、体中を刺すような痛みが走った。

「うん……？」

雪原の向こうに黒い塊が見える。煙突があるので小屋らしい。辺りはすっかり暗いが、雪が積もっていることで浮かび上がって見えるのだ。

浩志はふらつきながらも立ち上がった。たった百メートルほどの距離だが、途方もなく遠くに感じる。何度も倒れ、最後は這うように歩いた。

小屋と思ったのは、無人の〝ダーチャ〟だった。基本的に〝ダーチャ〟は菜園が付いているものを指す。農作業ができない冬場に利用する者は少なく、〝ダーチャ〟をサマーハウスと呼ぶ者もいるようだ。

浩志は玄関のドアの鍵を蹴って壊し、室内に倒れ込んだ。家の中は雪がないだけで外気と大して変わらない。軍服が濡れているため、体温が奪われて行く。震える手でバックパックと上着だけ脱いだところで、視界がしだいにぼやけてきた。

眼前の風景が雪原に変わり、天候は急速に悪化して猛吹雪《もうふぶき》となった。

激しい雪の中を何人もの男たちが重装備で歩いている。

「待ってくれ」

声を出したが、横殴りの吹雪にかき消された。

男たちが振り返った。

「ワット、辰也《たつや》、瀬川《せがわ》、加藤、宮坂《みやさか》、田中《たなか》、京介《きようすけ》、黒川《くろかわ》、中條」

仲間が全員いた。

「……名取《なとり》、アンドレア、ジャン、ミハエル……」

いつもより人数が多いと思ったら、死んだ仲間もいるようだ。

彼らは真剣な眼差しで浩志をじっと見つめていた。指揮官としてはやく前に出ろと言うことだろう。

「今行く」

立ち上がろうとしたが、体が鉛のように重くていうことを聞かない。

「浩志、……浩志」

優しい女の声がする。振り返ると、美香が立っていた。リハビリを続けて歩けるようになったと聞いていたが、松葉杖を使わずに立っているところを見るのははじめてだ。傷つき寒さに震える浩志を哀れんでいるのか、美香は悲しげな表情をしている。

「浩志」

彼女はゆっくりと首を横に振った。もう闘わなくていいとでも言うのだろうか。

「美香……」

呼びかけると、バンッという大きな音を立て、すべて闇の中に消えてしまった。

「……？」

目を開けると、見知らぬ部屋の中にいた。バンッとまた音がした。振り返ると玄関のドアが風で閉まった。吹雪ではないが、風が強いらしい。

ドアが閉まる音で目が覚めなければ、そのまま凍え死んでいただろう。体を起こして記憶を辿り、川から這い出して無人の〝ダーチャ〟に来たことを思い出した。

部屋を見渡した。玄関がある部屋は十六畳ほどの広さで、木造建築だが、一方の壁際にブロックとレンガで組まれた暖炉があった。ロシアで古くから調理器としても使われる暖房器具の〝ペチカ〟だ。

歯が噛み合わないほどの震えがまた襲ってきた。このままでは確実に死ぬ。ペチカの下の段の蓋を開け、側にあった石炭を投げ込んだ。そしてタクティカルバックパックからレーションのパックを取り出し、カバーを破って中からビニール袋に入ったストーブセットを出した。中には固形燃料を固定する使い捨ての簡易ストーブと四個の着火材付き固形燃料に、防水マッチが数本入っている。

浩志は固形燃料をストーブにはめ込み、マッチを点けようとしたが、震える手では先端を擦《こす》ることがなかなかできない。何度も床にマッチを落とし、やっとの思いで点けた火を固形燃料に近づけた。バチッと音を立てて着火材に火が燃え移り、すぐに燃料全体に炎が広がった。両手をかざし、血液を循環《じゅんかん》させて指先が動くようになった。

ペチカの中に別の固形燃料を入れて着火させると、近くに立てかけてあった火かき棒で固形燃料を石炭の上に載せて蓋を閉じた。ペチカは燃料が燃える熱と煙の熱を利用するため、部屋全体が暖まるまでは時間がかかる。

簡易ストーブの上にアルミカップを置き、中にペットボトルの水を入れた。水を温めている間にタクティカルバックパックから新しい下着と防寒のジーンズにフリースのセーターを出して着替えた。それでも震えは収まらないので、きつく折り畳んでおいたダウンのジャケットをその上から着た。体の芯から冷えてしまい、温かく感じないのだろう。

ストーブの水がお湯になったので、粉コーヒーにミルクと砂糖も入れてかき混ぜた。アルミカップに口をつけ、香りのないコーヒーを飲んだ。温かい液体が食道を通り、胃の中に落ちて行く。冷えた体にはそれだけでもご馳走《ちそう》と言えた。カップのコーヒーを飲み干《ほ》すと、ようやく震えは収まり大きな息を吐いた。

しばらくするとペチカがじんわりと暖まってきた。石炭を入れたかまどの蓋の上には別の蓋が付いている。開けてみると、オーブンになっていた。

「これはいい」

浩志はレーションの缶詰をオーブンに入れて温めた。数分後、ぐつぐつと音と湯気を立てる塩茹での牛肉を食べた。腹も膨れて体も暖まり、生き返った気分になった。

濡れたジャケットをペチカで干そうと床から拾い上げ、ポケットを探った。

「しまった！」

ポケットに入れておいた携帯がなくなっている。川で流された時に落としてしまったのだろう。防水携帯なので使えると思っていただけに悔やまれる。

浩志は軍服を乾かすと、バックパックに仕舞い、肩に担いだ。

玄関のドアを開けた。肌を刺す寒風が吹き込んで来る。

「くっ！」

ようやく暖まった心地いい部屋を出なくてはならない。無人とはいえ、一つの所に長居はできなかった。

三

午後八時十分、浩志は一・五キロほど歩いて〝ズヴェニゴロド〟の街にやってきた。モスクワに関しては何を聞かれても答えられるほど、様々な情報を頭に叩き込んであるが、周辺地域は地理情報ぐらいしか覚えていない。

とりあえず街の中心部を目指したが、古い街はどこも代わり映えなく閑散としている。むろんネオン輝く繁華街などない。

一時間ほど人気のない街をあてもなく歩いていると、ロシアの街なら必ずあると言って間違いない〝戦没者慰霊公園〟に出た。四十分ほど前にも通ったが、広い石畳の広場の前にマイクロバスが停まっており、大きな荷物を抱えた男が数人並んでいる。

地方都市ばかりかロシア連邦の国々からも、モスクワ行きの夜行バスは沢山運行されている。だが、バスが停車しているのは、駅前でもなければバス停でもない。不定期の夜行バスかもしれない。

「このバスは、どこに行くんだ？」

浩志はバスに近付き、最後尾の中年の男に尋ねた。

「これか？　モスクワ行きの超高級バスだ。乗れば、ビルの建設現場で何ヶ月か働ける。

その代わり寝泊まりに文句は言えないがな」

男は冗談混じりに答えた。身長一八〇センチほど、歳は四十代前半、胸板が厚く腕も太い。季節労働者なのだろう。バスはモスクワの近郊を巡回して、安い賃金で建設労働者を集めているようだ。

ロシアは潤沢《じゆんたく》な天然資源による好景気が続き、それを背景にした建設ラッシュがある。特にモスクワの中心部であるプレスネンスキー区では、一九九四年からはじまる〝モスクワ・シティ〟と呼ばれる都市の再開発プロジェクトが進行中だ。超高層ビルが林立する〝モスクワ・シティ〟では二〇一二年現在も新たなビル建設がされている。

「俺も乗れるのか？」

「止めておけ。労働者を集めているのはマフィアだ。工事が終わる前に抜け出すことはできない。途中で辞めたら、殺されるからな。仕事はきついし、賃金も安いぞ。このバスに乗るのは他じゃ働けない不法滞在か食い詰め者ばかりだ」

男は浩志の風体を見て小声で言った。

ロシアはありとあらゆる所にマフィアが進出している。またそれとは別に様々な犯罪組織もはびこっている。地元の人間に言わせれば、マフィアと犯罪組織の違いは、人を殺すかどうかで判別し、人を平気で殺すのがマフィアだそうだ。

「それなら問題ない」

浩志はにやりと笑って男の後ろにならんだ。

「さっさと乗れ、おまえはだめだ。老人ホームにでも行け」

罵声《ばせい》とともに、七十代と思しき男がバスから転げ落ちて来た。マフィアが同乗しているようだ。

運転席のすぐ後ろに、一目でマフィアと分かる人相の悪い男が座っている。浩志は咎められずに乗ることができた。バスは定員が二十五、六人のところを三十人以上乗っている。浩志の後から歳を取った男が乗ろうとしたが、マフィアに蹴落とされ、バスは出発した。

高速道路には向かわず、人目を避けるようにモスクワ川沿いの一般道を西に向かう。満員にも拘らず、途中の郊外都市で停車しては人を乗せた。これ以上乗せられない状態になると、先に乗せられていた年齢が高いか、ひ弱そうな男がバスから放り出される。だが、マフィアの横暴《おうぼう》に誰一人として文句は言わない。彼らのやり口を分かっているからだ。

一時間後にモスクワの環状高速道路〝ヴネシュニャヤ・スタラナ〟の二キロ手前で、グラスノゴルスクという街を抜け、モスクワ川の岸辺にある船着き場で全員バスから下ろされた。

船首を岸辺に向けた小型貨物船や貨物艀《はしけ》が係留されている。浩志らは中型の貨物艀に乗せられた。モスクワ川はオカ川にも通じているが、グラスノゴルスクの三キロ上流のザハルコボに貯水池と堰《せき》があるために船で直接モスクワに入ることはできない。

「最近プーチンがまた大統領になるっていうんで反対のデモやらテロやらで、モスクワはやたらと検問が多くて面倒になった。だから俺たちは積み荷として川を上るんだ」

浩志と一緒にバスに乗った男で、イワンという冗談好きの気のいい男だ。軍を脱走したためにまともな職には就けないらしい。

貨物艀に乗せられたのは全部で三十四人、それと桟橋《さんばし》で新たに監視役が一人増えてマフィアは二人になった。

「おまえらシートの下に隠れろ。頭を出すんじゃないぞ」

バスに乗っていた男だ。ときおりマカロフをちらつかせて威張っている。もっともこの手の連中は、躊躇なく撃つために用心しなければならない。

四十分ほど過ぎた頃、船はごつんと音を立てて川の左岸に着けられた。

「さっさと降りろ、世話を焼かせるんじゃねえぞ」

シートから抜け出した浩志らは、重機やトラックが無造作に停めてある工場地帯らしい場所で艀を降ろされた。南の方角を見ると、超高層ビル群の夜景が見える。〝モスクワ・シティ〟の近くらしい。

「ここが今日からおまえらのねぐらだ。ぶっ殺されたくなかったら、一歩も外に出るんじゃねえぞ」

男は傍に建っているプレハブ小屋を指差した。

「俺はここで失敬する」

浩志は男の前に出て言った。プレハブ小屋に入れれば、外から鍵をかけられて抜け出せなくなるのは目に見えていた。それに男の態度にいいかげん腹が立っていた。

「てめえ、死にたいのか」

男は懐からマカロフを抜いて、銃口を向けてきた。

浩志はすばやくマカロフの銃身を握り、目にも留まらぬ速さで男の眉間に銃口を突きつけていた。相手の腕を捻り上げる合気道で言う〝小手捻り〟の技を応用したものだが、銃の種類や相手の姿勢により方法は様々ある。

「死にたいのはおまえだろう」

「とっ、とんでもない」

男の瞳が動いた。

背後からもう一人のマフィアがナイフを持って襲ってきた。浩志は振り向き様に男の顎に回し蹴りを炸裂《さくれつ》させ、三メートル後方に飛ばして昏倒させた。顎の骨が砕けたに違いない。手加減はしなかった。

「労働者を閉じ込めたら、車で帰るつもりなんだろう？」

浩志はもう一度男の眉間に銃口を突きつけて言った。

「逆らうなよ」

男は口を開けたまま、返事をした。俺は人を殺すことを何とも思わない。

「そっ、そうだ」

「車まで案内しろ」

浩志はマカロフで男の背中を押して歩かせた。

プレハブ小屋の裏に型は古いが、ロシアのアフトヴァーズ社の四駆〝ラーダ・ニーヴァ〟が停めてあった。欧米の排ガス規制に対応できなくなったために一九九七年以降は先進国への輸出はされていないが、プーチンの愛車でなかなかいい車だ。

「車を出せ！」

浩志は助手席に座って男に命令した。

男は渋々運転席に乗り込んでキーを差したが、浩志が前方を見た瞬間いきなり銃身を摑もうと腕を伸ばして来た。浩志の真似をしたのだろう。さっとマカロフを引き、男の顔面を銃底で殴って気絶させた。

「馬鹿なやつだ」

簡単に見えたかもしれないが、銃を奪うのは生半可《なまはんか》な訓練ではできない。

浩志はバックパックからタクティカルグローブを出してはめ、マカロフに付いた自分の指紋を念入りに拭《ふ》き取った。その上で銃を男に握らせて指紋を付け、ポケットに仕舞った。男を車から蹴り落として運転席に移り、キーを捻った。

エンジンは調子のいい音を立てている。

「いいだろう」

浩志は口笛を吹き、工場地帯を抜け出した。

四

浩志の捜索を断念したワットらは、イゴール・エブセエフの屋敷を退散し、三台の車を連ねて〝セルプホフ〟の高射ミサイル兵器補給・保管基地に戻っていた。エブセエフの指揮権が通じるのは陸軍に限られており、空軍と海軍にはまったく影響が出ていなかった。そのため空軍の基地である保管基地は安全と判断したのだ。

ペダノワの友人で外務省情報局に勤務するナターリア・グラチェワによれば、エブセエフの相次《あいつ》ぐ不可解な命令により参謀本部は混乱を来《きた》しているようだ。また、日頃から私的な行動にさえ参謀本部直属の〝スペツナズ〟を身辺警護につけるなど、参謀副総長という権力を笠《かさ》に着た横暴は軍内部で問題視されているらしい。

「それにしても、エブセエフが私たちの留守に来るとは思ってもみなかった。迂闊だった。ワットらも残ってもらうんだったな。完全に作戦ミスだ」

大佐は悔しそうに言った。

エブセエフの身辺警護をしていた兵士らとの戦闘が終わったのは、午後四時半、すでに日は暮れていた。浩志の痕跡を見つけたが、それはモスクワ川の濁流に飲み込まれたことを物語るものだった。三十分ほど捜索を続けたが、漆黒の闇の中での捜索は限界があった。午後五時に屋敷を出発し、二時間近くかけて保管基地の兵舎に着いていた。

「まさか休日でもないのに別荘に〝スペツナズ〟の護衛を付けて来るとは、誰も予想できませんよ」

ワットは肩を竦めてみせた。

「エブセエフはあの別荘で愛人と会う予定だったみたいよ。あの別荘はそのためのものらしいわ。それ以外の目的では、あまり利用しないみたい」

ペダノワは友人のナターリアから情報を得ていた。彼女とはロシア政府に傍受《ぼうじゅ》されることがない衛星携帯で互いに連絡を取り合っていた。

「何！　軍人のくせに愛人用の豪邸を持っているのか。さすがに米国じゃありえないな」

ワットは首を横に振って苦笑いした。

「いずれにせよ。エブセエフはもう私らの手が届かない場所に隠れたに違いない。作戦は当初の予定通り、ＦＳＢの防諜局ウラジミール・ケルザコフに絞るしかないな」

大佐は渋い表情で首を横に振った。

「そうとも言えないわ。実はケルザコフとエブセエフの二人に関係する人物がもう一人、分かったの。ニコライ・コレシェフという連邦議会議員。彼も元ＫＧＢ出身の政治家よ。おそらくブラックナイトの大幹部だと思う。これまでも海外で逮捕された死の商人との関係を取り沙汰されていたし、アフガンでは麻薬取引に関係していたという噂もある。外務省の情報局では捜査するたびに政治的な圧力がかかり、うやむやにされてきた疑惑の人物なの」

ペダノワは特に情報源を言わなかったが、これもナターリアからもたらされたことは言うまでもない。

「標的が三つになったか。俺たちだけじゃ、手に負えないぞ」

ワットは溜息を漏らした。

「それじゃ、標的がまとまって一カ所に集まるって言ったらどうかしら」

ペダノワが悪戯っぽい顔で言った。

「どういうことだ」

ワットが首を傾げた。

「三日後にコレシェフの誕生パーティがあるの。エブセエフも招待客に入っている。二人もブラックナイトの幹部が出るから、軍事部門である〝ヴォールク〟のケルザコフも絶対に顔を出すはずよ」

「三日後？　冗談だろう。エブセエフの別荘で騒動があったばかりだ。やつらもパーティどころじゃないはずだ」

ワットは首を振って笑った。

「パーティは一ヶ月以上前から決まっていたもの。今さらキャンセルすればコレシェフは恥をかくことになる。体面を重んじる政府の要人だけにそれはありえない」

「だが、パーティと言うのなら、様々な人間が出席するはずだ。一般人も来るかもしれない。いくらチャンスがあるからと言って、そんなところでドンパチやれば、無関係な人間に大勢死傷者が出ることは目に見えている。それは絶対避けるべきだ」

ワットは激しく首を振った。

「何言っているの。ブラックナイトや〝ヴォールク〟に関係する人間ばかりよ、きっと。会場ごと爆破しても何の問題はないわ」

ペダノワは目を吊り上げて反発した。

「ブラックナイトの専用パーティという保証はあるのか。それとも胸にブラックナイトだと名札でも付けているというのか」

ワットは左胸を拳で叩いてみせた。

「それじゃ、三人だけを特定して、狙撃すればいいんじゃない」

ペダノワはワットの左胸を指で突いてやりかえした。

「二人とも落ち着け。たとえ参加者が全員ブラックナイトや〝ヴォールク〟の関係者だとしても、ボーイやコックは関係ないだろう。標的が狙撃できたとしても、警護の兵が反撃すれば犠牲者が出る。一人でも無関係な人間に犠牲者を出すようなら、我々はテロリストと変わらない。どんな理由をつけたところで、そんな闘い方に正義はないぞ」

大佐は二人を一喝した。

「しかし、大佐、こんなチャンスはもう二度と来ないわよ」

ペダノワが両手を振って興奮気味に言った。

「誰も諦めろとは言っていない。作戦次第だと言っているのだ。パーティの出席者により、作戦は色々と考えられる。まずは情報を集めることだ」

大佐は自信ありげに言った。

「何かいい方法でもあるのですか？」

今度はワットが大佐に尋ねた。

「ないこともない。だが、このメンバーだけでは無理だ。浩志がいてくれればなあ」

大佐は遠い目で言った。

「確かに」

ワットとペダノワが同時に溜息をついてみせた。

五

マフィアの車を奪った浩志は、モスクワの商業地区にあるデグチャルニ通りの一本手前の通りに車を停めた。

モスクワには駐車場はほとんどない。昼夜を問わず路上駐車が常識で、駐車禁止も特別な場所を除《のぞ》いて設定されていない。市内の道はどこも両端の二車線を駐車スペースとして奪われるため、世界で有数の渋滞の原因になっている。また野放しゆえに車泥棒は日常的で、窃盗団《せっとうだん》のシンジケートもあるほどだ。

浩志は用心深くデグチャルニ通りの交差点まで進み、ビルの角から通りを覗き込んだ。

午後十一時八分、人気のない通りにはびっしりと車が停められている。もっとも夜中に徒歩で外出する者はまずいない。

モスクワは犯罪都市としても有名だ。昼夜を問わず一人歩きは危険で、窃盗、誘拐、麻薬中毒者による殺人、特に極右のスキンヘッド集団による少数民族への暴行は目に余る。

「やはりな」

浩志は二人の男が乗っている車を発見し、にやりとした。

バラクラバを被り、タクティカルグローブをはめてマカロフを握った。辺りを警戒し、低い姿勢で車に近付いた。

しゃがんだ姿勢から運転席の横で立ち上がり、銃を車内の男たちに突きつけた。

「下りろ！」

運転席の男は車を出そうとしたが、フロントガラスから銃口を突きつけると諦めたらしく、がっくりと項垂れた。

「手を挙げて、金を出せ。抵抗したらぶっ殺すぞ」

浩志はわざと強盗の振りをした。

男たちが下りてくると、油断なく浩志は背後に回り込んだ。二人ともスーツに革のコートを着ている。むろんサラリーマンでないことは、銃を突きつけられても命乞《いのちご》いしないことで明白だ。

右側の男の後頭部を殴って昏倒させると、左側の男が振り向き様に浩志のマカロフを左手で叩き落とし、強烈な右のストレートを放ってきた。浩志は左手で受け流し、体を回転させて相手の右脇に入り、左の肘打ちと右掌底《しょうてい》で男を倒した。

凍てついた路上に大の字で気絶している二人のジャケットから、身分証と財布、それに拳銃を抜き出した。

「〝グラッチ〟か」

浩志は二丁の銃をバックパックに仕舞い、身分証も確認するとポケットに入れた。ついでにエンジンを切ってキーを抜き取り、財布と一緒に道路の排水溝に捨てた。ただし、マフィアの指紋が付いているマカロフは、路上の片隅に落としたままあえて拾わなかった。これで少しはロシアの治安に寄与することができるはずだ。

〝グラッチ〟は〝MP443〟のNATOコードであり、ロシア国内では制作者の名前を取って〝ヤルイギン〟と呼ばれている。ロシア軍が制式に採用した最新銃（二〇一二年現在）であるが、マカロフ弾でなく九ミリNATO弾を採用している。

「ここだな」

浩志は数メートル離れた〝マラヤ・マンション〟と玄関に英語で表記されている建物に入った。このマンションの三〇一号室にアーロン・ジャンセンと名乗る米国人が住んでいるはずだ。

〝ヴォールク〟の二人目の処刑人である〝シャイターン〟との闘いに勝った浩志らは、男が最新の〝パワードスーツ〟を着用していることを知った。それを米軍との取り決めで情報を流したところ、現地のCIAエージェントに現物を渡すように指示された。ところが、接触したエージェントであるブレーク・エルバートは危険を冒《おか》したくないと断ってきたのだ。浩志はエルバートが乗って来た〝ボルボV60〟を友恵に軍事衛星を使って追跡させ、〝マラヤ・マンション〟に辿り着いた。

一階の玄関にセキュリティーはないが、監視カメラがあるかもしれない。浩志はバラクラバを被ったままエレベーターに乗った。三階に上がり非常口に近い三〇一号室のインターホンを押した。両手にまだタクティカルグローブがはめられている。

「…………」

返事はないが、ドアの覗き穴から様子を窺っているのは分かる。浩志はポケットから小さなマイク付きのブルートゥースヘッドホンを取り出して、覗き穴の前に出して見せた。

ドアの鍵が外される音がし、真っ赤な顔をしたブレーク・エルバートがドアを開けた。

やはりジャンセンは偽名だった。浩志が見せたヘッドホンは、彼から渡されたものだった。

「何を考えているんだ」

エルバートは声をひそめながらも、怒気をあらわにした。

浩志はエルバートを押しのけて部屋に入り、バラクラバを脱いでポケットに入れた。

「自分が何をしているのか、分かっているのか！」

「心配するな。外で見張っていたGRUの情報員は片付けてきた」

浩志はポケットに入れておいた男たちの身分証と、バックパックから〝グラッチ〟を出してエルバートに渡した。身分証にはロシア連邦軍参謀本部としか記載されてなかったが、軍の情報機関である情報部の職員であることは間違いない。

「なんてことだ。連邦軍参謀本部の身分証に〝グラッチ〟かよ、明日にでもロシアを脱出しなければならなくなったじゃないか」

身分証と銃を見たエルバートは両手を振って大袈裟《おおげさ》に嘆いてみせた。

「おまえはロシアの情報機関に見張られていたんだ。どのみち情報員として、これ以上仕事はできない。最後に俺と仕事をして帰国すれば、勲章が貰えるぞ」

「断る！　あんたは疫病神だ。今時、ＣＩＡのエージェントが命がけで仕事をするとでも思っているのか」

エルバートは浩志を憎々しげな目で見た。

「一つ、言い忘れた。外で見張っていた情報員を片付けたと言ったが、気絶させただけだ。二、三十分もすれば目が覚めるだろう。無駄な殺人は好まないからな」

浩志はわざとらしく肩を竦めてみせた。

「何だって！」

エルバートは甲高《かんだか》い声を上げると、慌てて浩志に身分証と銃を返して奥の部屋に飛び込んで行った。そこはベッドルームで、エルバートはベッドの上にスーツケースを広げ、身の回りの物を詰めはじめた。

「どうするつもりだ？」

浩志は冷ややかに尋ねた。

「どうもこうもないだろう。私を見張っている敵国の情報員が暴行を受けたんだぞ。ただで済むと思っているのか。これからすぐに米国大使館に駆け込んで保護してもらうんだ」

エルバートは浩志に目もくれずに壁際のワードローブから荷物を出している。

「分かった、分かった。二人とも殺して口封じすればいいんだな。この銃で」

浩志はエルバートから返された〝グラッチ〟を構えてみせた。

「何？……あっ！」

エルバートは浩志がタクティカルグローブをはめていることにようやく気付き、悲鳴を上げた。

「おまえの指紋入りの銃で情報員を殺せば、すべてうまくいく。もっともおまえは単に殺人犯になってしまうだろう。大使館が保護したとしても、間違いなく国際問題に発展し、米国は窮地に立たされる。楽しみだな」

ふんと浩志は鼻で笑った。

「勘弁してくれ。俺にどうしろと、言うんだ」

エルバートは頭を抱えて、ベッドに座り込んだ。

「死にたくなかったら。俺の命令に従え」

浩志は冷酷ともいえる厳しい表情で言った。

六

開発モデル地区である〝モスクワ・シティ〟は、工場地帯に隣接するモスクワの中心部の下町を整備し、一九九四年から建設が進められている。

現在では高層ビル群が建ち並ぶ、未来的なエリアになっているが、順風に開発が進められてきたわけではない。好況を続けてきたロシアでも金融危機の影響から免《まぬか》れることはできなかった。ドバイのブルジュ・ハリファに次ぐ超高層ビルになる予定だったロシア・タワーは、計画が中止され、竣《しゅん》工《こう》予定が三、四年延びて二〇一二年現在も工事中のビルも多々ある。

計画通りに三つの高層ビルで構成されたナベレジナヤ・タワーの中で、二〇〇七年に竣工したCタワーは六十一階、二百六十メートルの高さがある。その最上階に二千平米の広さがあるパーティ会場があった。

午後五時四十分、会場では何十人ものボーイが忙しそうにテーブルの上に皿やグラスの準備をしており、ステージにはパーティの出し物として出演するロックバンドの機材が運ばれている。

パーティは連邦議会議員であるニコライ・コレシェフの誕生日を記念して催《もよお》されるが、

招待客は各界の名士の他、大学生や若年の社会人など、若い世代が大半を占《し》め、内容もロックのミニコンサートやダンスを主体とした若者向けであった。というのもコレシェフの誕生パーティというのは口実で、本当は翌年の大統領選に備えて与党を応援する内容だからである。

　プーチンは二〇〇〇年から二〇〇八年までロシア連邦大統領を務めた後、その座をメドベージェフに譲り、首相になることでロシアをコントロールしてきた。確かに経済的には好況が続いたが、それは石油や天然ガスを輸出することで得られたもので、国自体の産業の発展はなく、犯罪率や失業率は好転どころか悪化している。

　しかも政府に異を唱えようものなら、暗殺か投獄という極端な統制を行い、インテリ層からプーチンはそっぽを向かれていた。にも拘らず、二〇一二年の大統領選挙で再び立候補したプーチンの陣営は、何も知らない地方や若年層の取り込みに躍起《やっき》になっているのである。

　パーティの開催は午後六時、会場のステージの近くで掃除機を扱っていた作業服姿の中年の男が、同じ格好をした若い女に話しかけた。

「そろそろ、私たちも用意をするか」

　男は髪を染めて若返った大佐であった。その隣でステージにモップ掛けをしている地味な女はペダノワである。

二人は検問で厳しく制限されたモスクワ市内に、パジェロでやってきた。ペダノワの友人であるナターリア・グラチェワが調達したGRU（連邦軍参謀本部情報部）の身分証を使って、ミハイル・シロコフを伴いいくつもの検問をくぐり抜けたのだ。

「そうね」

ペダノワは掃除道具を入れたカーゴから、小さな機械を取り出し、ステージ上に置かれたギターのアンプの後ろに取り付けた。

「これで準備はできたわ」

ペダノワは大佐に親指を立ててみせた。二人はカーゴを押してスタッフ専用の通路へ出ると、カーゴからスーツケースを出してスタッフルームに入った。パーティが開演間近のため、部屋には誰もいない。大佐はスーツケースからタキシードを、ペダノワは胸が開いたドレスを出して着替えた。二人ともグロック26を隠し持っている。

パーティは予定通り開催され、外で待ちかねていた客が会場につめかけた。ロックコンサートがあるために若い男女の姿が目立つ。十分ほど遅れて、主賓のニコライ・コレシェフがボディーガードを伴い会場に現れた。身長は一七一、二センチとロシア人としては小柄ではあるが、目付きが鋭くアクの強い顔をしている。

ステージに上がったコレシェフは、若者中心の客に対してロシアの現状やら、次期大統領選のことを絡ませ、プーチンの宣伝をさりげなく織り交ぜて挨拶を終えた。

「遅いな。やつは来ないのか」

メインの一つであるミニロックコンサートも終わり、生演奏のダンスタイムで盛り上がった会場を眺めながら、ウイスキーグラスを片手に大佐が不満を漏らした。というのも招待客のリストにイゴール・エブセエフは載っているものの、未《いま》だに姿を現さないからだ。それに会場の警備もビルの警備員がしているだけで、期待したウラジミール・ケルザコフも関係していない。もっとも彼が会場の指揮《しき》をしていたら、作戦は厳しいものになったので、よかったのかもしれない。

「浩志に襲撃されて怖じ気づいたんだわ」

ペダノワは大佐の耳元で悔しげに言った。

「作戦をBに変更するか」

大佐は頷くと、ステージに向かって小型のリモコンのスイッチを押した。すると、ギターのアンプの後ろが点滅をはじめた。ペダノワが仕掛けた機械で、金属製のパネルの中央にデジタル表示の数字がカウントダウンするというものだ。誰が見ても時限爆弾と分かるように、シロコフが作ったダミーである。

大佐は会場の責任者にGRUの身分証を見せ捜査官だと名乗った。その間ペダノワはコレシェフに近付いた。

アンプの後ろでドラムを叩いていた男が、ギターアンプの異変に気付き動きを止めた。

ドラム演奏がなくなり、他のバンドのメンバーが怪訝な表情になった。

大佐は警備員を伴ってステージのアンプの後ろを確かめ、顔色を変えた警備員に指示を出し、バンドのメンバーをステージから降ろした。

「会場のみなさん、静粛《せいしゆく》に願います。ただいま、このビルで火災が発生したと連絡が入りました。ただし、すぐに大きな被害が出ることはありません。落ち着いてエレベーターを使い、このビルから退出してください。パーティはこれにてお開きにします」

大佐はステージのマイクを使ってアナウンスした。ブーイングも出たが、警備員が誘導をはじめたので、客は仕方なく会場から動きはじめた。

その間にペダノワはコレシェフに身分証を提示し、テロリストの爆破予告を受けて潜入していたGRUの捜査官だと名乗った。

「本当に時限爆弾が仕掛けられていたのか？　いたずらじゃないだろうな。パーティが台無しだ。どうして事前に防げなかったんだ。この役立たずが！」

コレシェフはペダノワに怒鳴り散らした。

「少しお待ちください。すぐに上官が参ります」

ペダノワは顔色も変えずに落ち着いて対応し、コレシェフとボディーガードをスタッフ専用の廊下に導いた。

「大変です。コレシェフ議員。後、五分で爆発します。貨物用エレベーターで地下駐車場まで逃げてください。スペツナズを呼んでありますので、ご安心ください」

会場から飛び出して来た大佐が叫んだ。

「ほっ、本当か！」

コレシェフは表情を一変させ、ボディーガードに抱きついた。

「こちらです」

大佐はペダノワと、通路の奥にある貨物用エレベーターにコレシェフらを導いた。

「くそったれ、エブセエフのやつめ、急にパーティをキャンセルしたのでおかしいと思っていたんだ。GRUを寄越すとは爆破予告を知っていたんだな。こんなことなら、ケルザコフに会場を警護させておくべきだった」

エレベーターに乗ったコレシェフは苦々しい表情で文句を言った。

「我々は直属の上官の命令に従っただけです。エブセエフ参謀副総長が、今どちらにいらっしゃるのかも知りません」

大佐は白々しく言った。

「やつのことだ。臆病風に吹かれて、核シェルターの執務室に閉じこもっているに決まっている」

コレシェフは忌々《いまいま》しげに答えた。

エレベーターが地下駐車場に着くと、軍用四駆の〝UAZ31512〟が二台停まっており、バラクラバで顔を隠したフル装備の兵士が五人立っていた。

ワットとルスラン、アリ、ハッサン、それにモスクワで合流した浩志である。無線や防弾ベストから〝ＡＮ９４〟まで、ワットがエブセエフの別荘で闘った敵から調達していた。

浩志はＣＩＡのブレーク・エルバートから傍受されない衛星携帯を借りて連絡を取り、大佐と作戦を練《ね》り上げた。そして、コレシェフのパーティに潜入することが決まると、エルバートに衣装から車の手配までさせた。またペダノワは友人のナターリアに偽の軍の命令書を発行させ、〝ＵＡＺ３１５１２〟に乗ったワットとルスランらをモスクワ市内に潜入させることに成功していた。

ちなみに準備が整った後エルバートを解放したところ、すぐさま荷造りをして米国大使館に駆け込んだようだ。彼には最後まで見張りのＧＲＵの情報員を泥棒の振りして倒したことなど教えなかった。

「ご苦労！」

コレシェフは偉そうに兵士に扮装した浩志らに言った。

浩志とワットは敬礼してコレシェフに近付き、二人のボディーガードを叩きのめした。

「なっ、何を……」

コレシェフは唖然としていたが、ルスランとハッサンからボディチェックを受けてようやく事態を飲み込んだらしく、顔を青くした。

「車に乗れ！」

浩志は〝ＡＮ９４〟を突きつけた。

七

二台の軍用四駆の〝ＵＡＺ３１５１２〟とパジェロがモスクワ川沿いのクラスノプレスホンスカヤ通りを走っている。先頭を走るパジェロはタキシード姿の大佐が運転し、ドレスを着替えたペダノワは助手席に座っていた。唯一作戦に加わらずに待機していたシロコフは後部座席で眠っている。会場の情報を調べたり、偽爆弾を徹夜で作るなど、体力がない科学者としてはよく働いた。

午後八時十一分、渋滞こそないが、車はまだ多い。パジェロから少し距離を離して走る〝ＵＡＺ３１５１２〟はルスランが運転し、助手席には浩志、後部座席にはワットと連邦議会議員のニコライ・コレシェフが乗っている。後続の〝ＵＡＺ３１５１２〟はアリとハッサンである。

「おまえたちは何が目的だ。私を拉致して、ただですむと思っているのか」

落ち着いたらしくコレシェフが尋ねてきた。

「おまえがブラックナイトの幹部だということは分かっている。取引しないか」

「ブラックナイト？　何のことだ。米国のナイトクラブの名前か？　ラスベガスにありそうだな」

コレシェフは肩を竦めてみせた。

「白々しい嘘は止めろ」

浩志はバラクラバを取って振り返った。

「おっ、おまえは浩志・藤堂！」

コレシェフは眉間に皺を寄せた。

「何で俺の顔を知っている？」

「おまえは国際テロリストだ。手配書の写真も見た。私は連邦議会議員だぞ。知っていて当然だ」

コレシェフは浩志から視線を外して言った。

「ブラックナイトの大幹部ともあろう人間が、その程度の嘘しか言えないのか。俺の手配書の写真は〝ヴォールク〟のエージェントがグアムで撮ったことは分かっているんだぞ」

「………」

さすがにプライドが許さなかったのか、コレシェフは反論しなかった。

「俺やペダノワに構うな。約束するなら、助けてやる」

浩志は武器を持たないコレシェフをできれば殺したくなかった。

「馬鹿馬鹿しい。物の売り買いじゃあるまいし、どうやって約束すると言うのだ。たとえ私が約束を守ったとしても、今日のように拉致されたり、狙撃されたりするかもしれない。確実な約束はおまえが死ぬことだ。私を殺せば、おまえの仲間が今度は全員ターゲットになるだけだぞ」

さすがに大物らしくコレシェフは臆《おく》することなく言った。

「それはお互い様だ。俺は命を狙われれば、必ずおまえの首を貫いに来る。俺の仲間は優秀だ。約束を破れば、必ず報復する。それとも今すぐおまえを殺して、俺たち全員がターゲットになるか試してみるか」

浩志はにやりと笑ってみせた。

「むっ！」

コレシェフは苦々しい表情になった。

「……おまえたちの処刑命令を取り消させれば、私を解放するのか？」

少し間を置いて、コレシェフは態度を改めた。

「それは取引の前提に過ぎない。参謀副総長のイゴール・エブセエフとFSBのウラジミール・ケルザコフの命だ」

「エブセエフにケルザコフだと？　馬鹿な」

コレシェフは鼻で笑った。

「〃ヴォールク〃のトップであるエブセエフがペダノワに処刑命令を出し、ケルザコフが三人の処刑人を差し向けたと俺は睨んでいる。おかげで俺や仲間だけでなく、罪もない民間人が大勢犠牲になった。あの二人だけは地獄に行ってもらう」

「…………」

コレシェフは黙り込んだ。浩志の推理に間違いはないようだ。

「居場所を教えるだけでいいんだ」

浩志は表情を変えずに言った。

「知らんね。知っていたとしても誰が言う」

コレシェフは首を横に振った。ブラックナイトと〃ヴォールク〃の秘密を漏らしたら、必ず殺されるという厳しい掟《おきて》があるに違いない。

「言いたくなかったら、言わなくていい。俺たちが向かっているのはクレムリンの核シェルターだ。目的は分かるよな」

ロシアの大統領府や大統領官邸が置かれているクレムリンは十二世紀に原型が築かれ、十五世紀にイタリアの建築家によって築城された。その歴史的建造物の地下には長大な核シェルターがあった。

「エブセエフを殺す気か。馬鹿馬鹿しい。私が核シェルターに入る手助けをすると思っているのか。死にたくなかったら、私を解放することだな」

　危機的状況にも拘らず、コレシェフは強気の態度を崩さない。自分は助かるという自信があるようだ。とすれば仲間が助けに来てくれるという確証があるに違いない。浩志は胸騒ぎのようなものを感じた。

「ピッカリ、こいつの体を調べるんだ」

　コレシェフの手前、浩志はワットをコードネームで呼んだ。

「ひょっとして」

　ワットの表情が変わった。浩志の疑念が分かったようだ。すぐさまコレシェフの上半身を裸にして押さえ込むと、ハンドライトで調べはじめた。

「離せ！　何をする」

　コレシェフは大声で喚いた。

「左の肩に小さな傷が三カ所ある。新しい傷ほど小さい。まずいな、浩志」

　ワットは舌打ちをしながら報告した。

「体内に超小型位置発信器を埋め込み、電池が切れるたびに取り替えてきた。技術の進歩により、新しいものほど小型になった。そうだな」

　浩志が指摘すると、コレシェフは目を泳がせた。おそらくブラックナイトや〝ヴォールク〟の幹部は拉致を想定し、発信器を体内に装備しているのだろう。

「すでに探知されているな」

ワットはサバイバルナイフを抜いていた。この場で取り除くつもりらしい。

「全員に告ぐ。コレシェフは体内に位置発信器を取り付けていた。すでに現在位置は特定されているはずだ。襲撃に備え、警戒を怠るな」

浩志は無線で全員に連絡をした。

「止めろ！」

ナイフに気が付いたコレシェフが悲鳴を上げた。

グワンッ！

後方で凄まじい爆発音がした。

「何！」

後部座席に体を向けていた浩志に衝撃が走った。

アリとハッサンが乗っていた〝ＵＡＺ３１５１２〟の車体が炎を上げて浮き上がり、フェンスを突き破ってモスクワ川に落ちて行った。

八

炎と化した〝ＵＡＺ３１５１２〟は、モスクワ川の闇に飲み込まれた。代わって百メートル後方にロシア製〝ラーダ・ニーヴァ〟が現れ、サンルーフから身を乗り出した男が長い筒状の物を抱えている。車は狙撃を目的としてカスタマイズされた特別な仕様になっているようだ。

「くそっ！　ロケット弾をぶっ放しやがった」

ワットは後部の窓を覗き込んで叫んだ。

「今からでも遅くはない。降伏しろ！」

コレシェフが命令口調で言った。

「黙っていろ！」

ワットが〝AN94〟の銃底でコレシェフの脇腹を殴り、黙らせた。

「このまま川岸を走れ！　ピッカリ、応戦だ」

クレムリンの方角に向かうつもりだったが、浩志はあえて川岸を進ませた。モスクワ川は大都市の割に道路の整備は遅れている。幹線を外れたら、道は極端に狭くなり、袋小路に入ることもある。見通しがいい道を走る方がリスクは少ないのだ。それに交通量が多い場所は避けたかった。

「任せろ！」

ワットは後方の幌をナイフで切り裂き、銃撃をはじめた。

「アオショウビン。応答せよ」

浩志は大佐を無線で呼び出した。

――大丈夫か！

先頭を走っていた大佐はクレムリンに向かうために途中で左折していた。

「川に沿って進んでいる。敵はまだ一台だ。片付けたら連絡する」

――気をつけろ。ここは敵地だ。すぐに応援が駆けつけて来る。いざとなったら、コレシェフを捨てて逃げろ。

捨てろということは、殺害せよということだ。

「了解！」

連絡を終わった浩志も助手席の天井部分の幌をナイフで切り裂き、車から身を乗り出した。だが、浩志が〝ＡＮ９４〟を構えるよりも早くワットの銃弾が〝ラーダ・ニーヴァ〟の運転手に命中した。急ハンドルを切ったのか、車は反対車線のガソリンスタンドの看板にぶつかって大破した。

「ざまあみろ！」

ワットが拳を上げた。

「むっ！」

浩志は舌打ちをした。後方から二台の車が猛スピードで近付いて来た。しかも二台とも〝ラーダ・ニーヴァ〟だ。

「ちくしょう！　応援が来やがった」

ワットが〝ＡＮ９４〟を構えようとした。

「ピッカリ、攻撃は俺に任せろ。コレシェフの発信器にアルミホイルを使え」

「その手があったか」

ワットは銃を置き、自分のバックパックを引き寄せた。ワットとペダノワの肩には超小型位置発信器が埋め込んである。その電波を遮断するために肩にアルミホイルを巻き付け、テープで留めてある。だが、アルミホイルは破れ易いので予備を沢山持っていた。

浩志は〝ＡＮ９４〟を構えた。

二台の〝ラーダ・ニーヴァ〟までの距離はおよそ百五十メートル。〝ＡＮ９４〟の射程距離は四百メートルほどだが、揺れる車に乗っているので、当然命中率は落ちる。百メートル以上離されたら当てるのは至難の業だ。

〝ラーダ・ニーヴァ〟は並行に並び、それぞれのサンルーフから男が身を乗り出した。二人とも肩に筒状の武器を担いだ。形状からしてロシア製の使い捨て対戦車ロケット弾発射機〝ＲＰＧ２２〟に違いない。

「左に避けろ！」

浩志は叫ぶと同時に足でルスランの左腕を踏んでハンドルを切らせた。〝ＵＡＺ３１５１２〟は反対車線に飛び込み、一メートル脇をロケット弾が抜け、前方の路面で爆発した。

二台目の車もロケット弾を発射した。

「来たぞ！」

今度はワットが叫んだ。

ルスランは対向車を避けながら右にハンドルを切った。白い煙を吐きながらロケット弾は車の左脇をかすめるように飛び、前から走ってきた乗用車に命中し、爆発した。

浩志は〝ＡＮ９４〟で狙いを定め、反撃した。左側を走っていた〝ラーダ・ニーヴァ〟の運転席に数発あたり、車はスピンして横転した。

右側の〝ラーダ・ニーヴァ〟が仲間の車を避け、サンルーフに立つ男が〝ＲＰＧ２２〟からいつの間にかアサルトライフルに武器を替えて銃撃してきた。

「くそっ！」

敵の銃弾が〝ＵＡＺ３１５１２〟の後方に当たり、テールランプが砕け散った。

浩志はすかさず〝ＡＮ９４〟の照準を車上の男に合わせて反撃した。敵の銃弾がすぐ側の幌を突き破り、浩志の銃弾は敵の肩を撃ち抜いた。

「むっ！」

〝ラーダ・ニーヴァ〟が突然蛇行運転をはじめ、対向車線に侵入し、大型トラックと正面衝突した。

二百メートル後方に大佐が運転しているパジェロが走っていた。助手席から〝ＡＮ９４〟を構えたペダノワが身を乗り出している。後方から〝ラーダ・ニーヴァ〟を銃撃したようだ。いい腕をしている。彼らは別行動を取らずに浩志たちを追って来たようだ。

――こちらアオショウビン、応答せよ。

大佐からの連絡だ。

「リベンジャーだ。援護、助かった」

浩志は銃を下ろし、助手席に戻った。

――また敵の援軍が来る。作戦は中止だ。すぐにコレシェフを捨てろ。

「発信器はアルミホイルで遮断した」

ワットは揺れる車内で、コレシェフの肩にアルミホイルを巻き付けていた。だが、負傷したのか、左の肩口を押さえている。

「ワット。大丈夫か？」

浩志は後部座席をハンドライトで照らして尋ねた。

「左肩をやられたが、かすり傷だ。問題ない」

弾丸が左肩を貫通したらしく、ワットは器用に自分で応急処置をしている。

――了解、作戦は続行する。

大佐は浩志らの乗った〝ＵＡＺ３１５１２〟を追い越して行った。

「仲間は、残念だった」

無言で運転を続けるルスランを浩志は気遣った。

「作戦が終わったら、故郷で仲間の弔《とむら》いをします」

ルスランは気丈に答えた。

「俺も参加させてくれ」

浩志はルスランの肩に手を置いて言った。

死のシェルター

一

モスクワの中心部からやや東寄りにある地下鉄のタガンスカヤ駅前には、ロシアで〝リノック〟と呼ばれるテントを張り巡らした市場がある。ヨーロッパでよく見かける青空マーケットのことで、物資が満ちあふれた露店からは、ソ連時代この国が、慢性的な食糧難だったことなど想像することはできない。

〝リノック〟を通り抜け派手な色彩の教会の近くに、巨大な赤い星が飾《かざ》られた厳めしい鉄製の門がある。鉄格子の門を潜《くぐ》り、古い低層の建物の階段をひたすら地下十八階まで下りて行くと、今度は延々と地下道が続く。これはかつて旧ソ連時代に造られた核シェルターで、現在は〝冷戦博物館〟として一般公開されている。

冷戦時代、ソ連政府はモスクワだけで七千平米という巨大な核シェルターを構築し、米国の核攻撃に備えた。むろん構造物を造るだけでなく、食料や医薬品をはじめとした様々な物資がシェルターに備蓄された。地上は物資が不足していたが、地下には物資が豊富に蓄《たくわ》えられていたのだ。現在は一部を博物館として使われてはいるが、多くは廃墟と化している。

にも拘らず、ロシアはモスクワに新たに五千基の核シェルターの建設を進めている。理由は旧ソ連時代のシェルターが老朽化《ろうきゅうか》したためだという。米国との核戦争に未だに備えているということもあるが、裏を返せばロシアが自ら核を使用する意思を持っている証拠である。

巨大な〝万里《ばんり》の長城地下シェルター〟を持つ中国も新たな核シェルター建設は盛んだ。地球を数度壊滅させることができる核兵器を持つこれらの国は、他国を滅ぼしても自分たちだけでも生き残ろうと必死なのである。だが、核戦争で壊滅した地球では一、二年命を永らえたところで、滅ぶしかないことに彼らは未だに気が付いていない。

〝ブラックナイトの幹部であるロシア連邦議会議員ニコライ・コレシェフを拉致し、〝ヴォールク〟の追撃をかわした浩志らは、クレムリンの地下にある核シェルターに向かっていたが、〝サドヴニキ〟と呼ばれる地区に目的地を変更していた。クレムリンの南側を大きく蛇行するモスクワ川と橋を改修する目的で造られたヴォドオトヴォードヌイ運河に挟まれた湾曲部の中洲である。

体内の位置発信器で特定された車をロケット弾で攻撃されたコレシェフは、態度を変えて取引に応じてきた。追撃されたということは、コレシェフの口封じも兼ねており、彼が生き延びるには命じた者を殺害するほかない。つまり浩志らと立場が同じになったのだ。

クレムリンから〝サドヴニキ〟へ大モスクワ橋を渡ったたもとに、五つ星のホテル〝バルチューグ・ケンピンスキー・ホテル〟がある。モスクワでも屈指の高級ホテルで、その裏手にある六階建てビルの一室にコレシェフのプライベートな執務室があるらしい。イゴール・エブセエフを倒すには準備が必要だという彼の提案に従って、浩志と大佐は付いて来た。

ワットとペダノワとルスランは川岸沿いの建設現場に待機している。〝サドヴニキ〟は再開発で景観を崩さないように建設現場に大きな囲いをしているため、車ごと隠れるには都合がよかった。

「このビルに監視カメラはない。心配するな」

建物の周囲を気にしている浩志と大佐にコレシェフは言った。二人とも顔を隠すバラクラバは被っていない。

「おまえ自身、〝ヴォールク〟に狙われている可能性もあるんだぞ」

浩志は待ち伏せもあり得ると、警戒しているのだ。

「そうかもしれんが、この建物は組織には知られていない。万一の場合を考えて用意しておいた。いわばパニックルームのようなものだ。体内の発信器の電波が遮断された今は、安心して入れる」

犯罪組織に身を置くだけに、裏切りも計算の上で行動していたようだ。

午後八時五十四分、一階のレストランの横にある狭い通路を入って行くと、旧式のエレベーターがあった。浩志と大佐はグロックをジャケットの下に隠し持ち、エレベーターに乗り込んだ。二人とも襲撃に備えると同時にコレシェフにも最大限の注意を怠らない。取引に応じた彼をまったく信じていないのだ。

六階で下りると、コレシェフは廊下の一番奥まで進み、ドアノブの上にある小さなボックスに親指をかざしてロックを外した。五十平米のワンルームにパソコンが置かれた執務机とベッドが一つ、それに大型のスチールロッカーがいくつか並べられていた。

コレシェフは執務机の革の椅子に座った。浩志はコレシェフを椅子ごと机から離し、武器が隠されていないか机の引き出しを調べた。大佐はスチールロッカーをチェックし、武器が収納してあったらしく、感嘆の声を上げている。

「この部屋には、ロシアを脱出するための必要な道具がすべて揃っている。だが、〝ヴォールク〟に殺されそうになり、おめおめと逃げるつもりはない。私を無視して君らの殺害を命じたのは、エブセエフに間違いないだろう。あの男さえ殺せば、私は組織に戻れるはずだ。君らの要望通り、エブセエフとケルザコフの殺害に協力をしよう」

浩志や大佐の行動を横目で見ながらコレシェフは言った。

「組織でのおまえの地位、それにブラックナイトと〝ヴォールク〟の関係はどうなっている？」

一通り部屋の備品に目を通した大佐が尋ねた。

「もとはKGBを母胎《ぼたい》にし、マフィアを下部組織に置いた裏組織だった。つまり旧ソ連時代から組織はあったのだ。ソ連崩壊後は、KGBが形式上解体され、FSBをはじめとした新たな政府機関が誕生した。一方、裏組織は解体されることなく、政府を闇で支えると同時に世界中の元KGB支局を吸収し、巨大化した。それが、各国の情報機関から〝悪魔の旅団〟とかブラックナイトと呼ばれるようになった」

コレシェフの説明に矛盾はなかった。

「ブラックナイトは、数年前に情報機関と軍事部門を切り離した。むろん軍事部門というのは〝ヴォールク〟のことだ。以前はブラックナイトの幹部は、〝ヴォールク〟の幹部よりも上級だった。だが〝ヴォールク〟の幹部がロシア軍の上級幹部になるにつれ、しだいに力を持つようになったのだ」

「それがエフセエフというわけか」

浩志は相槌を打った。

「エフセエフは、〝ヴォールク〟の総司令官で、ケルザコフは副司令官だ。組織全体からすれば、私がナンバー2、エブセエフはナンバー3の序列になっている。だがナンバー1の信任を得ているため、最近ではナンバー2だと勝手に思っているようだ」

コレシェフは苦々しい表情で言った。もともと確執があったようだ。

「ナンバー1はプーチンか?」

浩志は単刀直入に尋ねた。

「ナンバー1が誰かは、口が裂《さ》けても言えない。言えば、地球の果てまで逃げても殺されるからな。もっともこの国の偉大な指導者であることは否定しないがな」

コレシェフは思わせぶりなことを言って、肩を竦めてみせた。

「エブセエフとケルザコフを消せば、ペダノワと俺への追手は本当になくなるのか?」

浩志はコレシェフが簡単に同意したために、エブセエフらの暗殺は意味がある行為なのか疑問に思えてきたのだ。

「ブラックナイトでは、もともとおまえには手を出すなと警告を出している。組織の損失が増えるばかりだからだ。ペダノワと合わせておまえも殺害しようとしているのは〝ヴォールク〟の幹部だけだった。今回も案の定、各地で騒ぎになり、大きな損害を被《こうむ》った。エブセエフとケルザコフの二人は責任を取らなければならないのだ」

「組織の不始末を俺たちに押し付けるということか」

浩志は鼻で笑った。

「そうとも言える。だが、君らも損な話じゃないだろう。二人が死ねば、〝ヴォールク〟は壊滅し、おまえとペダノワの命を狙う者はいなくなる。〝ヴォールク〟がなくなれば、軍事部門がなくなったブラックナイトの組織は弱体化する。失うものは大きいのだ」

コレシェフは溜息をついてみせた。

「そうじゃないだろう。〝ヴォールク〟はもともとロシアの正規軍である〝スペツナズ〟と組織が重複している。裏の軍隊を使わなくても支障がないからだ。違うか？」

「そっ、それは……」

傍で聞いていた大佐の鋭い指摘にコレシェフは口ごもった。

「まあいい。我々としても〝ヴォールク〟の壊滅が第一の目的だ。エブセエフとケルザコフ殺害に対するおまえさんのアイデアを聞かせてもらおうか」

大佐は執務机の前に椅子を置き座った。

「分かった……」

内部事情に詳しい大佐の顔をコレシェフは訝《いぶか》しげな目で見た。誰だかまだ教えていないのだ。

「私はマジェール・佐藤だ。半端なアイデアじゃ納得しないぞ」

大佐はコレシェフの視線を読んで名乗った。

「何！　マジェール・佐藤だと！　大佐と呼ばれ、傭兵最高の軍師と言われた男か。引退したと聞いていたが……」

コレシェフは両眼を見開いた。

「知っているとは光栄だ」

「そうか、そうだったのか。最強の傭兵と軍師を相手にしていたのか。これは面白い」

コレシェフは太い声で笑った後、スチールロッカーから新核シェルターの見取図を出して、執務机の上に広げた。

浩志と大佐は潜入方法から脱出経路まで、質問を交え一時間ほど詳細に説明を受けた。

「ロッカーの武器は自由に使ってくれ。私はトイレに行かせてもらう」

コレシェフは話し終わると、疲れた表情を見せてスチールロッカーの脇にあるドアに向かった。

「待て！」

ドアを開けようとするコレシェフを遮り、浩志は先に中に入って異常がないか調べた。

トイレは便座が一つあるだけのごくありふれたもので、洗面台も窓もない。

「ドアを開けたまま、用をたせ」

浩志はグロックを突きつけて命じた。

「そこまで、疑うとはね」

コレシェフは首を振りながらベルトを外して、ズボンをゆっくりと降ろした。

「さっさとしろ！」

緩慢な動作に浩志は苛ついた。

「おっと、ヒーターのスイッチを入れるのを忘れていた」

コレシェフが何かのボタンを押した。途端にトイレの天井から鉄板が落ちて来て入口を塞いだ。

「何！」

浩志は慌てて鉄板を持ち上げようとしてみたが、びくともしない。

「浩志・藤堂、私は約束を守ってやる。おまえもエブセエフとケルザコフの命を必ず奪うのだ。いいな」

コレシェフの声が鉄板の向こうからしたと思ったら、内部からガチャンと大きな音がして静かになった。

「無駄だ、放っておけ。トイレは脱出シューターになっているのだろう。それよりも武器を調達してここをすぐに引き上げるぞ」

大佐はロッカーの武器を改めて調べながら言った。すでにコレシェフのことは気にしてないようだ。

「くそっ！」

浩志は鉄板を拳で叩いた。

「探す必要はない。あいつは、おしまいだ」

大佐はポケットから小型のデジタルカメラを出し、投げて寄越した。観光客に扮するためにいつも持ち歩いていたカメラだ。

「隠し撮りしていたのか？」

浩志はカメラを見て首を捻った。写真を撮ったところで何の役にも立たない。

「今は便利な世の中だ。ハイビジョンムービーで撮っておいた。ロシアの暗部を語ってくれたんだ。インターネットで流せば、翌日にはあいつの死体が見つかるだろう」

大佐はウインクして見せた。コレシェフは映像に記録されているとも知らずに、ブラックナイトの幹部だと自慢していた。これ以上の内部告発はないだろう。ブラックナイトか、ロシアの情報機関が始末してくれるはずだ。

「そういうことか」

浩志は頷くと、カメラをポケットに仕舞った。

二

午前二時、モスクワは氷点下十度まで気温が下がり、クレムリンの西側にあるアレクサンドロフスキー公園は幻想的な雪景色になっていた。

公園から1ブロック西にロシア国立図書館がある。書棚の全長が二百七十五キロと世界屈指《くっし》の図書館で市民の間では未だに昔の呼び名である〝レーニン図書館〟と呼ばれている。

パジェロに乗り込んだ浩志らは〝レーニン図書館〟の西側にある狭いスタロヴァガニコフスキー通りから図書館の旧館を通り越し、隣の建物の通用門の前で車を停めた。鉄格子の柵《さく》はあるが、監視カメラはない。銃撃戦で傷ついた〝UAZ3152〟は、〝サトヴニキ〟の建設現場に乗り捨てて、一台で行動している。

「大佐、外で待機し、脱出の際の援護を頼む」

車から下りると、浩志は助手席に乗っている大佐に言った。とうとう彼を敵地のど真ん中まで付き合わせてしまったと、今更ながら後悔していた。

「何を言っている馬鹿馬鹿しい。今は一人でも戦闘員は多い方がいいんだ。車で待機するのはシロコフ一人で充分だ」

大佐はふんと鼻で笑って車を下りた。

「これから先は必ず戦闘になる。生きて帰れる可能性はないぞ」

声を潜めながらも強い口調で諫《いさ》めた。

「だからどうした。それが傭兵の仕事だろう。私のことを心配しているのは分かっているが、前にも言ったはずだ。これはおまえたちだけの闘いじゃない。私の闘いでもあるんだ。生きて帰ろうとは思ってはいない」

大佐は浩志の肩を摑んで睨んできた。

「分かった。だが、俺たちに付いて来られないようなら、その場で帰るように命令するぞ」

浩志は大佐を突き放すと、柵を乗り越え、門の鍵を外した。

ワット、ペダノワ、ルスランに続き大佐が門から敷地に潜入した。全員戦闘服ではなく私服に着替えている。だが装備は無線のヘッドギアに防弾ベスト、〝AN94〟、グロック、サバイバルナイフ、その他にもコレシェフの執務室で手に入れたロシア製手榴弾〝RGD5〟に催涙弾《さいるいだん》や防毒マスク、それにナイトビジョンなど特殊部隊なみである。また浩志とワットはプラスチック爆弾と起爆装置もバックパックに入れてある。

重装備の五人は、敷地を駆け抜けて反対側の柵を乗り越え、コンクリートの平屋の建物に上った。目の前は真夜中というのに車が走っている七車線一方通行のモホヴァヤ通りだ。雪をかき分けて屋上の天窓をこじ開け、ラペリングロープを使って降下した。ここは地下鉄ボロヴィツカヤ駅の入口の建屋である。クレムリンの目と鼻の先にあるために裏通りから潜入したのだ。

非常灯で照らし出された構内を進み、地下に通じるエスカレーターの電源を入れた。

「大丈夫か、大佐」

浩志は肩で息をする大佐を気遣った。

「ラペリング降下は久しぶりだから、余計な体力を使ってしまっただけだ。私がしんがりで一番後から付いて行く、心配は無用だ」

苦笑を見せた大佐は、エスカレーターに乗って息を整えた。場所によって多少違うが、モスクワの地下鉄は地下八十メートルを走っている。そのため、どの駅のエスカレーターも長大になり、地下まで三分ほどかかる。もっとも休憩するには都合がいい。

エスカレーターを下りて先頭を行く浩志がハンドライトを点け、天井からシャンデリアが吊るされた通路を進んだ。モスクワの多くの駅は社会主義リアリズムという国家の威信を表現する形式に添った装飾《そうしょく》がされており、天井や壁は宮殿のように豪華である。さすがに地下深いだけに寒さは感じない。

駅のプラットホームから線路に下りて、数メートル先のトンネルの壁に鉄製の古いドアがあった。鍵のない頑丈なかんぬきがかけてある。だが、錆《さ》び付いて固く締まっていた。ドアにスプレー式の滑走剤を吹きかけて開けて中に入ると、狭い階段があった。ニコライ・コレシェフから聞いていた通りだ。

浩志は油断なく進み、ペダノワ、ワットと続いた。

「冷戦時代に造られた核シェルターの入口が、地下鉄の駅にもあることは聞いていたけど、こんなところにあるなんて驚いたわ」

ＦＳＢの防諜局にいたペダノワも知らなかったようだ。

「古いシェルターも現在造られているシェルターも、モスクワの全市民を収容できるキャパはない。秘密の通路は無数にあるが、それを知っているのは選ばれた人間だけだ」

ルスランに続き、一番後から入ってきた大佐が言った。コレシェフからもっとも知られていない安全な潜入経路を聞いていたのだ。

しばらく鉄板がむき出しの階段を下りて行くと、幅が二メートルほどの通路に出た。両側に番号が振られた部屋が並んでいる居住エリアに入ったようだ。おそらくアレクサンドロフスキー公園の地下にあたるのだろう。

モスクワに新たに建設されている五千基の核シェルターは、新規に構築されている場所がほとんどだが、一部は旧ソ連時代のシェルターを改修して造られている。参謀副総長であるイゴール・エブセエフが、裏の顔である〝ヴォールク〟の総司令官としての執務室は、クレムリンの地下にある新しい核シェルターにあると、コレシェフからは聞いている。執務室といってもホテル並みの豪華な居住設備があるため、長期滞在も可能らしい。

旧型のシェルターは巨大な横穴を並行して掘り、その中を区切ることにより構築されたが、新型のシェルターは縦横に掘削《くっさく》された横穴のつなぎ目を中心に巨大な縦穴を掘り、より多くの地下空間が建造されているようだ。

新旧いずれも近代の土木技術の最先端である〝シールドマシン〟によって構築された。

〝シールドマシン〟は、地下を掘削すると同時にパーツを組み立てながらトンネルを構築する機械である。マシンの性能や掘削岩盤にもよるが、現代では日に三、四十メートル掘延することができる。

コレシェフによれば、シールドトンネルが東西南北に格子状に掘られ、交点が直径十四メートル、深さ十二メートルの縦穴に拡幅された。交点の三十の縦穴が一つの街や行政区として機能し、将来連結トンネル自体も分割して居住空間を増やすことができるという壮大な計画らしい。

エリア別に機能するため、一部で障害があった場合でもそこだけ遮断すればすむ。基礎工事として掘削された横穴は、南北に四百三十メートルが六本、東西の五本は五百四メートルというクレムリン全体をカバーするエリアに建造された。

大統領官邸の真下にある大統領専用のシェルターを〝一地区〟とし、左回りに三十まで区分され、東側の一番外にある〝十八地区〟にエブセエフの執務室があるようだ。三十の番地を付けられた縦穴のシェルターは、それぞれ六十メートルの横穴で繋がっている。

浩志らの現在位置はクレムリンの西にある旧核シェルターの端で、新核シェルターの西側の〝二十九地区〟に近い。接続している場所まで百二十メートルほどの距離があるが、新核シェルターとの接続場所には敵が潜んでいる可能性が考えられた。バックパックからヘッドギア型のナイトビジョンを出して装着し、ハンドライトを消した。

旧核シェルターは途中でいくつもの隔壁があり、通路は見通しが利かない。隔壁に突き当たるたびに、音がしないように分厚い鋼鉄のドアに滑走剤をかけて開けなければならない。

「むっ！」

ドアを開けて中を覗いた浩志は思わず首を引っ込めた。ナイトビジョンのゴーグルを通して、三十メートルほど先で花火のような閃光《せんこう》を見たからだ。

浩志はワットに援護を頼み、ドアの向こうに飛び出した。

タンッ、タッ、タッ！

押し殺した発射音の後、すぐ側の鉄製の壁に弾丸が弾ける音が続いた。サイレンサー付きのマシンガンで狙撃されたようだ。浩志はドアの近くにある柱の陰にすばやく隠れた。

ダッ、ダンッ！　ダッ、ダンッ！

背後のドアの隙間からワットが〝AN94〟で派手な銃撃音を立てて、敵の一人を倒した。鉄板で覆われた狭い空間だけに、銃撃音が鼓膜《こまく》に凄まじい衝撃を与える轟音となる。

ワットの銃撃の合間を縫って、浩志も柱の陰から〝AN94〟を撃ちながら数メートル先の柱の陰に移動した。むき出しの鋼鉄の柱が通路にはみ出しているために身を隠すには都合がいい。敵兵は二十メートル先の柱の陰に隠れている。浩志とワットの銃弾が鉄製の壁や柱に当たり、猛烈な火花を散らせた。

タンッ、タッ、タッ！　タンッ、タッ、タッ！

敵兵は残り三名、何を思ったのか柱の陰から連射しながら、次々と飛び出して来た。浩志は敵の弾幕に当たらないように低い姿勢から銃撃し、ワットとともに三人を倒した。

「どうなっているんだ、こいつらは。よっぽど標的になりたかったのか？」

ワットが耳を押さえながら言った。浩志も鼓膜がじーんとする。銃撃音で耳をやられたのだ。

浩志は周囲を警戒しながら、倒した兵士に近付いた。兵士が出て来た柱の陰に二本のボンベが立てかけてある。

「これを見ろ」

浩志はボンベを指差した。

「何！　危うく大爆発を起こすところだったのか」

ボンベに書かれたロシア語を見て、ワットは声を上げた。

アセチレンガスボンベと酸素ボンベである。兵士らは新核シェルターに通じるドアの溶接作業をしていたのだ。ボンベに銃弾が当たれば大爆発を起こし、浩志らも巻き添えで死んでいた。男たちは爆発を恐れて慌てて逃げ出したのだ。

「くそっ！　完全に溶接してある。しかもガスの残量が足りない」

ワットは鉄の扉の周囲がしっかりと溶接してあるのを確認して舌打ちをした。しかも切断するにはボンベのガスは少ない。

「潜入箇所はほかにもある。それより、こいつらの銃を使わせてもらおうか。おまえたちで使うがいい。それに無線機も役に立つだろう」

大佐は敵兵の銃を指差し、無線機を拾った。

「〝グローザー〟か」

浩志は敵兵の銃を見て唸った。

〝ＯＴｓ１４〟はロシア語で雷雨を意味する〝グローザー〟と呼ばれ、弾倉がグリップより後ろにあるブルバック方式の最新の短機関銃である。弾倉が後ろにあるために全長は短くなるが、銃身の長さはアサルトライフルと変わらないために威力があり、〝スペッナズ〟で採用されている。しかも男たちが使っていた銃は銃身の先にサプレッサーを付けた消音タイプで、彼らは室内で使用することを前提に装備していたのだ。これならシェルター内で使っても耳を痛めることはない。

浩志は自分の〝ＡＮ９４〟を肩に掛けて、〝グローザー〟を構えた。小型だが重量はそこそこある。銃を交換したいところだが、〝グローザー〟の特殊９ミリ弾の予備を倒した男たちはあまり持っていなかった。〝ＡＮ９４〟は５・４５ミリ弾で、弾丸の互換性はないのだ。

大佐が床に核シェルターの見取図を広げて腕組みをしている。

「おそらくやつらは古い核シェルターとの接続ポイントを一つずつ溶接してきたのだろう。右に行けば、〝十八地区〟が近くなる。左は逆に遠くなる。だが、〝十八地区〟からここまでの接続ポイントはもうだめだろうな」

大佐の説明に浩志は頷いた。逃げ出した兵士らも〝十八地区〟に逃げるべく、通路の右方向に行こうとしていた。

「行くぞ！」

浩志は、通路の左手に向かった。

三

ニコライ・コレシェフのパニックルームだった執務室で手に入れた核シェルターの見取図は、設計図から起こしたもので、新旧各シェルターが記されていた。そのため、接続ポイントはすぐに分かるのだが、問題もあった。

南北に四百三十メートルの横穴が六本、東西に五百四メートルの横穴が五本という格子状に構成されているクレムリンの新核シェルターは、周囲にある旧核シェルターと繋がっている。浩志たちは〝二十九地区〟からの潜入に失敗したために北にある〝二十五地区〟の接続ポイントに向かっていた。だが、見取図からはそれぞれのシェルターの現状までは読み取れないのだ。

右拳を挙げて、浩志は立ち止まった。

激しく水が流れる音が聞こえる。ナイトビジョンのゴーグルを外し、ハンドライトで周囲を照らした。

「これは……」

浩志は絶句した。二メートル先の床のコンクリートが幅三メートルにわたって陥没《かんぼつ》し、橋は架けられているが、滔々《とうとう》と水が流れている。水深はどれだけあるか分からないが、水圧があるため歩いて渡るのは危険だ。地下水脈がトンネルを破壊したのだろう。天井から溶け出したコンクリートが氷柱《つらら》のようにぶら下がっている。長年の浸食と構造的な欠陥もあったのかもしれない。

「腐ってやがる」

ワットが橋を調べて舌打ちをした。橋は工事関係者が簡易的に渡した物だろう。

浩志はラペリングロープを腰に巻き付けて、ワットに投げ渡した。

「一人ずつ渡るほかないな。俺が安全を確かめる」

「落ちるなよ」

ワットはロープの反対側の端を自分の体に巻き付けて言った。

橋は二本の角材が渡されて板を打ち付けてあるだけだ。〝グローザー〟を両手で持ち、バランスを取りながら進んで行く。歩くたびに橋が大きく揺れる。

「くっ!」

三分の二ほど進んだところで、板を踏み抜いた。渡し板が完全に腐っていたのだ。右足を膝上まで落とし、左足と両手で踏みとどまった。

「大丈夫か!」

「大丈夫だ」

ワットに答えたものの、急激に力を入れたために背中に激痛が走った。ロケット弾の破片を取り除いた傷口が開いたのかもしれない。右足を戻し、なんとか橋を渡りきった。

「次はペダノワだ」

〝グローザー〟を下に置き、ラペリングロープを投げ渡した。

ペダノワ、大佐、ルスラン、そしてワットが順にロープを体に巻いて橋を渡って来た。

「まったく、こんなところで冒険旅行をするとは思ってもいなかったぜ」

橋を渡って来たワットはロープを外しながらこぼした。

「敵が現れるより、ましだ」

大佐が笑いながら答えた。

百六十メートルほど進んだ。

「うん? 大佐か」

浩志は耳障りな音に振り返った。大佐のポケットに入れてある敵から奪った無線機が雑音を発しているのだ。

「すまんすまん。電源を切るのを忘れていた」

大佐はポケットから敵から奪った無線機を取り出した。

――藤堂、応答せよ。

「何！」

無線機から英語で誰かが呼びかけている。

――藤堂、ペダノワ、それにワットだったな。おまえたちがシェルターに侵入していることは分かっている。応答せよ。

「誰だ。貴様は？」

浩志は大佐から無線機を受け取って答えた。

――私はワシリー・コルチャコフ少佐、コードネームは〝イブリース〟だ。

男はコードネームだけでなく、名前まで名乗った。浩志らを生かしては帰さないという自信があるのだろう。

「最後の処刑人か。名前を名乗るとは自分の墓に名前を刻んで欲しいのか」

浩志の冗談にワットが親指を立てて笑った。

――ここまで来たことは褒めてやろう。だが、私を目の前にして、同じ台詞《せりふ》が言えるか楽しみだ。

「情けないやつだ。おまえもパワードスーツを着込んでいるんだろう。誇り高き軍人なら、生身で闘え」

侮蔑《ぶべつ》を込めた口調で浩志は言った。

——優れた兵士は優れた武器を持つ。ただそれだけのことだ。待っているぞ。

不気味な笑い声が無線機から響いてきた。

「ちっ！」

浩志は舌打ちをして無線機をコンクリートの床に叩き付けた。

「核シェルターの入口は数えきれないほどある。敵は我々の位置まで特定していないはずだ。落ち着け」

苛立ち気味の浩志に大佐は苦言を漏らした。

「どうした、ルスラン？」

顔色が悪いルスランに浩志は声をかけた。多少苛立っているが、微妙なチームメンバーの変化に気が付かないほど心を乱しているわけではない。

「イスラム教では悪魔は〝シャイターン〟と呼ばれています。〝イブリース〟は〝シャイターン〟の長です。キリスト教のデビルと同じです。チェチェン戦争で、女は犯され、老人は首をはねられ、子供は串刺しにされるという惨《むご》い方法でいくつもの村を全滅させたロシアの特殊部隊の隊長を我々は〝イブリース〟と呼んでいました」

ルスランは両手を震わせながら言った。

「最後の忌まわしき処刑人は〝イブリース〟、悪魔の長か。だが、処刑するのは人間である我々の方だ」

大佐はルスランの肩を叩いて言った。

「出発」

浩志は短く言葉を発した。

四

地下水脈に架かる橋を渡った浩志らは、二百メートルほど北に進み、新核シェルターの〝二十五地区〟との接続ポイントに到着した。浩志と大佐の予想通り、旧核シェルターと繋がる出入口は無傷だった。

飛行機のハッチのような大きなかんぬきを外し、鉄製の分厚いドアを開けた。狭い通路を進むと、またドアがあった。これまでと違い、ドアの右手にセキュリティーボックスがある。網膜《もうまく》スキャンと指紋スキャン、それとＩＤカード、いずれかの認証でドアは開くようになっている。

核攻撃を受けた際にIDカードを持っていなくても核シェルターの入居者として登録されていれば、生体認証でドアが開く仕組みになっている。ここでも救済される人間の選別が行われるのだ。核シェルターのキャパが限られている以上当然のことだが、人類滅亡という最悪の事態を引き起こしかねない核兵器の所有自体は、核保有国では問題になっていない。罪もない一般市民は、こうして切り捨てられるのだ。

「これを使え」

大佐が自分のバックパックから一枚のIDカードを出して渡してきた。ニコライ・コレシェフの執務室で予備も考慮して十枚持ち出してきたものだ。彼は知り合いや部下に分け与えるために人物を特定しないフリーのIDカードを二百枚ほど持っていた。

浩志はIDカードをセキュリティーボックスにかざした。すると、ボックスの赤ランプは緑に変わり、ドアは開いた。ドアは二重になっており、一歩進むと後ろのドアは閉まり、天井にある無数のノズルから勢いよく風が体に吹き付け、床に吸い込まれるようになっていた。

五秒ほどで風は止み、前のドアが開いた。エアーシャワーを浴びて一人ずつ入る仕組みになっているのだ。天井には別のノズルも付いている。新核シェルターは細菌兵器にも対応しているに違いない。続いてワットも別のIDカードを使い、順次大佐まで無事に通過することができた。

内部は、シールドトンネルの特徴であるコンクリート製のパネルで出来た直径およそ四メートルのトンネルが続いている。間引きはされているが、非常灯が点いているので、全員ナイトビジョンを外した。

大佐が核シェルターの見取図を取り出して床に拡げた。

「これからは何があるか分からない。各自目的地は頭に叩き込んだ。現在地は新核シェルターの一番北の西側である〝二十五地区〟にいる。〝二十九地区〟まで南に進み、今度は東の〝十二地区〟へ進む。敵は〝十八地区〟に通じるトンネルで待ち伏せをしているだろう。そこで、我々は手前の〝四地区〟から二手に分かれ、〝五地区〟と〝十七地区〟から同時に攻める。脱出は同じルートでなくても、敵さえいなくなれば、どこからでも地上に出られるだろう。見取図はもはや不要だ」

大佐は説明を終えると、見取図をシェルターの入口に投げ捨てた。闘いに勝利するという決意を示すためだろう。ルスランが捨てられた見取図を見て生唾《なまつば》を飲み込んだ。

「ただし、一から十二番の地区から地上に出てはいけない。クレムリンの内側に出てしまうからな」

「俺は〝二地区〟から大統領府に出て、プーチンかメドベージェフに挨拶しようと思っていたが、止めとくか」

ワットが冗談めかして言った。

「出発。行くぞ」

浩志はワットの肩を叩いて小走りに歩き出した。

トンネルを二十メートルほど進むと、二十五地区の中心である縦穴のシェルターにぶつかった。シェルターからは様々な太さの管がトンネルに出ている。上下水道や電気やその他の通信ケーブル管なのだろう。

25と記された入口はやはり二重のドアになっていたが、ドアの上部に丸いガラス窓があり、内部が見えるようになっている。浩志が先頭でIDカードを使って、順次入った。

縦穴のシェルター内部は四層構造になっていた。中心はエレベーターホールになるらしく、エレベーターシャフト用の穴と螺旋《らせん》の非常階段がある。階段は地上の政府の関連施設に通じているらしい。

建設途中らしく、配管や柱以外に何もない広い空間だった。計画では二〇一二年中に完成予定らしいが、コレシェフによれば、内装が終わっているのは〝一地区〟から〝二十一地区〟までらしく、資金的な問題もあり工期はもっとずれこむようだ。

このエリアは通過点に過ぎないが、念のために浩志は螺旋階段を覗き込んで下の階を調べた。光量が少ない非常灯が天井に数個点っているだけで、一番下の階層まではとても見ることはできない。だが、ハンドライトを点けても変わらなかった。そうかと言って一つの地区ごとに下の階までチェックしていたら、朝までかかっても目的地に着くことはできない。

浩志は仕方なく通過する通路の安全だけ確認し、〝二十五地区〟から隣の〝二十六地区〟に向かった。出る際のエアーシャワーはなく二重のドアが順に開くのを待つだけだ。だが、試しにワットと二人で中に入ってみたが、ドアは閉まらなくなった。やはり一人ずつしか出られないようになっているのだ。一度に移動できるようにドアを開放状態にするには、セキュリティーボックスに暗証番号を入れるそうだが、コレシェフも知らないと言っていた。

エリアを繋ぐトンネルは六十メートルある。浩志らは休むことなく〝二十九地区〟まで到達した。

「小休止」

浩志はそう言うと、バックパックからペットボトルの水を出して飲んだ。疲れを見せまいとしている大佐に気を遣っていた。

「縦穴のエリアの出入りが一人ずつでは敵の標的にされてしまう。〝十八地区〟のドアは突入の際に爆破しよう」

額に汗を浮かべた大佐は水を飲みながら言った。

「俺もそう思っていた。旧核シェルターのドアと違って新核シェルターのドアは、密封性は高いがさほど頑丈ではない。プラスチック爆弾を内部に仕掛ければ、簡単に爆破できるはずだ」

大佐と同じことを考えていた。プラスチック爆弾と起爆装置は、浩志とワットが持っている。突入の際、浩志はルスランと組み、大佐はワットとペダノワの二人に付いてもらうつもりだ。

三分間の休憩の後、〝二十九地区〟を出て、東の〝十二地区〟に入った。

「これは……」

〝グローザー〟を構えて二重ドアを通過した浩志は、驚きの声を上げた。〝十二地区〟は内装が終わっているため、ドアの先は中央のエレベーターホールに続く長い通路になっていたのだ。その上、左右にはいくつものドアがあった。ドアが多ければそれだけ敵が潜んでいる可能性も高い。部屋を一つずつ開けて確かめようとしたが、施錠《せじよう》されていた。

「敵に気をつけろ」

浩志はなんとも言えない胸騒ぎのようなものを覚え、全員に注意を促《うなが》した。

中央のエレベーターホールを抜けて、東隣の〝三地区〟に向かうべく、浩志から順に出入口から出た。ワット、ペダノワ、ルスランがトンネルに出て、残るはしんがりの大佐だけだ。大佐が内側のドアの前に立った。ＩＤカードをポケットから出そうとしているが、奥に入ってしまったらしくポケットを探っている。

「いかん！」

浩志は自分のＩＤカードをセキュリティーボックスにかざしてドアを開けた。エレベーターホールに人影を見たような気がしたのだ。

「大佐、後ろだ。後ろを見ろ！」

大声を出したが、機密性が高いドアのために聞こえないらしい。

ドアの窓に血が飛び散った。

「何！」

目の前の大佐が崩れるように倒れた。エレベーターホールの非常階段に敵が潜んでいたのだ。

「くそっ！」

浩志はドアが開くと、大佐の側に膝立ちになり、〝グローザー〟を非常階段に向かって連射した。敵もすかさず反撃してきたが、一人を倒すと浩志はベルトのポーチに入れてあった手榴弾〝ＲＧＤ５〟の安全ピンを外して廊下を転がすように投げ、うつ伏せに倒れている大佐に覆いかぶさった。

轟音の後、静寂が訪れた。

浩志は大佐をゆっくりと仰向けにした。防弾ベストの下側を背後から撃たれている。出血はさほど酷くはないが、下腹部だけに手術を受けなければ助からない。だが、ここがモスクワの地下にある核シェルターであることを考えれば、不可能と言うほかない。

「浩志、先に行ってくれ」

大佐は頭をもたげて言った。

「何を言っているんだ」

「傭兵の鉄則を忘れたのか。負傷者は置き去りにするのだ。それに私は援軍を呼んでおいた。すぐに迎えに来る。心配するな」

見え透《す》いた嘘をついて、大佐は笑ってみせた。

「とりあえず、……座らせてくれ」

大佐は咳《せ》き込みながら言った。

浩志が肩を摑むと、いつの間にかワットの手が伸びてきた。気が付かないうちに入って来たようだ。二人で大佐を壁にもたれ掛かるように座らせた。

「敵は近い。急げ、作戦は時間との勝負だぞ」

大佐はグロックと〝ＲＧＤ５〟を傍らに置いて言った。敵に対処し、いつでも死ねるように準備をしたのだ。

「必ず戻って来る。動くなよ」

浩志は立ち上がり、大佐をじっと見た。

「吉報を待っている」

大佐は力なく敬礼してみせた。

「ワット、行くぞ」

「ああ」

返事をしたワットの目が赤く血走っていた。

五

〝十二地区〟で大佐が銃撃を受けて負傷した。敵は最後尾の人間を狙い、仲間が戻って来たところで勝負をつけるつもりだったのだろう。

〝三地区〟、〝四地区〟とも非常階段を念入りに調べたが、敵を見つけることはできなかった。敵は同じ手は使えないと、考えているに違いない。

大佐の作戦では〝四地区〟から北隣である〝五地区〟と、東にある〝十七地区〟の二手に分かれて最終目標の〝十八地区〟を襲撃することになっていた。だが、〝十二地区〟の待ち伏せを突破したことにより、敵に潜入経路は知られてしまっている。このまま作戦通りに行動したら敵の思うつぼだ。

浩志は〝四地区〟の非常階段の安全確認をした後、再び小休止を取り考えた。

「〝十九地区〟も加え、三方から攻めてはどうだろうか」

ワットが助言してきた。

「俺たちの人数が倍なら、それがベストだろう。だが、たった四人で三方攻撃は無理だ。……むしろ、一極集中させた方がいい」

「馬鹿な。一カ所の出入口だけ攻撃すれば、敵も集まって来るぞ」

　ワットが反論するのも当然だ。

「誰も一カ所だけ攻撃するとは言ってない。俺に考えがある」

　三方攻撃は浩志も考えていた。だが、ワットから改めて言われると攻撃のアイデアが浮かんだ。

　四人は〝五地区〟に入り、エリア内の安全を確認した。〝十八地区〟の隣だけに敵が潜んでいると考えて四人で行動したが、そうではなかった。

「肩透かしを喰らったな」

　ワットはむしろ残念そうな顔をした。

「敵も兵の数が足りなくなったんだ。分散するよりも、迎え撃つべく、〝十八地区〟の中で万全の態勢で待ち構えているに違いない」

　〝十二地区〟で浩志は〝RGD5〟を使い、四人の敵を倒していた。また旧核シェルターでも四人、合計で八人といえば一個小隊を全滅させた計算になる。敵兵が残っているとしても、シェルターの内外に配置するほどの人数はいないのだろう。

「次の行動に移るぞ」

浩志とルスランはさらに〝六地区〟に向かい、ワットとペダノワは〝十七地区〟に向かうべく〝四地区〟に戻った。

案の定〝六地区〟、そして〝十八地区〟の北隣である〝十九地区〟にも敵兵の姿はなかった。浩志は〝十八地区〟の北側の出入口の窓から鏡を使って中を覗き込んだ。出入口から数メートル先の廊下に土嚢《どのう》が積み上げられ、その向こうに〝グローザー〟を構えた二人の兵士が見える。

イゴール・エブセエフの執務室は〝十八地区〟の一番下の階層にあり、将来的に〝十八地区〟は〝ヴォールク〟専用のシェルターになるそうだ。おそらくエレベーターホールを中心に警備を固め、四つの出入口には同じように兵士が配備されているのだろう。

浩志は中の兵士らから見られないように、低い姿勢でセキュリティーボックスにIDカードをかざしてドアを開けた。そして腕時計を見ながら出入口の内部に、五分後に爆発する時限装置の付いたプラスチック爆弾を仕掛けた。中に人が入らなければ、内側のドアは開かない。外側のドアが閉まるのを確認し、その場を急いで離れた。

浩志とルスランは再び〝五地区〟に戻った。

「ルスラン。ワットらと合流しろ。俺もすぐに行く」

一瞬戸惑いの表情を見せたが、ルスランはすぐに〝十七地区〟に向かうべき南側の通路に走って行った。

浩志は〝五地区〟を出て〝十八地区〟の西の出入口に到着し、バックパックから別のプラスチック爆弾を取り出した。

「こちらリベンジャー。ピッカリ応答せよ」

――こちらピッカリ。いつでもいいぞ。

ワットとペダノワは〝十七地区〟で待機している。

「爆破一分前、五、四、三、二、一、〇」

浩志は時計を見ながらカウントし、〇で持っていたプラスチック爆弾の一分前にセットした時限装置のスイッチを入れた。

――セット完了。健闘を祈る。

ワットも同時に時限装置のスイッチを入れたと連絡をしてきた。

〝十八地区〟の三カ所の出入口を同時に爆破させ、浩志が囮となって外から銃撃を開始する。敵の注意が惹き付けられたところで、ワットとペダノワとルスランが突入するのだ。もっとも、爆発で廊下に陣取っている敵は殲滅できるだろう。

浩志はバックパックから防毒マスクを出して被り、催涙弾を手に持ち時計を見つめた。

五秒後、凄まじい轟音が起こり、〝十八地区〟の三つのドアが一度に吹き飛んだ。

すかさず催涙弾の安全ピンを抜き、ドアがなくなった西の出入口から中に投げ込んだ。

敵の反撃は今のところない。浩志は催涙弾の煙で満たされた〝十八地区〟の通路に向け、左手に〝グローザー〟、右手に〝ＡＮ９４〟を構えて同時に銃撃を開始した。

「ピッカリ、突撃せよ！」

浩志はヘッドギアの小型マイクに向かって叫んだ。

〝グローザー〟のマガジンは二十発、〝ＡＮ９４〟は三十発。どちらもすぐに撃ち尽くした。浩志は予備弾のない〝グローザー〟を捨て、〝ＡＮ９４〟に新しいマガジンを装塡した。

「うん？」

浩志は首を傾げた。催涙弾の煙が不自然に外に吹き出したのだ。もっとも防毒マスクを付けているために視界も悪いためよく見えないのだが、言い知れない危機感を覚えて後ずさりした。

煙の中から二メートル近い巨大な白い塊が出てきた。

「むっ！」

思わず浩志は〝ＡＮ９４〟のトリガーを引き絞った。銃弾は白い塊に当たっては虚《むな》しく弾き返された。

「藤堂、おまえがここまで来られるとは、思っていなかったぞ」

敵の無線機で聞いた声だ。

「貴様は、コルチャコフか」

「私はコードネームに誇りを持っている。〝イブリース〟と呼んでくれ」

コルチャコフは、パワードスーツを着込んでいた。フルフェイスの防護マスクを装着しているため顔は見えない。

浩志は諦めずにマスクに銃弾を当てた。

「無駄だ、藤堂。私のパワードスーツはさらに肉厚に出来ている。五・四五ミリ弾ではびくともしない」

「ちっ！」

銃弾を撃ち尽くした。その瞬間、コルチャコフが動いた。

「うっ！」

目にも留まらない速さでコルチャコフの右腕が横殴りに動き、受け止めた浩志は軽く後方に転がされた。

「すぐに殺すな。コルチャコフ少佐！」

催涙弾の煙が希薄になり、中から防毒マスクをした軍人が出てきた。アサルト銃は持たずに、腰にハンドガンの〝ＭＰ４４３〟、〝グラッチ〟だけ携帯している。男はコルチャコフの陰になるように、浩志と対角線上に立った。

浩志は頭を振りながら膝をついた。

「会えて光栄だよ。ミスター・藤堂。私はウラジミール・ケルザコフだ」

換気装置が働いているようだ。ケルザコフは防毒マスクを外し、軽く敬礼してみせた。能面のように表情がなく、左目に黒い眼帯をしている。

「ケルザコフ？　〝ヴォールク〟ナンバー2のウラジミール・ケルザコフか」

浩志も防毒マスクを剝ぎ取り、口から流れる血を手の甲で拭き取った。

「〝ヴォールク〟のナンバー2？　何かの間違いだろう。もうすぐ私はナンバー1になる。おまえの仲間の活躍でな」

「何だと？」

「先ほどの爆発は大胆だったな。おかげで部下は半減した。だが同時にチャンスだと思った。すぐに残りの部下に地上へ撤退するように命じたのだ。今エブセエフの警護をしているのは、彼の直属の兵士六名だけだ」

ケルザコフはくぐもった声で笑ってみせた。

「貴様らは権力の亡者か。人を蹴落とすなら何でもするのか」

立ち上がろうとすると、コルチャコフに胸を蹴られて床に叩き付けられた。手加減はしているのだろうが、パワードスーツの威力は凄まじい。肋骨にヒビが入ったらしく、息を吸い込むと焼けるように胸に痛みが走る。浩志は床を転がりながら、腰のベルトに付けられたポーチに手を突っ込んだ。

「この国では力と金を備えていなければ、のし上がることはおろか、生き抜くこともできない。なぜならいつ何時粛清や暗殺されるか分からないからだ。だからこそ、政治家だろうと軍人だろうと、なりふり構わず権力を高めようとするのだ。あと数分で戦闘は終わるだろう。その後、〝イブリース〟がおまえの仲間を始末する」

ケルザコフは演説するかのように得意げに話した。

「俺がそれを許すと思うか？」

浩志はゆらりと立ち上がり、ポーチの中で安全ピンを抜いた〝ＲＧＤ５〟をさりげなく投げた。〝ＲＧＤ５〟はコルチャコフの股の下を転がり、ケルザコフの足下で止まった。

浩志はバックステップを踏むように後退して床に伏せた。

間髪を入れずに〝ＲＧＤ５〟は爆発し、コルチャコフは倒れ、ケルザコフは血飛沫を上げながら宙高く舞った。

「悪党の割にはあっけなかったな」

浩志は肩で息をしながら座り込んだ。

六

〝十八地区〟では戦闘が続いていた。

浩志の視界には下半身血まみれのケルザコフと、パワードスーツの背中に〝ＲＧＤ５〟

の破片が無数に刺さり、煙を上げて横たわっているコルチャコフの姿があった。二人とも生きていたとしても、立ち上がることはできないだろう。

最深部から激しい銃撃音が聞こえてくる。イゴール・エブセエフの執務室の攻撃に向かったワットらとの間で銃撃戦が繰り広げられているのだ。

「こちらリベンジャーだ。ピッカリ応答せよ」

――こちらピッカリ。敵を追い詰めた。ペダノワとルスランが負傷したが、執務室の前の兵士を後一人片付けたら、ドアを爆破して突入する。時間の問題だ。

「大丈夫か？」

――二人ともまだ闘っている。心配はない。

「今から、加勢する」

一刻も早く戦闘を終わらせ、大佐を迎えに行きたかった。病院に連れて行けば、ロシア当局に拘束《こうそく》されるだろう。だが、死ぬよりはましだ。

浩志は床に落とした〝ＡＮ９４〟を拾い、最後のマガジンを装塡した。

「うん？」

ケルザコフが上体を起こし、〝グラッチ〟の銃口を向けてきた。

浩志は駆け寄って、銃を蹴り飛ばした。

「くそっ！　貴様のような虫けらに負けるとは思わなかった」

ケルザコフは悔しげに言って、仰向けになった。

「俺やペダノワを殺そうなんて、二度と考えないことだ」

浩志は〝AN94〟を構えたが、すぐに銃口を下ろした。ケルザコフの足の怪我は思いのほか重い。軍人を続けることは不可能だろう。

「むっ！」

背中に悪寒《おかん》が走り、振り向いた瞬間弾き飛ばされた。

「私が〝RGD5〟ごときで死ぬと思ったのか。特殊合金のパワードスーツの下に、ケブラーの十倍も強い繊維でできたベストを着ているのだ」

コルチャコフがいつの間にか立ち上がっていた。

防弾ベストの代名詞だったケブラー繊維も今や昔の話になっている。韓国でも軍事目的で二〇一二年にナノ材料のグラフェンと炭素ナノチューブを利用し、ケブラーよりも十二倍も強い合成繊維が開発されている。

「残念だったな、藤堂。これで勝負は決まった」

ケルザコフが上体を起こして、大声で笑った。

「うるさいやつだ」

コルチャコフはケルザコフの頭を踏みつけた。

「貴様、上官に対して何をしている！」

ケルザコフは必死に逃れようともがいているが、コルチャコフは微動だにしない。

「偉そうに、馬鹿者め」

コルチャコフがケルザコフの頭に乗せている足に体重を移動させた。バキバキという音を立ててケルザコフの頭蓋骨《ずがいこつ》は砕けた。

浩志は呆気《あっけ》に取られながらも、〃AN94〃を拾った。

「これで私は〃ヴォールク〃ナンバー1になれる。藤堂、感謝するぞ。礼に苦しまないように殺してやる。死ね！」

コルチャコフが右ストレートを放ってきた。咄嗟《とっさ》に手に持っていた〃AN94〃で受け止めたが、壁まで飛ばされた。

「くっ……」

後頭部をしこたま打った。しかも〃AN94〃の銃身が曲がっている。浩志は銃身を握ってコルチャコフの肩口に〃AN94〃を叩き付けた。銃底が砕けた。

もう一度振り上げると、恐ろしい力で銃をコルチャコフに払われた。

「くそっ！」

浩志は〃十八地区〃とは反対方向に駆け出した。こんな怪物をワットらと闘わせてはならない。

「待て！」

コルチャコフは動き出そうとしてつまずいた。〝RGD5〟の爆発でパワードスーツの機能が損なわれたに違いない。だが、それでもコルチャコフは常人と変わらぬスピードで追いかけて来た。

浩志はICカードを使って〝五地区〟に入ると、すぐに北の〝六地区〟に向かった。コルチャコフはパワードスーツを脱ぐことができないので、フルフェイスヘルメットを外した。出入口のセキュリティーを網膜スキャンで解除しているのだろう。頬に深い傷痕があり、凶悪な顔をしている。

「うっ！」

脇腹に激痛が走る。しかも背中に受けた傷も鈍い痛みを覚えた。走りながらバックパックを下ろして中を探ったが、〝RGD5〟もプラスチック爆弾もない。あるのはパワードスーツにまったく歯が立たない、腰のホルスターのグロックとサバイバルナイフだけだ。

一番北の〝二十二地区〟に到着し、今度は西に向かった。三つのエリアを越えれば、〝二十五地区〟に出られ、潜入経路を逆に辿って外に出ることも可能だ。だが、浩志に秘策があった。

〝二十五地区〟の出入口を出た。コルチャコフとの距離は二十メートルほどだ。浩志が怪我をしているために差は縮められている。

「待て！」

新核シェルターの最後の出入口に浩志が飛び込むと、タッチの差でドアが閉まった。

グワンッ！

ドアが内側にへこんだ。コルチャコフがドアにパンチを入れてきたのだ。

前面のドアが開き、浩志は旧核シェルターに入った。ここから先は、ハンドライトなしでは進むことはできない。

浩志は必死に走り、地下水脈に架かる橋を渡って振り返った。コルチャコフはヘルメットを被って走って来る。ヘルメットの前面はナイトビジョンになっているのだろう。

グロックを抜いて構えた。

コルチャコフが橋を渡って来る。浩志は弾丸をパワードスーツの左肩に集めた。

「貴様！」

コルチャコフはバランスを崩して橋から落下した。体が重い分、水の中では動きづらいはずだ。

「ちっ！」

思わず舌打ちをした。コルチャコフの手が崩落した床の裂け目から出てきたのだ。

浩志はパワードスーツのヘルメットに踵落しを喰らわした。コルチャコフの下半身が水に沈んだ。さらに一発喰らわせようと、右足を振り上げた。

「むっ！」

振り下ろした右足首をコルチャコフに摑まれ、凄まじい力で壁に投げられた。背中をむき出しの鉄骨に打ちつけ、浩志は一瞬気が遠くなった。

コルチャコフは裂け目から上り、床で四つん這いになっている。パワードスーツの傷んだ箇所から水が入ってさらに機能が低下しているに違いない。足首に火花が散り、膝のあたりから煙が出ている。それでもコルチャコフは立ち上がった。

「くそっ！」

浩志はよろめきながらも立ち上がり、ハンドライトで左の壁面を照らしながら百五十メートルほど走った。十メートル先に最初に遭遇した敵の死体を発見した。

突然光の前を何かが過った。

「うっ！」

喉元に衝撃を受け、浩志は床に叩き付けられた。

「やっと捕まえたぞ。チームと別行動をとって正解だったな」

どこかで聞いた声だ。

浩志は咳き込みながら落としたライトを拾って立ち上がり、男に光を当てた。グレーの迷彩の戦闘服に防弾ベストを着用した兵士だ。腰のホルダーにはサバイバルナイフとハンドガンの〝グラッチ〟が収められていた。

兵士は頭に包帯を巻き付け、凶悪な人相をしている。

「貴様！　生きていたのか！」

 男の顔を見て浩志は声を上げた。

「パワードスーツのおかげでな。だが、俺のスーツは衝撃で壊れてしまった」

 ベルリン・ワルシャワエクスプレスで襲ってきた、"ジン"という処刑人だ。浩志らと闘い、列車から火だるまになって落ちた。てっきり死んだと思っていたが甘かったようだ。

「おまえに構っている暇はない」

　浩志は無視して二十メートル走ったが、〝ジン〟にタックルされて転んだ。足下に絡み付く男を右足で蹴って立ち上がった。

「なっ！」

　浩志は腰のホルダーからグロックがなくなっていることに気が付いた。

「これか？」

　タックルされたときに抜き取られたようだ。〝ジン〟はマガジンを抜き取り、グロックを床に捨てた。

「八つ裂きにしてやる、藤堂」

〝ジン〟はサバイバルナイフを右手で抜き、すぐに左手に持ち替えた。

「しつこいやつだ」

浩志は〝ジン〟ではなく核シェルターの奥にハンドライトの光を当てながら、走り寄ってくるコルチャコフの姿を視界の隅に捉えた。走るスピードはかなり落ちていた。

「〝イブリース〟に手柄をやるか！」

浩志の視線の先をちらりと見て、〝ジン〟は吐き捨てるように言った。そしてナイフを右手に持ち替え突き出してきた。スイッチして幻惑させる鋭い攻撃だ。しかも突き入れた瞬間に軌道を巧みに変えて逆方向に振り回す。紙一重で避けたが、右腕を切られた。

コルチャコフが迫って来た。

「〝ジン〟！　命令だ。藤堂に手を出すな！」

「偉そうに、ボロボロじゃねえか」

〝ジン〟は振り返ってコルチャコフを見ながら、素早く左手にナイフをスイッチさせて突き入れてきた。

「ぐっ！」

浩志は右脇腹を切られた。だが、その瞬間右腕で〝ジン〟の腕を摑んで引き寄せ、左手で〝ジン〟の腰のホルダーの〝グラッチ〟を抜き、二十メートル先に迫ったコルチャコフではなく、その脇の暗闇に向けて連射した。旧核シェルターの出入口を溶接するために使われたアセチレンガスボンベと酸素ボンベがあるのだ。

「離せ！　どこを撃っている」

もがく〝ジン〟に膝蹴りを喰らわせて黙らせ、ボンベを撃ち続けた。

撃ち込んだ弾丸が火花を散らしている。

闇が爆発した。

浩志は〝ジン〟を抱きかかえたまま猛烈な爆風でなぎ倒された。

七

「藤堂さんを運べ！」

「こっちだ！」

仲間の声が聞こえる。

辰也、加藤、あるいは宮坂だろうか。田中の声も聞いた気がする。

第三の処刑人であるワシリー・コルチャコフに追われ、旧核シェルターで第一の処刑人である〝ジン〟の銃を奪い、アセチレンガスボンベを銃撃した。弾丸は見事にボンベに当たって凄まじい爆発を起こした。浩志の記憶はそこまでだ。

車に乗せられているのか体が振動する。だが、傍らに辰也、加藤の姿が見える。どうやらまた死にかけているようだ。モスクワ川の濁流に飲まれ、なんとか岸に上がって〝ダーチャ〟に逃れたときも、仲間の顔が次々と浮かんできた。あのとき死ななかったのが、嘘のようだ。

「心拍が停止しました」

辰也の声だ。

「浩志！　浩志！」

美香の声まで聞こえた。様々な幻聴に意識が混濁する。

突然、電気ショックを受け、全身に痛みが走った。

「もう一度だ」

痛みがまた全身を駆け巡った。

「心拍が戻ったぞ」

遠くで声がした。

時間も空間もない闇をさまよった。

ふと目を開けると、見覚えのある白髪の男が覗き込んでいた。

「森本《もりもと》先生？」

浩志は男の名を呼んで首を傾げた。渋谷《しぶや》の松濤《しようとう》にある森本病院の院長である。病院は防衛省情報本部傘下の施設であり、傭兵代理店の専属でもあった。

「浩志……」

首を反対側に向けると美香の顔があった。満面の笑みをたたえながらも、その瞳には涙を溜めていた。

「俺は、死んだのか？」

あり得ない状況に浩志は、思わず尋ねた。声を出すと体中に痛みが走った。

「説明は俺にさせてください」

美香の背後から辰也の髭面が現れた。

「ここはどこだ？」
十五、六畳の部屋にベッドが一つ、窓にはカーテンがかけられているが、ホテルではなさそうだ。
「モスクワの市内のアジトです」

辰也がカーテンを開けた。遠くに見える〝モスクワ・シティ〟のビル群がオレンジ色に染まっている。モスクワの西方のようだ。

「我々は、美香さんの要請を受けてモスクワにいるんですよ」

「説明してくれ」

浩志とワットとペダノワの三人が〝ヴォールク〟に最後の決戦を挑むべくグアムに旅立つ前に、仲間であるリベンジャーズの面々は美香の護衛として日本に送り込まれた。

「我々は日本に着いてすぐ、美香さんから藤堂さんを助けるように正式にオファーを受けました。しかも美香さんがモスクワに行かれるというので、護衛という任務も果たしながら同時に傭兵として仕事を受けたのです」

要は美香のわがままに仲間が乗ったということだ。

「お店のカウンターに立ったら、足がよく動くようになったの。私は、池谷さんにすぐに相談したというわけ」

美香が会話に割り込んできて、にこりとした。

「どうやって俺の居場所が分かった？」

「大佐から作戦はあらかじめ聞いていました。それに大佐が核シェルターに残した足跡を辿ったのです」

辰也はシェルターのＩＤカードと見取図を見せた。大佐が自らしんがりを務めたのは、辰也らと連絡を取るためだったようだ。援軍を呼んだと言っていたが、嘘ではなかった。

「大佐はどうした？」

一番気がかりなことだ。手術を受けなければ彼は死んでしまう。

「大佐は、森本先生と病院のスタッフから緊急手術を受けて、容態は安定しています。実はこんなこともあろうかと、池谷さんは森本先生の病院のスタッフをまるごと、モスクワに送り込んでいたんです。我々は先生のお手伝いをして、モスクワにアジトと手術もできる施設の準備をしました。ロシア政府に嗅ぎ付けられないように苦労しましたよ」

辰也が得意げな顔をして言った。

「俺も手術を受けたのか？」

「そうです。一時は心拍停止されましたから。手術は救出されてすぐ、一昨日の午前四時に受けられました」

「一昨日！」

思わず体を起こし、浩志はしかめっ面になった。

「二日間も寝ていたのよ」

美香に肩を優しく押さえられ、浩志はまた横になった。

「俺の近くにいた敵はどうした？」

首だけもたげて、辰也に尋ねた。

「黒こげのパワードスーツの男が一人、その他にも三人の焼死体。それから藤堂さんに覆いかぶさっていた男もボンベの破片が背中に無数に刺さっており、間もなく死亡しました。アセチレンガスボンベと酸素ボンベが爆発したんです。藤堂さんの生還は奇跡ですよ」

もみ合っていた〝ジン〟が盾になり、助かったらしい。二つのボンベのガスが残り少なかったのも幸いしたに違いない。

「ところで、誰が来ているんだ？」

「連れて来ていいですか、森本先生？」

辰也が森本の顔色を窺って、部屋の外に出て行くと、

「私も失礼するよ」

森本も美香に黙礼して部屋から姿を消し、彼女と二人だけになった。

「なんて無茶をしたんだ」

浩志は傍らの美香を咎めた。

「私はあなたを絶対死なせはしない。自分に誓っているの」

美香は浩志の首に両腕を絡ませ、そっとキスをしてきた。柔らかい唇の感触に浩志はたちまち懐柔された。

しばらくして、遠慮がちにドアがノックされた。

美香がベッドから離れ、ドアを開けた。

「辰也、瀬川、宮坂、加藤、田中、京介、黒川、中條……全員か」

浩志は部屋に入って来た男たちの名を一人ずつ呼んだ。彼らに続き、ワットとペダノワ、それにルスランも顔を見せた。

「チームは、一人も欠けていませんよ」

辰也が言うと、仲間は頷いてみせた。

「ワット、あれからどうした？」

浩志はパワードスーツを着たコルチャコフの対処に必死になりながらも気になっていた。

「聞いてがっかりするなよ。執務室のドアを蹴破って突入したら、エブセエフは心臓マヒで死んでいたよ。太り過ぎが原因だな。心臓マッサージまでしたが、だめだった」

ワットが肩を竦めると、ペダノワが笑顔でワットに寄り添った。いつの間にか二人はできているようだ。

「私からも報告があります。連邦議会議員ニコライ・コレシェフの死体が、昨日モスクワ川で発見されました。大佐の指示で藤堂さんがお持ちだったカメラの映像を、友恵がインターネットに掲載したのが原因だと思われます」

瀬川が待ちかねたように説明した。

「…………」

浩志は天井を仰いだ。妙な結果になったが、敵を殲滅できた。だが、これまで犠牲になった者を思えば、手放しで喜ぶことはできない。

「任務、完了か……」

浩志は体を起こし、親指を立てた。

終曲

木製のカウンターの上に空のショットグラスが置かれた。

美香がグラスに八年もののターキーをなみなみと注ぐ。

浩志は一口噛み締めるように舌の上で荒削《あらけず》りなバーボンの味を楽しむと、グラスの残りを喉の奥に流し込んだ。

「何が食べたいの？」

美香はブルーのサンドレスを着て、カウンターに立っている。

「何でもいい」

「分かった」

キャンドルの炎で照らし出された美香の頬に、えくぼが浮かんだ。

料理を待つ間、浩志は手酌《てじゃく》でショットグラスにターキーを注いだ。

クレムリンの地下核シェルターで負傷した浩志は二週間もの間、モスクワの外れにあるビルの一室で治療を受けた後、車椅子で移動するまで回復した大佐とともにロシアを出国した。入国は至難の業だったが、出国はワルシャワ経由の列車で簡単にできた。むろん〝ヴォールク〟が壊滅したことが大きな要因だろう。

二杯目のターキーも空にし、グラスをまた琥珀《こはく》色に満たした。モスクワで負傷してから三ヶ月経っていた。怪我も完治し、酒もうまい。

「お待ちどおさま」

カウンターに料理が載せられた。

「こいつはいい！」

いい香りがすると思っていたら、焼うどんの皿が置かれていた。

浩志はさっそく箸をとって食べはじめた。

「ちっとも変わらない」

美香はくすりと笑った。

「何が？」

浩志はうどんを頬張りながら尋ねた。

「あなたが、はじめて私の店に来たときも、焼うどんを出したのよ」

「………」

あまりのうまさに浩志は上の空で聞いていた。

「あのときも、すごい食欲だったわよ」

美香は遠い目をして微笑んだ。

その日、浩志は松濤の森本病院を抜け出し、渋谷の美香の店に顔を出している。

「そう言えば、焼うどんを食べた後、うまいするめが出てきたな」

皿のうどんを平らげると、脳裏に数年前の記憶が蘇った。

「さすがにするめは手に入らないわね。今度釣って来て」

美香がおかしそうに笑った。

「外に出るか」

「いいわね」

浩志がターキーのボトルを持ち、美香がショットグラスを二つ持った。

カウンター横のドアを開けると、水平線に赤い太陽が沈む、美しい風景が広がった。

浩志たちは海を見下ろす山の斜面に立つコテージのデッキに出たのだ。

「きれい！」

美香はデッキの柵に寄りかかり、うっとりとしている。

浩志は木製のテーブルにボトルを置いて、美香の隣に立った。

「ここをバーにするか」

「こんな場所に誰が来るの？」

美香は肩を竦めた。

「客は俺だ」

「それもいいわね。それじゃ、店の名前は〝ミスティック〟、いいでしょう?」

浩志は返事をする代わりに、美香を抱き寄せた。

この作品はフィクションであり、登場する人物および
団体はすべて実在するものといっさい関係ありません。

一〇〇字書評

切り取り線

購買動機（新聞、雑誌名を記入するか、あるいは○をつけてください）

□（　　　　　　　　　　　　）の広告を見て
□（　　　　　　　　　　　　）の書評を見て
□ 知人のすすめで　　　□ タイトルに惹かれて
□ カバーが良かったから　　　□ 内容が面白そうだから
□ 好きな作家だから　　　□ 好きな分野の本だから

・最近、最も感銘を受けた作品名をお書き下さい

・あなたのお好きな作家名をお書き下さい

・その他、ご要望がありましたらお書き下さい

住所	〒				
氏名		職業		年齢	
Eメール	※ 携帯には配信できません		新刊情報等のメール配信を 希望する・しない		

この本の感想を、編集部までお寄せいただけたらありがたく存じます。今後の企画の参考にさせていただきます。Eメールでも結構です。

いただいた「一〇〇字書評」は、新聞・雑誌等に紹介させていただくことがあります。その場合はお礼として特製図書カードを差し上げます。

前ページの原稿用紙に書評をお書きの上、切り取り、左記までお送り下さい。宛先の住所は不要です。

なお、ご記入いただいたお名前、ご住所等は、書評紹介の事前了解、謝礼のお届けのためだけに利用し、そのほかの目的のために利用することはありません。

〒一〇一 - 八七〇一
祥伝社文庫編集長　坂口芳和
電話　〇三（三二六五）二〇八〇

祥伝社ホームページの「ブックレビュー」からも、書き込めます。
www.shodensha.co.jp/bookreview

祥伝社文庫

滅《ほろ》びの終曲《しゆうきよく》 傭兵代理店《ようへいだいりてん》

平成24年7月30日　初版第1刷発行
令和 2 年1月15日　　　第2刷発行

著　者　渡辺裕之《わたなべひろゆき》

発行者　辻　浩明

発行所　祥伝社《しょうでんしゃ》
東京都千代田区神田神保町 3-3
〒101-8701
電話　03（3265）2081（販売部）
電話　03（3265）2080（編集部）
電話　03（3265）3622（業務部）
www.shodensha.co.jp

印刷所　萩原印刷
製本所　ナショナル製本
カバーフォーマットデザイン　芥 陽子

 ISBN978-4-396-33762-9 C0193

祥伝社文庫の好評既刊

渡辺裕之 傭兵代理店

「映像化されたら、必ず出演したい。比類なきアクション大作である」――同姓同名の俳優・渡辺裕之氏も激賞！

渡辺裕之 悪魔《デビルズ》の旅団《・ブリゲード》 傭兵代理店

大戦下、ドイツ軍を恐怖に陥れたという伝説の軍団再来か？　孤高の傭兵・藤堂浩志《こうじ》が立ち向かう！

渡辺裕之 復讐者《リベンジャーズ》たち 傭兵代理店

イラク戦争で生まれた狂気が日本を襲う！　藤堂浩志率いる傭兵部隊が、米陸軍最強部隊を迎え撃つ。

渡辺裕之 継承者《けいしょうしゃ》の印《しるし》 傭兵代理店

ミャンマー軍、国際犯罪組織が関わるかつてない規模の戦いに、藤堂率いる傭兵部隊が挑む！

渡辺裕之 謀略《ぼうりゃく》の海域《かいいき》 傭兵代理店

海賊対策としてソマリアに派遣された藤堂。渦中のソマリアを舞台に、大国の謀略が錯綜する！

渡辺裕之 死線《しせん》の魔物《まもの》 傭兵代理店

「死線の魔物を止めてくれ」――悉《ことごと》く殺される関係者。近づく韓国大統領の訪日。死線の魔物の狙いとは⁉

祥伝社文庫の好評既刊

渡辺裕之

万死《ばんし》の追跡《ついせき》 傭兵代理店

米の最高軍事機密である最新鋭戦闘機を巡り、ミャンマーから中国奥地へと、緊迫の争奪戦が始まる！

渡辺裕之

聖域《せいいき》の亡者《もうじゃ》 傭兵代理店

チベット自治区で解放の狼煙《のろし》を上げる反政府組織に、藤堂の影が⁉ そしてチベットを巡る謀略が明らかに！

渡辺裕之

殺戮《さつりく》の残香《ざんこう》 傭兵代理店

最愛の女性を守るため。最強の傭兵・藤堂浩志が、ロシア・アメリカの謀略機関と壮絶な市街地戦を繰り広げる！

渡辺裕之

滅びの終曲 傭兵代理店

暗殺集団〝ヴォールグ〟を殲滅させるべく、モスクワへ！ 襲いくる〝処刑人〟。藤堂の命運は⁉

渡辺裕之

傭兵の岐路 傭兵代理店外伝

〝リベンジャーズ〟解散後、平和な街で過ごす戦士たちに新たな事件が！ その後の傭兵たちを描く外伝。

渡辺裕之

新・傭兵代理店 復活の進撃

最強の男が還ってきた！ 砂漠に消えた人質。途方に暮れる日本政府の前にあの男が……。待望の2ndシーズン！